U0908958

偶尔远行

周国平
——著

北京出版集团公司
北京十月文艺出版社

新经典文化股份有限公司
www.readinglife.com
出　品

目录

Contents

下编　欧洲长短章

自 序

我不是一个好动的人，每一次出国的机会都不是自己争取来的，而只是偶然地落在了我的头上，我就接受了。所以，我的确只是偶尔远行。

虽是偶尔，走得还够远的，最远到了南极的乔治王岛。关于这次南极之行，我曾写《南极无新闻》一书，由海南出版社于2002 年出过单行本。我把这部分内容收在本书中，作为上编。

下编是我几次游历欧洲的记录。其中，两次到德国访问或讲学，各为半年，皆顺便游览了欧洲别的国家，两次分别到瑞士和德国短期开会。想到我不大会更多地出国，就觉得这有限的几次经历对于我自己还是比较宝贵的，便在最近整理了出来。我是依据当时所写日记整理的，日记有简有繁，大致遵照原样，只在文字上做了一点儿润饰。

我不善于写游记，事实上这本书也不是游记，只是我几次在国外的生活和心情的实录而已。

上编

南极无新闻

前言一

2000 年圣诞节，我坐在乔治王岛上的一间屋子里。我的窗口面对着一个海湾，海上有两座山峰，峰与岸之间，大海向远方的海平线伸展。我看这景色已经看了一些日子了，我看着山峰的积雪渐渐融化，从全白变成褐白斑驳，右侧那座小山已是全褐。于是我对自己说：现在，你应该开始写你的那本书了。

你写过一些书，但没有一本是在这样的情形下写的。在出发之前，你们这个名为人文学者南极之行的活动已经在媒体上广为宣传，人们都知道你们这几个人文学者要到南极去写书，无数的眼睛盯着你们。你曾经说，写作如同女人受孕和分娩一样，是应当避开别人的眼睛，在秘密中进行的。那么，现在你竟变得如此不知羞耻了吗?

当然不。虽然写书的决定不是我做的，可是，这本书怎么写，写什么，决定权在我自己。不管到机场送行或凑热闹的有多少人，也不管同行的有多少人，我仍然只能作为我自己走向南极。南极也许会给我一些新的体验，但不会把我变成另一个人，去做我过去不屑做的事情。我不会不停地通过媒体提醒国内的读者，让他们时刻记着我在南极，向他们絮叨一些凡人琐事，把这当作新闻，发表一些老生常谈，把这当作思想。唉，即使在南极，只要人群聚集，也有太多的凡人琐事和老生常谈。

这么说，尽管是在媒体的喧闹声中出发，尽管有许多人与你同行，你的内心依然是安静的，你的灵魂依然是独自走向南极的。是这样吗？

我希望是这样。一个人无论要去什么地方，他的灵魂必须独行，否则他虽然身体到了那个地方，也不能说他真正到过了那里。我当然不愿意只在表面上到过一次南极。我的行装里有一本《圣经》，是我带到南极的唯一的书。我不是基督徒，但我常常需要和我的上帝交谈。一个人的灵魂要去他的上帝那里，也是必须独行的，这是我虽然读《圣经》却不是教徒的缘由。

按照计划，我们在乔治王岛上总共要居住两个月。最初的兴奋已经过去，我对这里的环境和生活状态已经大体了然，因而我的灵魂的眼睛也好像找到了自己的视角。于是我对自己说：现在，你可以开始写你的那本书了。

2000 年 12 月 25 日

前言二

窗外飞扬着今年的第一场雪，转眼又是冬天了。去年的今天，正是出发的日子，南极洲的乔治王岛，地球最南端汪洋中的那一片陌生的土地，从天边向我漂来，在我的生命中停留了五十八天。而现在，它又已经远在天边，成了封存在我的记忆里的一座岁月之孤岛，犹如封存在琥珀中的一只美丽的昆虫。

距离产生魔力。荒岛上的五十八个昼夜，在当时是足够寂寞的。那些天里，我最经常的动作是，在屋里穿好羽绒服，戴好毛线帽，揣上防雪盲的墨镜和防紫外线的黑色面罩，走到楼下门厅，从长椅下的一排长统雨靴中拣出贴着我的名字的那一双，把裹着脚套的两足插进去，然后独自离开住地，朝某一个方向走一段路程。我没有目标，方向是随机的，路程的远近也是随兴的。步履所至，到处一样荒凉，永远是海、礁石、山丘、冰雪和苔藓。在我现在的回想中，这种独自一人置身于千古荒凉的感觉竟是最值得怀念的。我清楚地意识到，在我的一生中，这样的机缘不会再有第二次了，我注定将在人类世界的喧闹中不断地追思那千古荒凉的意味。

在岛上的日子里，我也有许多时间是在暂时属于我的那间小屋里度过的。我常常坐在窗前，对着小窗外的海岸发一会儿愣，然后打开笔记本电脑，写一段日记或札记。这本书的主体部分就是由那些文字构成的，所以它实际上在岛上已经基本完成了。我自己对这些文字并不满意，但也许只好这样了，因为我无能为南极的那种千古荒凉找到文字的对应物。不过，面对这千古荒凉，我尚知敬畏，因而始终进入不了围绕这次活动的新闻事件式的氛围。读者可以看到，我所写的文字和所拍的照片都与新闻无涉。我的确认为，南极无新闻，而我也不会因为到了南极就成为一个新闻人物。

当然，这次活动的组织者必定要期待某种新闻效应，对此我完全理解。事实上，这样一个颇具想象力和魄力的策划，以及在各方配合下的成功实施，本身应有资格成为一个新闻。我想说的是，这种光荣仅仅属于活动的组织者，我这个不劳而获者无权分享。我的责任是在新闻之外，我应该用我的真实收获来证明这次活动不只是一个新闻。我不会忘记，由于这次活动的组织者的努力，我才有机会去一趟南极，才有了这些收获。因此，在把本书付印的时候，我要诚挚地感谢策划这次活动的阿正先生，赞助这次活动的鹭江出版社，以及支持这次活动的国家海洋局极地办公室。

2001 年 12 月 7 日

第一部分　进岛之前

天上掉下一个机会

如果在半年前，有某占卜者拦住我，预言我将要去南极，我一定会斥为信口胡言。然而，五个月前，确实有一个人特地飞到青岛，亲口对我说了这话。他不是一个占卜者，而是鹭江出版社的编辑阿正。

当时，我正在青岛出差，给一项竞赛担任评委。评委之中，还有葛剑雄教授。在我们下榻的旅馆里，阿正兴奋地向我们谈了他的计划。他的想法是，组织若干位人文学者去南极体验生活，然后每人从自己的学科视野出发写一本书，这项活动的经费将由鹭江出版社赞助。他引以自豪的是，这一举动在世界上是首创性的，迄今为止还不曾有组织地让人文学者去南极。至于人选，我和葛是他心目中的首选，其余的尚未确定。

去，还是不去？他等着我的表态。

我犹豫片刻，给了一个肯定的回答。

我心中的想法是：答应了再说，谁知道能不能办成呢。在我看来，这个计划虽非信口胡言，却也够得上是痴人说梦、异想天开了。老天，那是南极啊，要花多少旅费，还要经过怎样繁复的审批程序。即使得到批准，像我这样的体格能否通过体检，也还要打上一个大大的问号。

回北京后，我照常做着我的工作，没有太把这件事放在心上。可是，在那一头，阿正认真地推进着他的计划。忽一日，他通知我们到国家海洋局极地办公室开会。坐在那间朴素的办公室里，看着他招募来的其他各位好汉，听着极地办主任介绍南极科学考察情况，我发现事情越来越像是真的了。接着，心理测试和体检顺利通过。接着，国家海洋局的批件下来，我们被列入中国第十七次南极考察队正式队员的名单。公务护照业已办妥，日程业已确定，不到一个月，我们就要动身了。至此，事情的真实性已经无可怀疑。

这么说，我真的要去南极了？

我应该承认，我压根儿没有做过南极探险梦，因此，现在也就没有梦想成真的感觉，反倒觉得身不由己地掉进了一个梦境里。

“你说一说你决定去南极的三个最主要的理由。”即将同赴南极的邵滨鸿给我出题。

我回答：“第一，是因为南极的特别的地理位置和自然景观，第二，是因为机会难得，至于第三个理由……没有了，也不需要了。”

的确不需要了。天上掉下一个机会，恰好掉在我的头上。如果不是这样，我不会想到要去争取，即使争取也未必争取得到。

现在既然掉在了我的头上，我也就没有理由推辞。

有关消息通过媒体传开以后，朋友们普遍感到惊奇，惊奇之余，有的表示羡慕，有的表示担心。这两种反应都很正常，因为在一般人的印象里，南极是一片既神秘又危险的土地。

南极的魅力不容置疑。闭着眼睛想象一下吧：在那个晶莹的冰的世界里，没有人烟，没有污染，空气无比洁净；冰架向大海伸展，海面上布满大小不等的冰山，在阳光下闪射奇异的光芒；海滩上栖息着无数憨态可掬的企鹅，海豹在岸边自由地嬉戏。

可是，南极的危险也不容忽视。张开耳朵听一听南极的“世界之最”吧：最冷，年平均气温－17℃，冬季低于－40℃，最低曾测到－89.2℃；风暴最频繁最猛烈，局部地区风速可达每秒 85 米以上；冰雪最多，占全球总储量的 90%，冰盖终年覆盖整个大陆，平均厚度 2450 米，最大厚度 4750 米；最干旱，有“白色沙漠”之称，会使你的指甲一片片脆落。

何况还有全球最大的臭氧洞，在紫外线直射之下，用不了几小时，你的脸就会脱皮和变黑。

与在南极长期生活过的老队员聊一聊，每个人都会告诉你一些较轻微的惊险的经历。那些最严重的惊险的经历无人能够告诉你，然而记录在案。冰盖下有许多冰缝，大者深几百米，宽几十米，皆被茫茫白雪掩盖着，某年某月，某国考察队连车带人掉了进去，从此永远消失。暴风雪常常突如其来，如白色幕布推进，刹那间把人裹住，能见度为零，加上不可抵挡的风速，某月某日，某人被困冻死或者被刮得不见踪影。

现在我最经常被问到的问题是："你的身体能行吗？"问者大致是指南极的冷，担心我不能适应。我原先也以为最严峻的考验是寒冷，在了解情况后，这一层顾虑解除了。事实上，我们将要去的长城站位于南极洲最温暖地区之一的乔治王岛上，又正值那里的夏季，平均气温在零度上下，比北京的冬季还暖和。那个地区气候的最大特点不是冷，而是极地气旋的活动剧烈，暴风雪频繁。在夏季，还要留心冰盖和冰架的边缘融化，有一失足成千古恨的危险。

天平的两端，一边是诱惑，一边是危险，孰重孰轻？

对于探险家来说，危险也是诱惑，甚至是最大的诱惑。可是，我不是探险家。即使是探险家，快乐也在于征服危险，胜利归来。上世纪初英国著名探险家沙克尔顿几度远征南极和北极，名垂史册，而他在征途上写信给妻子说："我猜你宁愿要一头活驴，也不要一头死狮。"我欣赏他的幽默和健康。我深知我连说这话的权利也没有，对于我来说，死了也不成其为狮子，选择只在活驴和死驴之间进行。

所以，在出征之前，我要向我的妻子及刚两岁多的女儿保证，我一定把安全放在首位，平安归来。

我几乎是一个地理盲，因为要去南极，才认真查看了一下世界地图。这一看才发现，原来地球上的陆地都集中在北半球，南半球陆地极少，基本是连绵的海洋。北极无洲，但是被有人居住的陆地环绕着。南极有洲，但是与有人居住的陆地远隔重洋。难怪南极洲的发现是一件多么困难的事情了。

最早断言南极洲的存在的是哲学家。毕达哥拉斯和柏拉图认为，已知世界的反面必有一块土地，以维持平衡，他们称之为对应地 (Antichtone)。希腊人用 Arktos 一词指大熊星座，也指其下的北极地区，于是造出 Antarktos 一词指相反的地区。

可是，从这个词的存在，到这个词所指的地区的发现，经过了漫长的两千多年。

一直到十八世纪，又是哲学家率先开始空想，把南半球大陆描绘为新的伊甸园，一片炎热富饶之地，那里住着纯真、自由、未被文明污染的“高贵的野蛮人”，过着幸福而又悠闲的生活。

为了寻找这个乌托邦，一批又一批探险家启程了。1773 年，英国海军上校库克第一个穿越南极圈，但是未发现陆地。1819 年，俄国探险家别林斯高津到达了离岸比较近的海面，他很可能是第一个看见南大陆的人。

在南极探险史上，挪威的阿蒙森是幸运儿，他于 1911 年 12 月首先到达南极点，那个南纬 90°的地方。与他同时，英国的史考特也在向同一地点跋涉，困于暴风雪而迟到了一个来月。他在极地读到阿蒙森留下的语含得意和讽刺的信：“亲爱的史考特队长，你们很可能是在我们之后最先到达这里的人，我可以请您把附在此信内的一封信送给哈康七世国王吗？留在帐篷里的装备，如果还能对你们有点儿用处，请不要犹豫，取去用吧。衷心祝愿返程一路顺风。”不幸的是，史考特的返程比来程更加不顺，他和他的同伴都死在了返途上。后来，人们在一顶帐篷里发现了他的尸体和一封写给全体英国人民的绝笔信，信中的话语令人肃然起敬：“我并不后悔做这次探险，它证明了今天的英国人仍能勇敢面对死亡。”

为了一窥极地的秘密，多少探险家前赴后继，创下了可歌可泣的业绩。法国的夏尔科几乎毕生漂流在两极地区，最后终于船沉北冰洋。在探险生涯中，连他自己也对这种不可遏止的探险热情的来由感到困惑，曾经如此自问：“两极地区荒凉可怕，那空前的诱惑力从何而来？”哲学家和探险家似乎是完全不同的人，前者以沉思为人生至乐，后者渴望最直接的行动。现在，作为一名哲学的学生，我要去一切探险家最向往的那个地方了。这次行动与我以往的全部生活形成了巨大反差，我不敢断定的是，最后我是否也会领略到哲学家所陌生的和探险家所热衷的那种空前的诱惑力。

我们的这次行动有一个题目，叫作“极地沉思”。针对于此，常有人问我：“你打算如何沉思，沉思什么？”我的回答永远是：不知道。

我的确不知道。在这方面，我没有任何打算，不做任何计划。我无法预先去设计一种“沉思”，尤其是一种在我从未到达过的地方的“沉思”。一切都要到时候再说。到时候我也不摆“沉思”的姿态，一切都顺其自然。

当然，书是要写的。我应该写，也愿意写。在那样一个极端环境里，我应该会看见前所未见的事物，获得前所未有的感受。我一定要勤快地记下我的所见所感，因为那是一笔不该丢失的财富。我从来喜欢思考一些世界和人生的道理，到了那里，我的思考大约不会中断，我要一如既往地记下我的思考。这些就是我要写的书的素材了。

也许人们有一种期待：为了这不寻常的经历，你的思考应该发生一个飞跃，你应该写出一本不寻常的书。不，我不许这个诺。会不会发生飞跃，也要顺其自然。顿悟不可制造，制造出来的绝不是顿悟。

据说现在流行“走的文学”，走西藏，走新疆，走欧洲，走世界文明源头，如此等等。然而，迄今为止的事实证明，精心策划的走并没有创造出文学的奇迹，谁是什么样的人，谁就依然写出什么样的东西。我非常感谢阿正和他所在的出版社，让我一下子走得比许多人都远，走到了地球的末端，我的报答就是保持真实，写出一本如我所是的书来。

在亚布力训练

在距哈尔滨260公里的地方，有一片名叫亚布力的山林，一年的积雪期长达半年，现已辟为中国最好的滑雪场。在亚布力滑雪场内，极地办设有中国南极考察训练基地，供每年训练越冬队员之用。我们是度夏队员，本不必去那里受训，但阿正想让我们有尽量完整的经历和体会，便请求极地办专为我们安排了一次训练活动。

乘飞机到达哈尔滨，走出机场，迎接我们的是迷漫的大雪。极地办派来的教练一直在担心训练场地的雪量不足，面对这场大雪顿时松了一口气。然而，大雪却也增加了行车的难度，使行驶时间大为延长。中巴载着我们颤颤巍巍，由于天气和纬度，天黑得很早，车前灯小心地照亮一小截又一小截积雪的路，然后把它们抛在越来越浓的黑暗里。

车终于停在一座灯光微弱的楼房前。我们住的这个招待所属基地所有，设施简朴，为了节省能源，不供暖气和热水。当地的气温，白天－17℃，夜晚－24℃，其冷可知。雪花仍在飞舞，周围一片漆黑。不远处，有一家宾馆灯火通明，歌厅娱乐厅齐备，高音喇叭播放着流行歌曲，据说主要是接待当地权贵的。训练和享乐，功能不同，咫尺天涯，该是在情理之中的吧。

训练——

在亚布力住了三个整天。按照教练的安排，每天早晨6时半，我们便集合，排着队在雪地上跑步。整个白天，训练项目也是排得满满的。毕竟是散漫惯了的书生，对于这种准军事化的生活方式很不适应了。不过，另一方面，走出书斋，在雪地上撒一撒野，又真感到是一种解放。

训练项目是针对在南极可能遭遇的险情设计的，内容包括冰雪中登山、滑落停止、挖雪洞、冰缝中脱险、野外宿营、路途定向。

季节尚早，只有零星的游客来滑雪，亚布力暂时成了我们的天下。天已转晴，明丽的阳光下，这几个人穿着统一的红色登山服，在雪地里忙碌地做着外人一定觉得奇怪的事情。他们用粗绳串成一串，在积雪的陡坡上蜿蜒而行。这是冰雪中登山。他们爬到坡顶上，一个接一个、一次又一次顺坡滑下，在途中突然翻身，举起冰镐扎向坡面，有的人停住了，有的人停不住一直滚到了坡底。这是滑落停止和滑落停止之失败。他们蹲在造雪机造出的厚雪堆上，用锯子和铲子向下挖出了一个四方形深坑，然后又趴在坑底继续向一侧坑壁挖进去。这是挖雪洞——如果在南极旷野突遇暴风雪，雪洞便是唯一的避难所。他们依次把自己吊在一棵大树下，靠一种小机械沿着绳索向上跃。这是冰缝中脱险——南极冰盖多冰缝，这里没有冰盖，从树梢到地面的这一段距离就做了冰缝的替代。

第二天晚上，我们在一栋楼前的空地上支起两顶帐篷，钻进里面，坐在睡袋上，闲聊了一个小时。这就算是象征性的野外宿营了。有人原先雄心勃勃要住个通宵，这时都随了众，因为气温太低，也因为明知我们在南极不会野营。其实，我们所有的训练项目对于度夏队员都未必用得上。

第三天又是大雪天，预定项目是依靠 GPS 卫星测位仪去寻找一个确定了经纬度的地点。我们在雪中跋涉了一段路程，测试表明方向正确，但离目标尚远。不苟言笑的教练终于也沾染了游戏心情，同意我们折往一个错误的方向。错误的结果十分令人愉快，我们来到一个开阔的湖面，湖已结冰，覆盖着厚厚的雪，我们在上面打滚、画字、照相，就此结束本次集训中的最后一项训练。

滑雪——

三天之中，安排了两次滑雪。教练说，滑雪不是训练项目，而是旅游项目。对于我们来说，滑雪的确是三天之中最快乐的节目。

我们六人，除邵外，都从来不曾滑过雪。在走向租滑雪具的小木屋时，我的心情是紧张的，怕自己学不会。穿上那双硬邦邦、沉甸甸的滑雪鞋，宛如穿上了一双铁鞋，肩上还扛着一对笨重的滑雪板，真正是举步维艰。就这样跌跌撞撞地走向滑雪场，活像是戴着枷锁脚镣走向刑场。从脚踩在滑雪板上的那一刻开始，看吧，一个个东倒西歪，摔成一片。可是，我很快就发现，在雪地上摔跤并不可怕，只要顺势摔下去，不痛更不会受伤。这使我的胆子变大了。胆子一大，反而容易掌握平衡了。事实上，怕摔跤就最容易摔跤，往往觉得滑行速度太快，害怕自己控制不住，于是慌忙改变姿势，这时候必摔无疑。

出乎我自己和所有人意料的是，在六人之中，我的成绩上乘，能够滑行很远，基本上不摔跤了。作为初学者，当然技能还差得远，例如在快速时若要停住或转弯，就仍然一定摔跤。从陡坡下滑时，我只能一口气冲到底，速度越来越快，心中未尝不紧张，但只好硬着头皮，听天由命了。摄影师的镜头始终追随着我们，据他说，在镜头里，但见我的身后一溜烟飞扬的雪尘，漂亮极了。他哪里知道，在每次下滑时，我都像一个赌徒，心中充满豁出去的绝望，当然，还有豁出去的快乐。也许一切冒险都混合着豁出去的绝望和快乐吧。

我对自己在体育上的潜能常常估计偏低。前不久，在新疆喀纳斯湖区，也是生平第一次骑马，也是不敢相信自己学得会，结果也是成绩不坏，能够轻松地骑马上山了。这使我想到，许多事情，如果不去做一做，就永远不会知道自己其实是能够做的。当然，同时我明白，无论什么事情，浅尝都比较容易，精通都很难。

好在我在任何体育项目上都没有野心，我只是产生了一个觉悟，便是意识到了以前那种长年累月囚禁在书斋里的生活是不健康的，今后不该再舍弃种种户外运动的乐趣。

雪景——

在亚布力，我的第一个惊喜得自窗户。那是在到达后的翌日清晨，起床后，我走到走廊里，一眼瞥见了朝向院子的每一扇窗玻璃上都结着冰花。我不由自主地被吸引住了，它们那么精致，像巧工的编织，像玉雕，却又具有仿佛透着内在生命的非人工的美。最神奇的是，它们毫无重复，每一扇窗上的冰花都有着完全不同的结构、图案和风格，好像许多艺术家各送来一幅作品，在这里联合举办了一个展览。

走出小楼，站在凛冽清新的空气里，我得到了第二个惊喜。一片白茫茫的世界中，向东望去，晨曦恰好照在积雪的山顶上，把那山顶照得白里透红，宛如一大块半透明的宝石。

要观赏雪景，当然最好是登上峰顶。有一天上午，我们乘缆车上山，便得着了这样的机会。随着缆车上升和地势增高，可以看到山林的积雪越来越厚实。到了顶上，所有的树都裹着雪袍，盖着雪被，雪填满了树枝之间的孔隙，遮住了天，使整个树林变成了一个曲径勾连的大雪洞，一座雪的迷宫。当你在其中穿行时，你一定会觉得，倘若遇见七个小矮人该是多么自然的事情。走出这个童话世界，映入我眼帘的又是另一种景象。眼前是悬崖，崖顶上平铺着许多白色的凌厉之物，细看才知是裹着雪的乱石，在寥廓的天空下沉默地闪着白光。我顿时驻步肃立，觉得自己仿佛来到了一个没有生命的星球上，面对的是万古不变的寂寞。

启程

在去亚布力之前，有一天，我感到心脏不适，到同仁医院检查，发现心电图有改变。从亚布力回来，按照预约，我又去做了运动试验，即检测运动状态下的心电图，结果仍是阳性。近几年里，同仁医院已三次诊断我可能有冠心病，我自己将信将疑。最近常有胸闷背痛的症状，看来应该正视了。

到南极去，心血管病是最忌讳的疾病，因为那里没有急救的医疗条件。曾经有一个患冠心病的话剧演员去长城站，在返途的船上心梗而死。那么，还去不去呢？我不禁犹豫起来。

其实，即使没有健康方面的原因，我内心里对这次去南极也并非很坚定的。在那里待两个月，对于我是太长了。我舍不得离开我的爱妻和幼女这么久，也放不下手头正在做的一件很有意思的工作。我既不是去进行科学考察，也不是去探险，只是去那里看一看，获得一点儿实地的感受，有半个来月就足够了。我想象得到，长久地待在那样一片气候恶劣的荒土上，我一定会感到单调。

好友正来曾经如此责问我："别人写不出东西来，所以需要走这个地方那个地方，找些貌似惊人的材料以吸引读者。你是一个有独立思想的人，自己想写的东西还来不及写，你为什么要去什么南极？"我闻言语塞。由于这件事成了新闻热点，我就更感到自己好像做了错事，有口莫辩。在内心中，我唯一能够原谅自己的理由是，我对南极毕竟怀有一种真实的好奇。

我几乎决定要打退堂鼓了。我无须考虑如何向媒体交代，也毫不在乎媒体会如何反应，因为这是我自己的事，媒体说什么都与我无关。但是，我仍有一个顾忌，便是怕阿正为难。他辛苦数月，好戏终于要开场，在这节骨眼上，主角之一的我却突然拆台，未免对不住他。

事实上，极地办的负责人和本次考察队的随队医生知道了我的身体情况，已经明确表示，如果排除不了冠心病，就绝不能让我去南极。所以，阿正一再体谅地表示，如果真有病，就不要勉强，一切善后事宜由他去处理。同时，他却也表现出了明显的焦虑，叮嘱我立即做冠脉造影，以确诊有无冠心病，如果有，立即做搭桥手术，可保两年内不发生心梗。那意思是明白的，就是无论如何希望我成行。做冠脉造影要在小腿上开一个洞，把一根管子插进去一直通到心脏，我可不想在并非十分必要的情形下受这个罪。凑巧的是，刚从报纸上看到一个消息，说安贞医院进了一台专做心功能检测的磁共振扫描仪，能够毫无痛苦地查明心肌是否缺血以及缺血的部位。阿正知道后，嘱我立即去做这个检查。令人高兴的是，检查结果正常。医生解释说，这不能排除冠脉硬化，但至少能够说明即使有硬化也尚未严重到使心肌缺血。这个结果在客观上已足以中止我的犹豫了。

终于到了动身的这一天了。

早晨8时许，我和妻把两只大箱子拖出家门。小宝贝在沙发上玩儿，我对她说再见，她看着我，也说了一声再见。合上门，朝电梯走去，心里甚感落寞。这次南极之行，最使我牵挂的是这个仅两岁五个月的女儿，她太小，令我放心不下，她太可爱，令我舍不得。没想到的是，她好像也意识到了我这次出门不同往常，小小的年纪竟会表达恋恋不舍之情了。近些日子，由于我们经常谈论，她已经知道爸爸要去一个叫南极的地方，也知道这是一个非常远的地方。昨天，我们带着她去了一趟海洋局，她看见记者采访的场面，好像明白了我很快要走。返途的汽车里，她坐在我怀里，突然自己说出这样的话来：“爸爸不要去南极了吧，我不让你去南极。我想你，想得不得了。”然后，仿佛自言自语似的，把“想得不得了”这句话重复了十几遍。

妻开车送我到机场。一路上，我们话语不多。自结婚后，这是我们第一次长久的离别，我又是去那么遥远并且在传说中那么险恶的地方。她是始终不愿意我去南极的，可是一旦成行，她十分配合，还特地请了两天假，替我做行前的准备。此刻我坐在她身边，悄悄端详着她的神情专注的脸庞，心中弥漫开依恋之情。据说去南极的人有必要给亲人留下遗嘱，我终于没有留。我没有留，因为我一定要平安归来，和我的亲人团聚。不要说什么万一，我不允许万一发生。

在踏上征途之时，我想念的还有我的朋友们，行前的忙乱使我无暇与他们一一道别。在北京时，我们各人忙自己的事情，见面也并不多，但一旦远别，他们的影子便在我眼前盘旋不去。

进了安检口，送行的人被挡在外面。回头望，妻和另一女子并肩而立，她们各朝自己的丈夫不停地挥手，妻笑着，那女子哭着。我暗暗赞赏妻，她这时显得很有器度，甚至没有忘记无人送行的何怀宏，亮亮的嗓音喊着我和何的名字，一声声道再见。

你一走进国际出发的门厅，便发现那里已经很热闹，身着统一蓝色羽绒服的考察队员聚集在一条红布横幅周围，扛着摄影器材的记者们在其间穿梭忙碌。若干名不知何方的记者在大门口就把你截住，你以为是要你谈临行的感想，正欲推辞，没想到他们问的是你对唐师曾参加南极考察的看法。你知道唐是有传奇经历的名记者，在同行眼里是一个英雄，于是你宽容地一笑，用开玩笑的口吻说了几句好话。你巴不得记者们都去包围别人，把你留在一个安静的角落里。

就在出发前几天，你发表了一篇文章，题目就叫《不再轻信媒体》。当今一些媒体记者丧失起码的职业道德，把采访得来的材料先断章取义，后添油加醋，任意搓捏和歪曲，以满足自己和庸众的低级趣味，已令你忍无可忍。即如对于这次人文学者南极之行的报道，也多在编花絮、弄噱头，个别记者已到了肉麻当有趣的地步。所以，在勉强接受过一次采访之后，你便拒绝采访，并且懒得再看有关的报道，只觉得这一切都和你无关。在你心目中，南极的价值恰恰在于它的千古纯净，超越于人类的一切污染包括新闻污染之外。如果说你珍惜这次南极之行，那也正是因为你预期着一个前所未有的安静的机会，可以安心静思。你绝不愿意把一次心灵旅行蜕变为一个新闻事件，一次安静的心灵旅行可以使你终身受益，而一切吵吵嚷嚷的新闻事件都仅是过眼烟云罢了。

我们乘法国航空公司的班机，7 日 11 时左右从北京起飞，当地时间 8 日下午 2 时飞抵圣地亚哥。智利是离中国最远的国家，这次航行是我生平历时最久的一次飞行，全程两万余公里，飞行二十八个小时，途中在巴黎停留九个小时，在布宜诺斯艾利斯停留一个小时，总计三十八个小时。

在巴黎停留时，因为没有签证，不能出机场。天下着细雨，更令人有一种幽幽的惆怅。正是北京入夜时分，无聊加上瞌睡，几乎每个人都在候机厅的椅子上睡着了一会儿。候机厅的设计别具一格，像一个巨大的透明机舱。巴黎机场的设施十分先进，仅举一个小例子：把旅客从飞机接到机场大厅的汽车，底盘是一个折叠式的升降机，可以把汽车一端的出口与候机厅的入口衔接得天衣无缝。我不禁想起不久前发生在这个戴高乐机场的协和飞机空难。人们很容易轻信技术，在先进技术的伺候下产生一种安全感，哪里想得到最惨烈的灾难会降落在享受最先进设备的幸运儿头上。

从巴黎起飞，已是当地的深夜。我得到了一个靠窗的座位。透过小窗户，我看见巴黎的灯火像一串串明亮的珍珠散落在黑夜里。飞机渐高渐远，珍珠渐渐稀少，光芒渐渐微弱。终于，窗外是深不可测的无边的黑暗了。

在座位前的电视荧屏上随时可以查看飞机的飞行方位。我们始终飞行在一万余米的高空，在飞越西班牙和葡萄牙之后，于当地时间23时许进入大西洋上空。次日凌晨4时许，飞越赤道。5时许，进入南美洲大陆上空。人们大多在沉睡，我发现东侧有一个小窗户的挡板打开了，框出了一块亮丽的朝霞，接着便是喷薄的日出。

从布宜诺斯艾利斯到圣地亚哥只有不到两小时的航程，在这最后一程中，却看到了整个旅程中最美的景色。天气异常晴朗，从一万米的高空可以清晰地看到大地上的景物。丘陵和田野向后退去，离目的地越来越近了。突然，机翼下出现了连绵的暗红色山脉，山顶皆覆盖着白色的积雪，沿山谷向下辐射，仿佛白色斗篷裹着强健的肌肉。那是安第斯山脉。越过安第斯山，就进入智利境内了。飞机降落时，又看见了海。从地图上看，智利正是夹在安第斯山脉与太平洋之间的一个狭长条。

抵达圣地亚哥之后，滨鸿通过一个转弯抹角的关系，与这里的一个华人联系上。来了两个人，各开一辆车，带我们去游览。

先到圣母山，山顶有一座巨大的白色大理石圣母雕像，还有一座小巧的圣母教堂。那座圣母雕像丰满而家常，像一个普通妇女，很有人情味。在另一处的一个教堂里，我也发现圣母的雕像比耶稣的雕像大。智利是一个天主教国家，但我尚不明白，为何盛行圣母崇拜。圣母山是市区的制高点，从这里可以俯瞰市景。据介绍，智利共1500万人口，其中600多万居住在圣地亚哥。房屋密集而散布面却很宽，看上去比较陈旧。乘车穿行市区时，我也发现这里的建筑陈旧却不古老，这是一个没有悠久历史的发展中国家。不过，一些富人区的幽静美观已赶上了发达国家。

在一家餐馆里大吃烤肉。然后，驱车穿过圣地亚哥西北方向的城市瓦尔帕莱索，到达与之毗连的海滨小城维尼亚－德尔马。这个城名直译是“海的葡萄园”，使我想起了聂鲁达的一本题为《葡萄园的和风》的诗集。我们在海滩上坐下。海上浪很大，邵和何下海了，在浪里跳跃着。我没有带游泳镜，怕海浪会把轻飘飘的树脂眼镜冲跑，就只在离岸不远的浅水里站了一会儿，被讥为涤足。海滩上满是躺着晒太阳的人，基本上是智利当地人。有两个姑娘在打沙滩板球，剪影很优美。一个小贩扛着货架兜售纸做的小玩具，一个可爱的小男孩尾随着他，眼巴巴地盯着他肩上的货架。

在圣地亚哥住了两个整天，住在极地办的招待站里。第二天，因为新任驻智利大使要来看望大家，让大家别离开。大使是中午来的，谈到长城站的艰苦，潇洒地说，二月份中央代表团到那里的时候，不要特意招待，就让他们睡地铺。这话引起了一阵喝彩。大使在这里吃午饭，他自己受到了特意招待，我们借光吃到了比平时丰盛得多的伙食。

晨6时离开住地去机场。8时15分，飞机起飞。一个多小时后，在一个叫 Valdivia 的地方停留半小时，我们不下机。12时许到达地球上最南端的城市彭塔阿雷那斯。全程两千余公里。

飞机刚离开圣地亚哥，可以看见下面是丘陵和农田，天边是雪山。随着高度增加，雪山也降到了我们的脚下，仿佛有一层看不见的玻璃罩在大地上空，在这玻璃上面，这里那里堆着一簇簇白云，而雪山的尖顶穿破玻璃耸立着，像一顶顶白帐篷。有的雪山四周堆满了云，云也像雪堆，分不清哪是云哪是雪。不知何时，窗外只见连绵的云层了。我注意到，如果下面是山谷，云就稀少，地面景物历历可辨，如果是平原，则往往有浓密的云层遮蔽。

当飞机再次下降时，透过小窗看见了大海。飞机在海面上转了一个弯儿，降落在简陋的机场上。机场外的公路紧邻大海，天格外开阔，也格外蓝，满天白色的云朵。大巴载着我们穿越城市，驶向旅馆。这是一家叫 Savoy 的小旅馆，是中国考察队固定的下榻点，居室还算整洁舒适。

住处也近在海边。也许，这个小城市的任何位置离海都不远。我们到海边去。不知什么原因，近岸的大片海水都呈铁锈色。海滩上到处是垃圾。从海边小巷拐到主街，主街是一条林荫路，一头通往机场，另一头连着全城主要的商业街。林荫路上有一些雕塑，印象最深的是麦哲伦雕像和牧羊人群雕。路侧有一个墓园，栽着许多按照意大利风格精心修剪和排列的柏树。商业街的尽头是军人广场，又有一座很气派的麦哲伦雕像。当年麦哲伦正是从这里经过，发现了南美洲大陆。从地图上看，彭塔与火地岛之间的海峡也是以麦哲伦命名的。

彭塔多军人，是个军事基地。这里是从智利通往南极的跳板，看到旅游商店出售的纪念品多企鹅形象，令人想到南极已经不远了。

第二天，因为要赶飞机，清晨4时就起床了。早餐后，走出旅馆，城市仍在安睡，街上静悄悄。朝东望，街的尽头连着大海，海面金光耀眼，街角的一栋房子沐浴在这光芒中，宛如镶着金子的边框。我想起了尼采的句子：在霞光里，连最贫穷的渔夫也摇着金桨。

6时许，大巴把我们运往机场。我们在一座像仓库一样的大房子前下车，把行李搬进这大房子。那里有许多穿着迷彩军装的智利军人，是机场的服务人员。还有若干个穿黄色军装、佩戴智利考察队标志的年轻人，包括三名女性，将和我们同赴乔治王岛。临登机前，我们每个人在一张被称作生死状的纸上签了名，其中写明，如发生意外的事故，乘机者愿意认命。在签名时，大家说说笑笑，使这誓死的仪式化作了游戏。倘若不是集体行动，每个人皆作为个别的人签这样的名，一定会有完全不同的心情吧。

我们乘坐的那架大力神军用运输机就停在不远处，绿色的机身，看上去很精悍。登机了。机舱里光线幽暗，舱壁上只有不多几个小窗口，客舱与驾驶室之间没有阻隔，连成一体。坐定后环顾，整个机舱像一个长形的帐篷，内壁绷满了帆布，有四排竖向的座位，也是帆布的，靠背用红布带编结而成，大约可以载五六十人。8 时起飞，飞行十分平稳，但发动机的噪音极大，智利军人都戴上了耳机，我们则用法国航班上发的小耳塞塞住了耳朵。两个多小时后，飞机穿越云层下降，从身后的小圆窗可以看见海，接着看见一块大雪糕，那是冰盖的一角。乔治王岛到了。

飞机降落在智利站的机场上。走出机舱，立刻遭遇大风，吹得人直不起腰。可是，天气十分晴朗，映入眼帘的是辽阔的蓝天、巨大的雪堆和盘旋的大黑鸟。那大风，那异样的景象，使人感觉好像是在别的星球着陆了。

俄罗斯站出动了两辆破旧的装甲车，我们挤在里面，一路颠簸，到达长城站。

第二部分　岛上日记

12 月 12 日　长城站初步印象

在长城站安顿下来了。

长城站建于 1985 年，经过逐年扩建和修缮，生活设施已经相当完善。整个站区包括十几个建筑，均为铁制结构，为了抗风暴，大多悬空铆在深深插入地下的钢铁支架上。我们住的这一栋两层铁皮楼是 1996 年增建的，里外都漆成白色，看上去颇新。有二十几间屋子，每间都带卫生间，用具基本齐备，有两张床、一张书桌、一个衣柜。室内颇整洁，因为有电暖气，还相当暖和，室温保持在 20°上下。我立刻想起，在来这里之前，一位征服过格拉夫冰盖的南极英雄听说了我们的计划，便笑说，你们的南极之行就相当于一次京郊之游，住长城站就相当于住二星级宾馆。看来，此话不单是“曾经沧海难为水”之豪言或戏言，基本上也是符合事实的。

除了作为住宅的生活栋外，其余建筑皆漆成红色，比较旧，承担着办公、科研、通讯、气象、发电、机车、仓库等功能。我们迎着大风，在即将撤离的十六次队的队长率领下参观了这些设施。

听这位队长介绍，我才知道，比起其他国家的站例如韩国站来，我们的条件就差得多了。韩国站每年的经费是八百万美元，而我们二站（长城站，中山站）一船（雪龙号）总共才三百万美元。经济实力的差别明显地体现在生活水准上。他们的食品全部在智利采购，始终是新鲜的，我们的食品则全部是在中国预备，靠雪龙号两年运送一次，因此基本是过期的。在仓库里看见，大米是 1995 年到期的陈米，有少量今年五月到期的智利大米则是韩国站遗弃给我们的。又如通讯，韩国队租用智利卫星，每月付五千美元，每个队员都可以随意免费打电话或上网，我们的队员则只能去智利站自费打投币电话，两相比较，虽然都身在极地，心理感受却截然不同。

不止于此，经费的不足还直接影响到科研。站上有一座房子名为科研栋，我亲眼看到，它基本上已是一座空庙，里面没有设备，仅剩的一种地震仪器也打了包准备运回国内了。这里的科考事实上已经停止。我曾奇怪，在我们第十七次队中，为何只有两名度夏队员是科研人员，其余都是行政、勤杂和普通技术人员，此时也就找到了答案。

夜晚 12 时，我坐在宿舍的窗前。大风刮了一整天，现在仍在刮，内行估计有八级。窗口朝东，面对着大海。天色渐暗，但仍能清晰地分辨窗外的景物。右侧的海面伸向天边，正前方是企鹅聚居的阿德雷岛，左侧是科林斯冰盖。海滩无沙，全是黑色的石头，一个积水的低洼里落了许多贼鸥。这是我到达长城站的第一天，我的心情是兴奋的，兴奋中却也掺进了一点儿沉重。

12月13日 极限体验与文化差异

谈到南极，人们爱用一个词：极限体验。据我看，像我们这样住在暖和的房子里，在离住房不远的范围内走动一番，站在海边看一会儿云、波浪和企鹅，天气好的时候，有组织地上某一个冰盖瞧瞧，是谈不上极限体验的，这个词对于我们始终是一个浪漫的夸张。

不过，就在这乔治王岛上，极限体验仍然是可能的，也确实是存在的。

昨天晚饭时，来了两个捷克客人，他们坐在我们的餐厅里，只喝茶，不吃饭。听说除了这两个男人，还有一对父女，也是捷克站的成员。所谓捷克站，只是姑妄称之，与这个岛上别国的站完全不可同日而语。在乔治王岛上，共有八个国家建站，即智利站、俄罗斯站、韩国站、乌拉圭站、阿根廷站、巴西站、波兰站以及我们的长城站。这些站都是以国家的名义建立，由国家拨款维持的。唯有捷克站不是国家所建，而是纯粹的民间行为。在纳尔逊冰盖的边缘，也许一开始有几个捷克人在那里盖了一间简陋的屋子，供临时藏身之用，后来每年会有个别爱冒险的捷克人步他们的后尘，也到冰盖上来体验生命的极限，那屋子就成了一个相对固定的营地。纳尔逊是一个小岛，在长城站南面，基本被冰盖覆盖，无人居住，捷克人就在那里尝试过一种与世隔绝的最简单的生活。去纳尔逊岛要渡过一道海峡，所有的人都是依靠机动橡皮艇越过这海峡的，唯独捷克人坚持要使用手划的橡皮艇，这也是他们极限体验的一个部分。若干年前，两个捷克人驾舟渡海，永远地消失在风浪中了。最近风大，几个捷克人就在长城站附近临时宿营，等候天气好转。

使我们惊讶的是，我们未见到的那一对父女，那个女儿竟然只有七岁，我们站上有人遇到过这个女孩。听说他们的宿营处就在我们站的油罐后面，今天晚饭后，我们结伴去寻访他们。

先到油罐后面，未发现有人宿营的迹象。我们沿着海岸继续南行，登上一个小山头，远处隐约可见一个四方的物体，像是一座小房子。下山要越过一大片积雪，不知地形深浅，想到失足冰缝的危险，投足不免踌躇起来。不一会儿，我们几人已经走散。四望无人，左边是大海、白浪、雪岛，右边是起伏的山，头顶盘旋着一群燕鸥，不时有一只燕鸥向我俯冲，发出尖利的叫声。终于走到了那个四方物体前，邵、何已经先我到达，我们三人一起察看，发现那是一个用废弃集装箱做的避难所，里面有一些简单的行李，附近还支着一顶帐篷，帐篷里放着睡袋。那么，是这里了。可是，不见人影。

我们继续前行，攀上一座积雪的山峰。山峰的那一边，纳尔逊冰盖浮在夕阳里，像一座巨大而剔透的冰山。西沉的夕阳依然耀眼，从冰盖右后方照来，背光的效果使得海水黝黑，冰盖闪射神秘的青光。回头望，雪中耸立着一块血红的石峦。密集的燕鸥群在天空鸣叫飞舞。我们无言地伫立在崖边，伫立在寂静中，向纳尔逊致敬。

就在这个海中孤岛上，这片充满不测的荒凉冰原上，一个父亲带着他的七岁的女儿，他们要共同体验生命的极限。我也是一个父亲，我有一个更年幼的女儿，但是，哪怕我的女儿长到了七岁，长到了不止七岁，我都不会带着我的女儿来冒这样的险。因为什么呢？因为我是一个中国人。在中国人的血管里，流的是父慈子孝的血，而不是冒险的血。即如在这极地，或者毋宁说正因为在这极地，我们站里格外强调集体行动，强调安全第一，个人化的冒险行为是大忌，难怪迄今为止在南极丧生的都不是中国人了。那么，看来所谓极限体验是求之者有，避之者无，基本上是一种文化现象。

在一定意义上，极限体验就是拿自己的生命做试验，试验的目的是测定生命的极限在哪里。

所谓生命的极限，可以从两个方向上理解。向下理解，即生命得以维持的最低限度的条件，这条件包括能量的摄入、器具的使用和社会的交往等，这些都要降到最低限度。试验的方式是苦行和隐居，吃最少的食物，住最简陋的居处，尽量不用现成的人工制品，尽可能不与社会发生联系，其极端者便是野食穴居，回归原始人的生活。向上理解，即生命能够战胜的最高限度的危险，这危险主要指威胁生命的自然环境和自然力量，例如沙漠、海洋、激流、高峰、火山、冰盖、暴风雪，等等。试验的方式是冒险性质的体育运动，如冲浪、漂流、滑雪、攀崖，以及以沙漠、险峰、汪洋、极地等生命禁区为目标的探险旅行。

人为何会有寻求极限体验的冲动呢？很可能是因为，正是在逼近生命极限的地方，人的生命感觉才最为敏锐和强烈。从生命的观点看，现代人的生活有两个弊病。一方面，文明为我们创造了越来越优裕的物质条件，远超出维持生命之所需，那超出的部分固然提供了享受，但同时也使我们的生活方式变得复杂，离生命在自然界的本来状态越来越远。另一方面，优裕的物质条件也使我们容易沉湎于安逸，丧失面对巨大危险的勇气和坚强，在精神上变得平庸。我们的生命远离两个方向上的极限状态，向下没有承受匮乏的忍耐力，向上没有挑战危险的爆发力，躲在舒适安全的中间地带，其感觉日趋麻木。因此，在实质上，对极限体验的追求是对现代文明的抗议和背叛，是找回生命的原始力量和原初感觉的努力。

可是，生命的极限究竟在哪里呢？所谓极限，岂非在不达与过之间，而不达就不是极限，稍过就丧失生命，因而最后唯有死亡才能标出极限的所在？事实上，对极限体验的追求确实具有向死亡进军的趋势。苦行的结果即使不是冻馁而死，至少也会严重损害健康。探险家倘若不克制自己的探险冲动，不断地向更大的危险冒进，死于某一似乎偶然的险情几乎是他的必然结局。那么，以损伤乃至丧失生命为代价来体验生命的极限，这究竟是否值得？或者，是否只应该有节制地进行极限体验，把它限制在一定的时间和程度之内？我向自己提出了这一系列问题，同时立刻意识到，我这样提问很可能仍然是循着中国人的秉性在思考。然而，我无法设想，有冒险精神的西方人可以不面对这些问题。

12月14日 海边闲看企鹅

在地球上，只有南极是企鹅聚居之地，因而这种憨态可掬的动物几乎成了南极的象征。要看企鹅，必须到南极，因而每一个来这里的人几乎都怀着先睹为快的迫切愿望。到达长城站的第一天傍晚，我们就在站前的岸上看见了三只企鹅。已在图片和屏幕上熟悉了它们的姿影，现在亲眼看见，一面有一种梦想成真的惊喜，一面又有一种仿佛老友相见的亲切。企鹅们也不避人，在我们面前安闲地站着，摇摇晃晃地走来走去。两天下来，频频相遇，真觉得它们是老朋友了。

长城站面东，略微偏北，正前方是一个小海湾，在视野里与对面的阿德雷岛相连。阿德雷岛的面积约两平方公里，岛上企鹅聚居，因此，我们常常可以看见它们三五成群游到这边岸上来。共有三个品种：阿德雷、帽带、境图。这里没有身体最硕大的帝企鹅。阿德雷岛因阿德雷企鹅得名，想必是这种企鹅最多，但渡海来访的并不多，见得多的是帽带和境图。所有的企鹅基本上都由双色构成，从头到翅膀到尾，背部为黑，腹部为白。使企鹅的形体显得稚拙的是那一个肥硕的白肚子，配上那一对短小的黑翅膀和一撮拖地的黑尾羽，看上去像胖娃娃穿了件燕尾服。帽带的头部最可爱，雪白面颊上一对黑眼睛像两个小墨点，那画家仿佛意犹未尽，又在眼睛下方靠近脖子的地方画了一道细细的黑线，像扣在下巴上的一根帽带，帽带企鹅由此命名。境图的体形较大，红眼眶、红喙、红足，灰黑的脑袋像鸽子，而躯体则与鹅非常接近了。阿德雷的形状与境图很相像，只是眼眶、喙、足都是黑的。

今天傍晚，我们去散步。所谓傍晚，是指晚饭后，其实天还是亮的，还会亮很久。不过，因为阴天，景色比平时暗。我们沿着弯曲的海岸走，右边是海，左边是正在融化但仍然颇厚的积雪，脚下是灰黑色的卵石和礁石。

海面上突然出现一朵涟漪，这涟漪快速移动，涟漪中有一个动物的头和背在拱动。是海豹吗？不，比海豹要小。我们看清了，是企鹅。不知道企鹅在水中是这么灵巧，潜在水面下如离弦的箭，一眨眼就没了踪影。如果潜得浅，就可以看见不时拱出水面的头和背，那姿势和速度已经不能说是在游，而是在窜、在跃。企鹅不会飞，也不会凫水，这是它们与别的野禽的一个区别。

有一只企鹅上岸了，接着又一只，两只，一共五只。都是帽带。怕惊动它们，我们各自就地坐下来，坐在礁石上。上岸以后，企鹅们似乎失了灵巧，马上换上了一副憨态。它们站起来，挺着大白肚子，张开小黑翅膀，迈着外八字，摇摇摆摆地走路。从一块石头到另一块石头，它们不是举腿跨越，而是双脚并跳，看去就像一个个孩子，伸开小胳臂维持着平衡，在石丛里一蹦一蹦。它们的平衡能力很好，你觉得它们好像随时会摔倒似的，实际上这种情形很少发生。它们在岩石间玩了一会儿，又安静地站立了一会儿，然后，一只企鹅跌跌撞撞地蹦上路边的雪坡，其余的慢慢跟着，都停在雪上。一只企鹅骑到了另一只的身上，第三只试图加入进来，被第二只啄走。那只失欢的企鹅叫唤了一声，从远处传来一声轻微的应答，接着，又一轮叫唤和应答，一块岩石后出现第六只企鹅的身影，朝这边走来，加入了这支队伍。

我们坐了很久，看眼前的故事。风越来越凉了，我们站起来，开始往回走。在海面上仍然可以看见窜游的企鹅。有一只企鹅身体格外长，不对，太长了，仔细看，原来是海豹。离这只海豹不远，有一只企鹅也在游，仿佛在和海豹周旋。有一种名叫豹海豹的凶猛海豹以企鹅为食，是企鹅的天敌。但这只海豹不像，它一边游水，一边抬头看我们，也许有所警觉，扎一个猛子，消失了。

12月15日 热闹中的寂寞

到这里仅仅三天，你已经感觉到了一种异样的寂寞，原因却是你无法适应周围的热闹。

这里的生活真是非常热闹。二十几人组成一个集体，有了一个集体，便有了集体的活动和事务，有了纪律，有了开会。在北京时，你几乎不参加任何会议，包括单位里例行的会、社会上邀请的会、研讨会、座谈会、纪念会、新闻发布会，等等。你不耐烦开会，在你看来，多数会议可以归入两种情况，不是对一个简单的问题发表许多复杂的议论，就是对一件复杂的事情做出一个简单的决定。可是，自从被编入这个集体以来，天天都有会，你不能不参加，因为在这里人们朝夕相处，你的拒绝会形成特别难堪的局面。

你突然落入了很不同的人群中，他们不习惯独处，有事无事喜欢聚在一起，把日子过得热热闹闹。无论哪个人的生日，都成了热闹一下的由头。这一个刚过完，下一个便开始念叨，盼望着自己也让大伙儿庆祝和卡拉OK一番，觉得这是一种光荣。你在北京从来不凑这类热闹，到了南极反要置身于其中，岂不古怪。你很庆幸你的生日不在这一段时间里。

对于那些将在这里越冬的人来说，孤岛上的一年太漫长了，他们害怕寂寞，需要热闹，你无意苛求他们。可是，你们这些所谓的人文学者有什么必要混在其中，随俗从众呢？反正你不想也无法做出喜欢这种生活的样子，因而从一开始就显得落落寡合，自己和别人都觉得你是一个局外人。

原来以为，南极至少给你提供了一个机会，得以在一个与俗世隔绝的环境里直接面对自然、上帝和自己。现在你发现一个奇怪的矛盾：暂时远离了大社会，却进到了一个极其紧密的小社会里。你觉得自己好多年没有如此紧密地被与人这种动物捆在一起了。

有一个到过南极的记者写了一本书，你翻阅后不胜惊异，里面所写的所谓极地体验竟全是鸡毛蒜皮的琐事。现在你看到，住在这个站区里，平时的活动范围不出周围几百米，如果心性不足以独立自主，那么，生活内容就只能是刷油漆啦，清仓库啦，张三唱了个歌李四打了个喷嚏啦，诸如此类的琐事都获得了特别的意义。没有个人价值目标的人集合在一起，集体生活就会成为价值本身。

不少人说起南极来，把人与人之间的关系极其亲密视为一个优点。你承认，面对恶劣的自然环境，人与人之间的互相帮助和合作至关重要。但是，对于你来说，超出这个限度，优点就变成了缺点。你跑到这天边来，当然不是为了把两个月的光阴耗在琐碎的人际关系上。

现在你有些弄不明白你为什么要来这里了。探险完全谈不上。旅游吗？太长久了，不像。度假和疗养吗？太热闹了，也不像。

如果是旅游，完全可以把日程安排得紧凑一些，半个月足矣。如果是度假和疗养，就应该是轻松自由的。

当然，问题仍取决于心性。那么，你就随你的心性游离在热闹的人群之外吧，让你的魂只在上帝创造的自然中和你自己的思想中漫游。

12月16日 到风雪中去

天气转坏，刮了一天大风，还夹带着时小时大的雪。坐在桌前，看见雪如白色的粉末，不是降落，也不是飘扬，而是无休止地横扫过窗口。

据说在离长城站不远的地方，躺着一只垂死的老海豹。在我们这个世外社区中，这类消息便已是新闻，人们会争相传播。不过，由于无人亲见，所以实际上还只是一个传说。晚饭后，又是邵、何、我三人出门去寻访。当然，这只是借口，一出了门即忘掉，到风雪中去本身成了目的。

风真大，肯定超过八级，刮得人直不起腰。在这样的风中，不管天上落下的是雪花还是雪片，一律被吹成粉末，以水平方向横扫于天地之间，打在脸上火辣辣地疼。我们翻过一座山头，登上另一座山头。离住地越远，越没有了安全感：假如风势再大，真可以把人卷走了；假如乳白天气降临，真回不了家了……我们站在山顶上，望着前面连绵的积雪山坡，都在犹豫。一会儿，何首先把脚插进雪中，我喊着制止他，他未理睬，接着邵也跟了过去。我知道这两个冒险家决心已定，决定不继续奉陪。大风使我有病的右眼锐痛，我必须保护我的眼睛。我退回到了第一个山头上一间废弃的小屋前，严密观察着他们的踪影。为了观察方便，我又回住地取来了望远镜。两个人影在雪野里越走越远，时隐时显。当然，最后终于折回，安全归来了。

我向他们分析道："怀宏是把危险当功课，滨鸿是把危险当游戏。"

邵问我："你呢，是把危险当危险吧？"

我坦然承认，并且说："对于把危险当功课的人，把危险当危险是第一课。对于把危险当游戏的人，把危险当危险是第一条游戏规则。所以，你们都得虚心听我的教导。"

12月19日 阿德雷岛

天气格外好，阳光明媚，海面风平浪静。根据预报，今明两天都是这样的好天气。乘这个机会，站长安排队员们分批登阿德雷岛，人文组是首批。

阿德雷岛就在长城站对面，天天隔海相望。那里是企鹅的巢，据估计有六千对，我们迄今所看到的企鹅都来自那里，是偶尔登上此岸一游的客人。今天，我们终于要去它们的家，也做一做它们的客人了。

海里有一段砂石坡，退潮时，这段坡露出海面，形成一道连接乔治王岛和阿德雷岛的天然堤坝，可以步行往返。可是，这些天潮大，坡露不出来，只能乘橡皮艇前往。

我们在岛的后侧登岸，一上岸，立刻置身于漫山遍野的企鹅之中了。正是孵化时节，企鹅们安坐在一丛丛岩崖上，远看如山头上密密麻麻的草茎。令人惊奇的是，它们的粪便居然把这些岩崖都染成了粉红色，到处散发着浓烈刺鼻的气味。岸边的平坡上也有大群企鹅，这些企鹅比较爱站立和走动，想必不承担孵化的任务。仔细看，每一只正在孵化的企鹅屁股底下都有一小堆碎石，围成一个圆坑，那是产床。建造产床大约是丈夫们的工作，我看见一个丈夫在妻子的产床附近走来走去，不时叼回一块小石子，有时还从别家产床里偷回一块，放进自家的产床。

智利人在岛上建立了一个观察站，两名观察员始终跟随着我们，实际上是在监视，防备有人惊扰企鹅。按理说，这个岛并不属于智利，但我们尊重他们的环保使命，上岛前征得了他们的同意，上岛后也听从他们的安排。他们倒也礼尚往来，对我们比较友好。那座高崖上企鹅最为密集，一个观察员允许我们攀到崖顶的边缘，限定每次不超过四人，让我们就近观赏和拍照。我仿佛来到了一间大产房里，看见成百个企鹅母亲蹲在自己的产床上，其中许多已经孵出了自己的孩子，腹下钻出一只或两只小企鹅的脑袋或整个身子。一般情况下，每只企鹅有两个孩子，但也有人看见过三个。小企鹅大小不一，有的显然刚出壳，毛茸茸的还站不起来，有的已经羽毛甚丰，能够踮着足尖去和妈妈亲吻了。

告别企鹅，告别那两个智利人，踏上归途。我们是从东岸上岸的，现在要在西岸下海。看来，企鹅集中在岛的东半部，而从长城站望见的是西岸，难怪我们平时看不见岛上有企鹅聚集的迹象了。不过，西半部别有天地，连绵的缓坡，一大片白是积雪，一大片绿或黑是地衣和苔藓。这里的苔藓都连成片，而且密密厚厚的，不像我们在长城站一带看到的那样零散稀疏。举目四望，俨然一块绿洲。走在上面，如踩在松软的地毯上。有的黑苔藓地上长着绿地衣，像黑地毯上缀着绿花纹。一道清水在苔藓间流淌，把靠近的几处苔藓滋润得格外青翠，乍一看以为是青草，令人感觉到一种春意。翻过一个山坡，眼前出现一个小湖泊，一汪清水映着蓝天，嵌在白的雪山和绿的苔坡之间。走下苔坡，便是铺满碎石的岸，然后是海，海那边的冰盖、山峰和房屋。坐在岸边一块石头上，沐浴着温暖的阳光，看着静谧的海景，不知身在南极。

12 月 21 日 攀登岛上第二峰

天阴，刮着风，后来又下起了小雪。何悄悄问我："出去走走吗？"我犹豫："风这么大，还出去？"可是，一会儿他还是来叫我了。我说，把滨鸿也叫上吧。他说，已经叫了。在坏天气，总是我们三人出去。

我们向南。有两个选择：去南海岸，或登山。天色灰蒙蒙，能见度低，到了海边也看不见什么，我们决定登山。这座山海拔 150 余米，是乔治王岛上的第二峰，离长城站不远，被中国人命名为山海关。海中那个岛叫鼓浪屿，后边那个湖叫西湖，诸如此类，可见思乡之心切，也可见想象力之贫乏。

到了半坡，风更大，直不起腰。脚下是积雪或碎石。风从东面吹来，眼看着东边黑压压的云在向我们逼近。漫天乌云，刚才露出的一小块青天已经消隐。

继续朝上爬。真正是爬，坡越来越陡，踩在脚下的碎石很容易滑落，必须手脚并用。

终于到了顶端。一只贼鸥立在最高处，飞出去，又飞回来。那里是它的窝。几尺见方的山顶还有两个废弃了的贼鸥窝，是凹下的碎石坑，里面的石头已被贼鸥的分泌物染成了褐色。我用碎石垒了一个纪念碑，在旁边躺下。一躺下，风就没了，被挡在了我背后的那块大石之外。

为了躲风，换了一个方向下山。举目四望，山丘起伏，到处积雪，一片白茫茫。我已不辨方向，但何始终胸有成竹地走在前面。平时常见他神情恍惚，想不到他会有这么好的方位感。

回到住地，雪下得更大了。回头看那座我们刚攀登过的山，山顶已隐在迷雾之中。

12月21日 岛上地球村

三天前的晚上，为了庆祝中国智利建交三十周年，长城站请智利站的人员来聚餐。今天晚上，智利站回请，申明规模对等，意味着有少数人不能出席。这对于我是正中下怀，我可以合法地逃避一次应酬了。

在地球上，若要体会一下地球村的滋味，应该来这个岛（乔治王岛）上。在岛上未被冰盖覆盖的地区内，分布着若干个国家的站。在这些站与站之间，没有国界，来往无须签证。据我不多几天所见，站与站之间的来往十分频繁。我们站上常有别站人员成群结队来吃饭，来得最多的是智利人和俄罗斯人。我们有时也去别站参加活动。到达的第二天，我们就去智利站参加了以色列大使在那里举办的一个宣传耶路撒冷的活动。曾经问智利站的一个军官，在这里是否感到寂寞，他笑了，说：比起在智利本土，这里热闹得多了。看来，外交活动是这里各站的日常生活的重要组成部分。

这里原是无人地区，而现在，不同国家的人被派到这里，为了生存，也为了排遣寂寞，反而有了比别处更紧密的人际关系。

外交从来受利益的驱动，在这里也不例外，不过由于以非官方的形式出现，显得比较有人情味。譬如说，我们之所以和智利站、俄罗斯站最热乎，不仅因为他们是紧邻，更是出于自身生存的需要。智利是地球上的小国，在这个岛上却俨然大国，站上设施齐备，我们必须依靠他们的机场和邮局，否则与外界的交通和通信就会断绝。俄罗斯站有两辆破旧的装甲车，能在厚雪中行驶，我们时常借用，他们倒也有求必应，我们开玩笑说那是我们的公共汽车。

昨天下午，窗外突然马达声轰鸣，透过窗户看，是一架直升机降落到了站区的空地上。一架崭新的很漂亮的红色直升机。有一个人从机上下来，很快又回到机上，飞机离去了。我听见走廊上有说话声，原来人文学者们都聚在走廊的小窗口旁，拿着照相机、摄像机之类，正在兴奋地议论。那是乌拉圭站的直升机，来送一封信，内容是接受邀请，当天晚上来长城站吃饭。我笑了，说：我们真成了乡下人，外面一有动静，就兴奋得不行。

在这乔治王岛上，中国站的确是乡下。我们上一次智利站，恰如进一次城。我们看直升飞机，就像乡下人看火车。我们常常请别站的人吃饭，正是乡下人巴结城里亲戚的心态。

如果忽略周围的景物——那些天天看见的海、岛、雪、石头是很容易被忽略的，只成了不变的布景——那么，我真觉得自己是来到了一个闭塞的山村，因为闭塞，村民们便热衷于邻近村落之间的串门。我们开会也非常像村里的会议，无非是安排劳动和饮食起居。当生活的全部内容是日常生活本身之时，的确就是地道的村民生活了。

12月22日 周游三方海岸

为了对长城站的位置有一个基本概念，我根据资料做如下描述——

在南极大陆西北方，有一些岛屿被命名为南设得兰群岛，乔治王岛是其中的一座岛屿。乔治王岛总面积为1160平方公里，90%是被冰雪覆盖的地带，名为科林斯冰盖。该岛向西南方向伸展出一个细长的半岛，叫菲尔德斯半岛，是岛上唯一没有冰盖的地区，长城站就在菲尔德斯半岛的南端，紧靠着东海岸。

现在，我天天面对的就是东边的这一片海域。站在海边，朝左（北）望去，海岸呈弧形平缓延伸，与乔治王岛的主体部分连接，形成一个海湾，远远可以看见科林斯冰盖白晃晃的边缘。右（南）侧的海岸多参差的礁石，遮住了视线，如果乘橡皮艇进到海中，或者朝南走一段路，便可以看见隐在礁石背后的纳尔逊冰盖。实际上，纳尔逊是一个小岛，与我们的岛隔着一道狭窄的菲尔德斯海峡。正对着我们的岸，隔着两公里的海面，一座低矮的山峰横在海上，那是企鹅聚居的阿德雷岛。在它的右边，有一座小山岛离我们更近，被中国人命名为鼓浪屿。在右侧礁石岸和鼓浪屿之间，有一片宽阔的海面，那便是通往大海洋和南极大陆的门户了。

菲尔德斯半岛东西宽仅两公里有余。我们一直听说西海岸，今天，在一位向导带领下，我们去探个究竟。

从长城站出发，有一道山谷连接东西海岸，向导带我们走的就是这条直路。谷中有积雪，步行了一个小时。向导说：瞧，前面就是西海岸。我的感觉是，那宽阔的山谷向前伸展着，在边缘处突然断了，仿佛被切了一刀，变成了悬崖。站在岸边看，岸沿皆高深陡峭，远近有几座石崖凸入海中，也都平顶直边，如一块块精心削齐的巨石。更有一座方正的石峰硬是被搬离海岸，搁进了海里。海上突起形状各异的岩石，错落有致，布满海面，小者为礁，大者为岛。如果说平坦的海是和丽的，则这里多礁的海堪称奇丽了。

崖下传来兽叫声，如虎吼，偶尔如狗吠。那是海豹。探头看，一群海豹挤在一起，躺在一块岩石后。它们体积庞大，肤色棕红斑驳，向导说，那是象海豹。我们攀崖而下，走近它们，闻到一股奇臭。那懒相，那臭味，难怪人说像猪圈。有人点数，计 23 只。一群海豹不论多少只，其中只有一只是雄性，其余都是雌性，是那只雄海豹打败情敌得到的战利品。我们走近了，海豹们仍挤躺着不动，唯有一只抬起了头看我们，张开血红的嘴，像在打呵欠，它必是那个草头王了。

海滩上还有若干只独处的海豹。我们平时遇见的海豹多为独处，估计不是情窦未开的，便是情场失意的。还有一具鲸鱼的白色枯骨，头部朝大海，如一件抽象雕塑，宣说着无人知道的奥秘。

向导带着其余人从原路返回，又是我、何、邵三人留下，我们要另走一条路，尝试沿海边回去。这意味着要周游西、南、东三个方向的海岸。

一路走石攀崖，算得上惊险。西、南海岸皆嶙峋，多陡崖，少平滩。只要有容足之处，我们便硬着头皮，面壁屏气挪行，尽量不去看脚下的万丈深渊。也有无可容足的绝壁，就只好绝路知返，另觅一条路绕过去。我们尽量少绕道，事实上只绕了两回，过去后看到，都是凸入海里的岩岬。

历险的一大收获是自信心大增，发现了自己所不知的能力，胆子越来越大。探险是双重发现，既发现外部世界的新大陆，也发现自己身上的新大陆。在敢冒险的人眼里，世上很少有走不过去的路，一切常人视为畏途的地方，包括沙漠、天堑、冰盖，在他眼里都成了邀他一试身手的诱惑。冒险的每一次成功都成为一个新的鼓励，使他相信自己的能力远未穷尽，于是向外寻找新的目标，直至进军形形色色的世界之最之极，在内则逼近了生命的极限。

发这些议论，我是把一点儿小感触放大了。实在的愉快是沿途的观景。那一路的海域，始终是奇石林立，诡谲变幻。特别是在半岛西南和东南两个拐角处，大自然仿佛偏要把最奇伟的景色放在这个位置上，树一个标志。

有一阵，我们把方向弄错了，以为到了东海岸，其实并未离开南海岸。因为是极昼，天色仍亮，但时辰已是傍晚，心里便有些着急。翻过一丛山峦，又翻过一丛山峦，期待着眼前出现我们熟悉的东海域景物，却总是落空。下着雪，有时雪颇大，但气温比较高，雪落在石头上立即融化了。落在苔藓上也融化，不过不立即融化，每一朵都保持着雪花的原状，能保持好一会儿，晶体的形状清晰可辨。于是我看见，脚下那一大片褐色苔藓地上，缀满了一朵朵精致的小白花。我埋着头走路，忽然听见何在前面喊叫。我和邵都以为他看见了我们已经快到家的证据，其实不然。不过，他的喊叫情有可原。眼前出现的是一个怪石群，黑沉沉戳在那里，面目狰狞，鬼气逼人。穿过怪石群，又别是一个天地。左侧近岸的海面上，散布着几座小小的秀峰，峰壁有鲜黄色的斑驳苔藓，各峰排列得极具匠心，像放大了的盆景。当然，盆景的比喻并不贴切，在南极的海上，在海天的背景下，竟有如此纤美的景致，似江南又非江南可比，是出乎我的意表和言表的。右侧远处有一岛，与石岸如二山对峙，其间海面开阔，纳尔逊冰盖浮在天边。邵说：像天堂。一言刚落，漫天乌云散开，露出一长条蓝天，一片阳光投照在海面上。紧接着的发现是，岸上那座山坡是我们一周前散步时曾经登临过的，我们真的快到家了。再次登临这座山坡，坡上厚厚的积雪融化已尽。

从上午9时半，到晚上9时半，走了整整十二个小时。有点儿累，但收获巨大，那被我们用自己的足丈量过的三方海岸都已经属于我们。

12月23日 你愿做一只企鹅

中午，韩国人来吃饭。晚上，俄罗斯人来吃饭，接着是晚会、卡拉 OK、跳舞。每逢这种场合，记者便架起机器，一本正经地拍摄，从头拍到尾。你心想，这就是他们的南极报道了。

这没有什么可诧异的，因为，在都市也罢，在南极也罢，每个人总是按自己的秉性生活。

你还不太清楚你在这里能做什么。但是，你知道你不要做什么。

现在，对于这些无休止的国际联欢或同胞联欢，你一概不参加。你默默地吃完你的饭，默默地离去。你不怕别人说你一个外人，因为你的确是一个外人。

你也不接受采访，不论是来自国内的，还是来自身边的。你不写任何新闻稿。你自己没有新闻，你在周围的热闹中也没有发现新闻。

至于说这个岛上，当然，风景很美，但这不是新闻。企鹅在海岸上栖息，它不把自己和大海当作新闻。你喜欢和企鹅在一起，你自己也愿意做一只企鹅。

12 月 25 日 天空下的劳动

一群中国人在用镐和铲清除路上的冰雪，你也在其中。拿镐的人先把冻结的冰雪打碎，然后持铲的人把碎块清走。你有时候抡镐，有时候挥铲。这条路是连接长城站和智利站的通道。今天是圣诞节。有人开玩笑说：洋人过圣诞节，我们过劳动节。还有人开玩笑说：回到了保尔的年代。你抬头看着向远处伸展的荒野和天空，有一种久违了的熟悉心情回到了你的心中。

那是三十二年前，你刚刚大学毕业，根据“最高指示”，必须到工农兵中去接受再教育。你到了洞庭湖中的一个农场。在渺茫湖水的包围下，靠人工筑堤拦湖造出了一大片田地，你们就在这片田地上挖渠和种植。那时候，没有人告诉你们，再教育何时可以结束，农场的日子望不到头。你记得，在劳动的间隙，你常常看着天边发怔，每天最盼望的就是黄昏降临，落日和晚霞把天边染红。站在堤上看，天和水绚烂成一片，那一刻真是美啊，为你一日的寂寞生活提供了全部寄托和理由。

从那湖中孤岛到这海中孤岛，三十二年如梦，你在梦中变老。现在，在你心中苏醒的是你的许多个寂寞的青春日子。你不禁设想，如果那个时代延续至今，你的生活经历会多么单调，不过你肯定有更多的机会看着天边发怔。那个时代终于结束了，你渐渐变成一个忙人，你的生活增添了许多内容，却没有了晚霞。真的，你有多久没有看见晚霞了啊。在世界各地的孤岛和广漠上，在晴朗的黄昏里，晚霞依然染红天边，可是那一个个美丽的时刻不再属于你，在你的忙碌的日子里不再有它们的位置。当然，你丝毫不想回到再教育的时代去，即使像现在这样，你又进入了一种必须参加各种集体活动的境地，这种情形已经使你感到意外。你只是触景生情，因为多少年前在天空下劳动的场景又重现眼前，而平添了一点儿岁月易逝的伤感罢了。

12 月 27 日 参观智利站

上午，参观智利站。其实，我已到这里来过两次，别的人肯定来过更多。我愿意来这里，是因为可以打投币电话，听一听亲人的声音。今天也是这样。至于看站上的这些房子，看房子里悬挂的纪念品，我并不觉得有兴趣。

智利本土离乔治王岛很近，在智利出版的地图上，这个岛被划做智利领土。因为地理位置的近便，智利站是岛上规模最大的站，由一个机场、一个民用空军基地和一个南极研究所组成。两名军人带我们参观站上附设的银行、邮局、小学等设施，以及一个十分宽敞的体育馆，一座某富翁捐助的蓝色小教堂。有十几栋独门独居的白色房子，是为带家属的军官准备的。研究所只是一座小屋，不属于基地，在中、智两站的热烈友好来往中，我从未看见过这个研究所的人出现。

下午，又要参观俄罗斯站，我不去了。我到过那里一回，看见会议室和站长办公室里都铺着木地板，墙上衬着木内壁，显得美观舒适。俄国人别林斯高津是南极的发现者，俄罗斯站即以他命名，他的木刻头像随处可见，是南极探险史上俄国人引以自豪的一页。这个站建于 1984 年，依靠强大国力也曾经兴旺过，但现在已显衰落迹象，人员甚少，屋外堆积着废钢铁。

邵回来后告诉我，她走进那里的医务室，看见房间里有两个书架，摆满了医学书和文学书，桌上一本打开的书是雷马克的《西线无战事》。医生是一个六十多岁的老人，和她谈起书，眼中顿时泪光闪闪。我们都想起我们站里恰成对照的例子，不免一同感慨了一番。

12月28日 南极事业与人类情怀

南极是一块开放的土地。从理论上说，任何国家、任何民间组织甚至任何个人都有权来这里圈一个地方，建立一个家园。南极条约订立之前，在这里建站的国家往往不同程度地提出了领土权利的要求。在靠近南美洲的西南极，阿根廷和智利的领土权之争最为激烈。阿根廷把西经25°至68° 34’的区域宣布为阿根廷的领土，智利则把西经53°至90°之间的扇形区域宣布为智利的领土。直到现在，智利所出版的地图仍把乔治王岛划入其领土范围。他们让军官带家属住在岛上，鼓励女人在岛上生孩子，似乎是要用这个办法来制造在南极出生的土著居民。事实上，据我所见，岛上多数站已经不从事科学考察活动，基本上是在守摊子，明显含有占地盘的意图。

在南极事业上，我最欣赏的是个人勇气和人类情怀。我非常钦佩自库克以来的一系列南极探险先行者，然而，当他们中有人把自己的国旗插在新发现的土地上，宣布领土归属权之时，我便感到悲哀，仿佛看见一个英雄在最后一刻摆出了一个丑陋的姿势。地球早已被分割成一个个国家，南极洲是仅剩的一块不属于任何国家的土地，也许人类大同的曙光将从这里升起，不该再让它沦为国家利益的战场。

乔治王岛上的俄罗斯站是以别林斯高津的名字命名的，我当然能理解由此所显示的民族自豪感。但是，南极大陆上那个世界最大的考察站是美国人所建，却用最早到达南极点的一个挪威人和一个英国人命名，称为阿蒙森－史考特站。我更欣赏由此所表现的超越民族的世界胸怀。

1961年生效的《南极条约》规定，南极只能用于和平目的，任何国家以前所主张的在南极洲的领土主权的要求均予冻结，并且不得提出新的要求。我十分赞赏这一规定，并且衷心盼望有朝一日解冻之时，人们会惊喜地发现那被冻结之物已不知去向。

12月29日 一天的风景

从早晨起，便是晴空万里。来这个岛上后，第一回看见天穹通体蔚蓝，只在天际有少许云彩。大海也格外蓝，波澜不惊，景物异常清晰，海湾对岸的山峰和山脚下的房屋一览无遗。

下午，去海边散步。一只洁白的黑背鸥悠闲地浮在海面上。一只黑色的小海豹懒洋洋地躺在岸上的积雪中。一块礁石上站着五只企鹅，那礁石的顶是一个平面，像一个小小的舞台，而企鹅们便排着整齐的队形，仿佛按照着我听不见的旋律一会儿向左，一会儿向右，一会儿转圈，恰似在表演舞蹈。我看呆了。它们表演了很久，最后，表演结束，便一个个依次走下舞台，消失在舞台后面的大海里了。

我走到菲尔德斯半岛东南角，停留在那儿，站在岩崖上看如画的风景。真正如画一般，海和天的蓝，浪和雪的白，礁石上苔藓的黄，都像是原色，那么纯，那么鲜。因为空气纯净，一直比较遥远的冰盖现在好像近在眼前，边缘的截面洁白里透着碧绿。

走下岩崖，选择合适的角度，我开始拍摄。这时候，我遭到了燕鸥的攻击。我曾在札记里嘲笑过这种小不点儿的鸟，说它们焦躁不安，总是满天乱飞尖叫，哪里比得上黑背鸥的安闲风度。它们仿佛听到了我的不恭之言，现在来向我报复。我已经观察到，这种小鸟喜欢追人并且向人俯冲，但我未尝真的被它们攻击过。今天不一样了，它们像许多支箭在我的头顶上射来射去，不断地有一只俯冲下来，狠狠啄我的头顶一下，然后迅速飞开。它们袭击的频率越来越快，啄得越来越狠。其中有一只好像尤其恨我，连续袭击多次。我不得不朝山坡撤退，因为我估计，如果我靠近山壁，它们再俯冲就会撞岩，必定停止攻击。事实也果真如此。我一共被它们啄了十多次，其后头顶一直隐隐作痛，仔细摸知道是啄出了伤口。

惊魂甫定，抬头看，不知何时天空已布满乌云。千真万确，至多十分钟前还是晴空万里，乌云不可能是从别处飘来的，只能是在很短时间内就地凝聚而成。于是往回走，又大约十分钟，下起了小雪，刮起了风。不一会儿，便完全是风雪交加了。早知道这里气候变化无常，果然名不虚传。

半夜 2 时 30 分，尚未入睡，发现窗口透进红光。拉开厚窗帘看，太阳正要从东南方的山峰后面升起，已经露出一点儿边缘，那里的云霞一片鲜红。我立即起床，拿着相机出去。户外已经很亮堂了，比平时这个时间更接近于白昼。天空晴朗，有一些灰色的云彩如大泼墨一样画在天上，靠近东南方便渐渐转变成红色。太阳已经离开山峰，在云霞背后越来越耀眼。大海是青灰色的，对我这个夜游人视若不见，漠然地摇着它的波浪。岸上水塘里的贼鸥也仿佛在安眠，偶尔有一只拍动一下翅膀。我忽然明白，虽然太阳出来了，天好像亮了，但这只是假象，现在仍是深夜。于是，我回屋里睡觉了。

12月31日 迎接新千年的方式

为了突出在南极迎接新千年的意义，应该组织一些特别的活动。最后的方案和实际过程是这样的——

中午12时，亦即北京时间午夜12时，升国旗并集体合影。在此之前，每人依次登上一小截雪坡，去敲一下那口挂在屋檐下的钟，二十一人共敲二十一下，表示迎接二十一世纪。然后是拔河赛。午饭后，举行娱乐活动，包括抓阄交换礼物、猜照片、接力赛跑、南极知识答题等节目。午夜12时，升队旗。

有一个人没有参加任何活动，他是何怀宏。前些天，有关人士得知我对这里的热闹表示厌烦，便做出一个安排。哲学家需要体验孤独？好吧，你和何两人去油罐后的那间避难所里住四十八个小时吧，在此期间不准朝长城站的方向走动。我觉得这是一个可笑的安排，未予理会。我要的是不参加集体活动的自由，而不是四十八个小时的——借用唐对此事的形容——禁闭。没想到的是，何悄悄接受了这个建议，只是把实施时间推迟到了新年期间。前天散步时，我和邵一起帮他把食品——仅是少许饼干、罐头和矿泉水——及用具搬到避难所里，情形已经了然。这个避难所是一只小集装箱，里面没有窗户，黑洞洞的，全部装备是一块架起的窄木板，仅可躺一人。门已坏，完全挡不了风，因为曾经飘进雪，地是湿的。昨天中午他去住了，晚上变天，刮了一夜大风，他只有一个睡袋，真不知是怎么熬过来的。

对于何的这个举动，人们窃窃私语。许多人是在暗笑，有人公开说了出来，说他是傻瓜。也有人觉得他占了风光，因为唯他一人真正是用特别的方式迎接二十一世纪的。我只羡慕他借此躲开了节日的喧闹。但是，让我这么做，我仍不愿意。我喜欢安静，但不喜欢苦行。在我看来，如果不是因为躲不掉的险难，一个人就不应该故意受冻挨饿。我不觉得孤独和冻馁是好的搭配，在冻馁的时候，我会被身体的痛苦控制住，没有力量再去欣赏大自然中和我自己灵魂中的风景了。总之，孤岛独居是美好的体验，但是，我希望那屋子是比较暖和的，那食品的储备是比较充分的。

我既不能融进集体的热闹，也不能享受离群的孤独，终于用十分平庸的姿态迎来了记者们津津乐道的新千年。让我坦白吧，在新千年之夜，我对自己的奖励是用笔记本电脑看了两部 VCD。

1月1日 雪中冬泳

新世纪的第一天。我睡了一个好觉，醒来后精神很好，看见窗外的天气也很好。虽然天空是淡灰色的，像是均匀地布满薄云，但云后面的太阳仍很耀眼，天地仍很明亮。可是，午后天气就变了，走出屋子，发现在下雪，四周已是一片白色。雪花很大很密，风不大，很大很密的雪花就在眼前悠悠地飘扬，把别的景物遮挡得一片朦胧。岛上经常下雪，但难得遇见这样的圣诞卡上的瑞雪。我对自己说，下午的天气比上午更好。

我在雪中行走，仿佛置身在一个白色的梦中。万物都变成了白色，甚至包括海上的礁石和峰岚。还有若干人也在我的前面或后面行走，我听他们说着冬泳。他们到了一块海滩便停住了脚步。那里，停着一辆装甲车、一辆卡车、一辆吉普。离岸稍远的一块大石后面，有一群俄罗斯人和德国人正聚在一起联欢，他们站着，一边听音乐一边烧烤。志愿冬泳的人就是来找他们的，因为听说他们也要冬泳。但是，这些洋人沉浸在自己的欢乐中，丝毫没有下水的意思。于是，我们的志愿者们也犹豫了起来。看起来，这里的确不是一个合适冬泳的地点，近岸的海水太浅，水底是扎脚的石头，游泳前先要艰难地蹚一段水，延长了受冻的时间。

他们犹豫得太久了。我离开他们，开始往回走。走了一截路，邵在那边叫我。我折回去，发现已经有人下水了，她也在准备下。刚才有一个俄罗斯人裸泳了，这件事被大家热烈地谈论着。一共有四个中国人下水，包括邵，她是唯一下水的女子。大雪飞扬中，她的穿着泳装的修长的背影朝海里走去，步态从容，姿势优美。她开始游了，不像其他人那样与岸平行地游，而是向远处游去，游得最远。岸上的人担心了，有人在大声叫喊。这时候，那个刚才裸游的俄罗斯人飞快脱衣下水，朝她追去。我们看见，这回他不是裸体，保留了裤衩。可是邵不知道，当他靠近她时，她使劲挥手驱赶他。他们游回来了，到了浅水里，两人都站了起来。这时她才看清了他不是一个暴徒，而是一个骑士，于是潇洒地把手伸给他，和他手搀手一起凯旋。到了岸上，人们立刻忙碌起来，纷纷帮她擦身穿衣，当真把她当作一个凯旋的女英雄来迎接。

1月2日 参观韩国站

天气晴朗，韩国站出动两只机动橡皮艇，接我们去参观和做客。

长城站和韩国站分别建在一个海湾的两岸，隔海遥遥相望。距离的确遥远，仅在天气好的时候，可以隐约看见他们的房屋。今天，橡皮艇载着我们横渡，我们才一睹海湾的全貌。到了海湾中央，真是海阔天空，全部海岸像一条用冰雪和岩石连缀成的飘带，远远地系在天边，把天空和大海隔开。这飘带弯成一个U字形，开口处是海平线，海平线上密布着大小不等的冰山。

我乘的这只艇的司机是一个沉默的中年人，模样与我印象中的朝鲜船夫完全吻合。他始终一声不吭，只顾驾舟朝目标匀速行进。另一只艇就不同了，那个书生模样的年轻人驾舟一会儿快驶如在兜风，一会儿拐向冰盖和冰山，流连其旁，让乘者照相。这不同的驾驶风格，鲜明地显示了驾驶者的不同性格。一定是受了触动，看见最后一座较大的冰山，我们的船夫也终于把船靠过去了。由于天气暖和，冰山一路融化，都已不大，并且在漂流中被海浪冲刷得孔洞密布，枝杈繁多，形状毫无规则了。图片上常见的方正的大冰山，是一座也没有看到。

上了岸，岸边散着许多从大洋漂来的冰块。回头看，比起长城站一带来，这里的海面辽阔得多，景物也更多样，科林斯冰盖和纳尔逊冰盖一并收在眼中。这也许是因为，韩国站的位置已经靠近海湾的开口处。

午餐相当可口，有新鲜的生鱼片和牡蛎肉。而且用餐环境卫生，文明，毫不喧哗。听说那天我们的人在智利站做客，晚餐也是丰盛而精致。我不禁诧异，我们最引以自豪的是请人吃饭，坚定地相信中国饭菜是南极一宝，人家都争着要来享用，而事实上，相比之下，我们的伙食逊色得多。

参观他们的科研栋，更令人惭愧。一进门，墙上贴着项目的一览表。各个房间里，整齐地安放着电脑、仪器、实验装置、文献资料。三名科学家，带着若干名研究生，都在自己的岗位上专心致志地工作着。人家的确是在干着正事。据说由于经费的原因，中国南极科考基地已经完全转移到中山站，长城站只成了一个“窗口”，即一个供人参观的场所。我不禁诧异，我们的这个“窗口”究竟展示什么，让人参观什么？因为站上的全部装备和站上人员的全部工作都只是服务于站上人员自身的日常生活。我很想向有关部门建议，不如干脆把它建成一个旅游接待站，开辟国内的南极旅游航线，不但名正言顺，而且可以为国家增加收入，岂不两全其美。

韩国站附近也有一个企鹅聚居的地方，他们在那里设有观察点。沿海岸朝大洋的方向走，爬上一个雪坡，眼前便是一座座岩峦，每一座上都有密集的企鹅。岩峦衬着海的背景，今天海水格外蓝，企鹅们像是在海边城堡上玩守城游戏的一群群孩子。当然，事实上它们中有妈妈和爸爸，有孩子。小企鹅的生长节奏很不一致，许多已经长大，个儿和黑羽毛的黑快赶上妈妈，有些仍然幼小，毛茸茸淡灰色。企鹅大约也有心理断奶的问题，长大了的仍然朝妈妈肚子下钻，妈妈便躲开。有一位妈妈的腹下没有小企鹅，却有一只洁白完好的蛋，她心里一定很着急。妈妈们常常带领孩子们昂首朝天大叫，想必是一种技能的传授。这里的企鹅多为境图，但有一块地方聚居着帽带。在阿德雷岛上，我们没有看见帽带的聚居地。帽带常常朝前探着画了脸谱的脑袋，急匆匆赶路，那模样很可笑，被某君讥为傻帽。

韩国站站长来电话，说预报一个小时后天气恶化，让我们立即返回。果然，我们的橡皮艇刚离岸，就下雪了。雪越下越大，海上一片迷茫。但是，友好的韩国朋友发现一座冰山上有两只海豹，仍然体贴地让我们靠近照相。

1月5日 访捷克站

访纳尔逊岛上的捷克站。

开橡皮艇去，行驶二十分钟左右。天气很好，海上风和日丽，碧波万顷。不时看见，有小动物三五成群，在碧波中作鲤鱼之跃。它们排着队，整齐地一跃又一跃，仿佛在跳水上芭蕾。是企鹅，因为拱着黑亮的背跃出，乍一看外形也像是大鲤鱼。

海上有一座冰山，是我们迄今所见体积最大、造型最美的，像一座现代艺术建筑，有人喻为悉尼歌剧院。在艇上看，它好像是和背后的冰盖靠在一起的。上岸后发现，其实是分开的，其间隔着很宽的海面。选择一个合适的角度，以礁石上的企鹅为前景，以海上冰山为背景，拍摄了一些照片，相信其中会有佳作。这座大冰山在慢慢移动和融化，它的身后拖着一长列碎冰块，隔一些

我在纳尔逊冰盖

企鹅与日出

我在乔治王岛的海上

极地棚屋

时辰看，它的形状也有了改变。（注：捷克人后来告诉我们，一天后，他们亲眼看见这座冰山在一瞬间里爆裂成了碎块。）

捷克站是两三间小木屋，漆成黑黄二色，坐落在一个面临大海的山凹里。一间小木屋的屋顶后竖着一座三叶片的风扇，那是一台小型风力发电机，供取暖和炊事之用。建站位置选得非常好，避风，站在屋前看海，海装在一只大碗里。

小木屋里顿时热闹起来。葛用英语与白发苍苍的老站长交谈，邵用塞尔维亚语与那个七岁的小女孩交谈，两种语言交织成一片。

老站长原是一个登山教练员，喜探险，曾四上珠穆朗玛峰，横穿格陵兰岛。东欧解体后，获得一批房屋遗产，便投资建立了这个生存极限体验中心，十几年来已有七十多人参加。志愿者包括捷克公民、在国外的捷克侨民以及外国人，视经济状况而自费、补贴或免费。该中心纯属民办，不接受政府经费，但接受公司和个人捐助。八年前两名捷克人渡海丧生，是该中心历史上伤心的一页，他用这个事例强调，探险的第一原则是要有所畏惧。七岁小女孩来这里接受生存极限训练，则是他的得意的一笔，他认为他以此证明了人类可以在南极正常生存。

此刻，这个他引以自豪的证据就坐在一张小桌前，邵紧挨着她坐，仔细地询问她每天的日程，两人一起在纸上写着。小女孩只会捷克语，理解塞语颇困难，但邵就有本事把谈话进行得十分热烈。交谈的结果显示，小女孩每天和大人一样，起得很晚，只吃两顿饭，下海游泳，捡垃圾，等等。和小女孩的爸爸核对，邵大笑，因为小女孩把所有的时间都说错了。小女孩带我们去看她的住处，一进屋，立刻从床上抱起一个玩具绒毛动物，搂在怀里，露出了由衷的笑容。这证明了她仍然是一个孩子，喜欢玩具胜过喜欢生存极限训练。

捷克站附近有中国设的避难所，老站长带我们去，从屋后翻过一个山坡就到了。一只特制的宽敞的大集装箱，里面有三张双层床，被褥齐全。桌上有一些中国杂志，都是1987年的，估计这个避难所是在那一年设立的。一个本子上的签名表明，最近一次有人进入是在1997年。紧挨着作为居室的大集装箱，有一只小集装箱与之相连，是厨房。

四周的景色才不同寻常呢。积雪的坡、陡峭的巨岩和白得耀眼的冰盖一角，构成了一个相对封闭的天地。朝海的方向，在冰盖和巨岩之间，海水从一个窄口流进，形成一个平静的小湖。岸和湖底皆是黑泥沙，近岸处的水上浮满了小冰块，陆上也堆积着小冰块，给小湖镶了一条晶莹的边，有几只企鹅在其上走动。冰盖近在眼前，垂直的截面雪白透着碧绿，像一道墙直插湖底。我站在湖边，被这景色的奇丽惊住了。

我一直在梦想一个地方，离长城站远一些，但是有合适的居住条件，有美丽的风景，我自己或者与少数志同道合者一起住一些天。眼前就是这样的地方，而且景色之美和条件之好远远超出我的期望，还有什么可犹豫的？我立即向也来捷克站参观的我们的站长提出申请，却未获批准。不过，他答应另行安排一次，让人文学者们住一下这里的避难所。

翻越雪坡往回走，我不断回头去看那冰盖下的小湖，心里真正是依依惜别之情。

1月8日 极昼日出

昨天晚上9时30分，晴空无云，一轮淡淡的月影印在天上。天色还亮，太阳将落未落，余晖把海那边的雪山一角照得异常耀眼。不一会儿，太阳落了，天色和山峰都暗了下来，月影便亮了起来，显现为一轮名副其实的皓月，像一面金色的镜子。我走到海边，岸上站着几只企鹅，我在它们前面悄悄趴下，让月亮悬到它们的上方，把月下企鹅摄进了镜头。

来岛上后，第一回看到这么好的月亮。预报说，天气将继续晴朗，我决定不睡觉等候日出。

现在是南极的极昼，午夜时分天色最暗。但是，在晴朗的日子，东方的天边这时已经开始透出曙光，渐渐把云彩染红，把天空照亮。这个过程一直延续到日出，在日出之前，天空已经相当明亮了。极昼的太阳是一个勤勉的国王，他回到寝宫匆匆打一个瞌睡，就又急忙赶来上朝。

凌晨2时，我沿海边朝东南走去，踏着碎石和苔藓，穿过那些阻挡视线的山头和礁石，来到宽旷处。仍是海边，浪花在礁石之间飞卷，但东方的海面是敞开的，海平线连着冰盖，天空抹着亮丽的红晕。2时半，太阳从冰盖后跃起，它的光亮已经十分强烈，看上去仿佛把冰盖顶烧出了一个缺口，而天边的红晕反而在这强光中消退了。海面上，那些礁石和波浪的一侧边缘都被旭日照亮，大海点燃了千万支蜡烛，向早朝的国王致敬。十只企鹅站在海边，它们似乎也在等候日出，这时都面向朝阳，胸脯的白羽毛镀了金一般鲜亮，像是戴上了金围兜。在一切庄严的场合，你都会遇到企鹅，使你感到它们才是岛上的主人。万籁俱寂，只有海涛击岸的声音。太阳上升得很快，一眨眼已是阳光普照的景象了。我看一看手表，是凌晨3时10分。

1月13日 把最想做的事放在第一

“国际”钓鱼赛是阿正预先设计的一个节目，今天下午进行。来了一些俄国人、智利人和韩国人。反正无事可做，我也去做了一会儿观众。

比赛在离长城站不远的海边举行。在我的想象中，我应该看见一排人站在岸上，把钓竿伸向海里。但是，实际看到的是完全不同的情景。这一片海滩上大石成堆，但见参赛者一人蹲在一块石头上，脸朝石头与石头之间的缝隙，低着头，那姿势一点儿不像在钓鱼。看见许多人用这姿势蹲成一片，给人一种古怪的感觉。原来，人们钓的是一种大头鱼，有人称作傻鱼，海水退潮之后，滞留在滩上的石头之间，钓者无须用钓竿，只要把带钩和饵的线直接放进水里，鱼就会上钩。这是俄国人传授的经验，他们最善钓，因为穷，常来这一带的海滩用这种方法钓鱼，以补充食物的不足。今天他们是毋庸置疑的冠军。也有人大约不相信他们的经验，仍是站在岸边，举着钓竿，像模像样地钓，结果真的是一无所获。

晚上，与邵、何聊天。我说，回北京后，我要尽快把必须做的事了结，然后腾出时间做我最想做的事。

“什么是你最想做的事？”邵问。

“写那样一部作品，完成之后，我这一生即使不再写别的作品，也没有大的遗憾了。”

“那是什么样的作品？是不是学术的？”何问。

“不会，一定是文学的。”邵自信地代我回答。

我首肯，说：“应该是文学的，但比较自由，可以容纳各种形式。”

“把你那些情感的和思想的孤儿都收在里面。”邵说。

“对，给它们一个家。”

“啊，太好了！想一想都让人激动。”她不停地叹息，有一种神往的表情。一会儿，她说：“我认为你应该马上开始做这件事，把别的事都放到一边，耽误了什么都没关系，这本书写出来了，上帝都会原谅你的。永远要把你最想做的事放在第一。”

“你说得对。以前我老想，先把那些不太重要的事做掉，就可以专心做最重要的事了。后来我就发现，永远有新的不太重要的事插进来，所以永远不会有做最重要的事的那一天。”

“有时候可能是觉得准备还不充分。”何插话。

“什么是准备？你开始了，你就在做准备了。”邵反驳。

“对，只有开始了，准备也才能真正开始。”我赞同。

“你在这里就开始吧，这多好，南极对你就真正有意义了。”她说。

已过午夜12时，他们走了。我躺到床上，想：和邵交谈是十分愉快的，她有阳光一样明朗的性格，悟性也好，会激励人。她未必很有深度，但是她对你的思考和创造满怀兴趣，努力追随你的思路，当她有所领悟时，便由衷地赞叹。

我一直想写一部大书，一部能够把我一生最重要的体验和思想都容纳在内的作品，这个计划久已盘旋在心，却因种种干扰而不能开始。它应该是我的精神创作王国里的君王，原来我是想耐心地把杂色人等——我的其他工作项目——打发完了以后，替它的宫殿清了堂，再请它登位，而现在，我要让它立即升堂，它在宝座上一坐，杂色人等岂不就自然而然都回避了？我的精力岂不也应该用来伺候我的君王，而不是永无止境地与杂色人等周旋？好了，真理是这么明了，我就行动吧。

1月14日 南极无新闻

南极无新闻——这不是我到了南极之后的新发现，而是我来这里之前就有的一个坚定认识。人文学者南极行——这算得上是一个新闻，几个人文学者有组织地到南极走一趟，这毕竟是一件新鲜事。但是，仅止于此，这个行动一旦付诸实现，新闻也就随之结束。

在南极发生的事情，只有两类可以成为新闻。一是探险，即走无人走过的路线，到达无人到达过的地区。自从九十年前南极点被一个挪威人和一个英国人征服以后，这方面的机会已经不多了。当然，在南极洲还有面积辽阔的冰盖，其下布满看不见的深渊，我们可以去尽情冒险一番，拿生命赌一赌运气。但是，我不觉得这样做是理智的。对于我们来说，在向导带领下走一段安全的路线，对冰盖有一个感性印象，也就足够了，而这就不成其为探险，最多能算比较刺激的旅游。另一是在科学考察上做出重大成果，我们与这一类新闻当然更加无缘了。

不错，我们是人文学者，在南极应该有与探险家、科学家不同的体验。可是，体验能成为新闻吗？依我之见，在远离新闻的地方，才会有真正的体验。如果你只是用记者的眼光在这里寻找新闻，你所找到的就只能是一些暂居这里的人之间的琐事，而对南极本身却视而不见。可是，倘若你能独自静静面对南极的千古自然，那么，这大海和岛屿，这企鹅和海豹，就都会用默契的语言与你交谈。

今天下午，一只年老的象海豹爬上了我们站区的海岸，岸边有一张不知谁扔弃的旧床垫，它就躺在那张垫子上。这个消息很快传开了，成了站上的一个新闻。不一会儿，人们把这只老海豹围住了，十几架照相机和摄像机对准着它。它不安地扭动笨重的身体，时而抬起头，睁大那双仿佛带血丝的红眼睛看大家，眼中含着困惑的神情。终于，它掉转身体，吃力而又坚决地朝海拱行，扑进海里，游走了。我知道，它拒绝成为新闻。我仿佛听见它也向这些把它当作新闻的人们甩下了这句话——南极无新闻。

1月15日 海边小景

晚上8时的海边。天空布满灰色的乌云，很厚，但很均匀，像是用淡墨耐心地抹了一层又一层，才抹出了这效果。下午的时候，我看见这些乌云密集在天顶，是一块黑色的圆盖，现在已经弥散开了。只有天边还是亮的，层叠的山峰绵亘在这亮的背景前，没有雪的山是黑色的，有残雪的山黑白斑驳，一律轮廓分明。在岸与天边的山峰之间，青灰色的大海平静地流淌。举目四望，天地间的景色像一幅工笔水墨画。我的脚旁停着两只贼鸥，不远处有几只企鹅。空中传来轰鸣声，一架大力神飞机在云层下越过大海飞向远方。天下着小雨，雨滴渐渐变大。这是我们来后第一次下雨，而不再是下雪，天气真的暖和了。

现在，我每天就是这样过的：白天关门读书和写作，傍晚时分，到海边走走，对着海发一会儿怔，日子倒也清净。

1月17日 正常的心情

某报约我们六个学者每人写一篇短稿，谈谈即将在南极过春节的心情。下面就是我的稿子，至于是否合乎要求，能否刊出，我就不得而知了——

> 我们将要在南极过春节，这是我事先就知道的，但不是我所盼望的。对于过节，我的想法很平常，认为最好的方式就是和自己的亲人在一起，只要是在一起，怎么过都好。自古以来，中国人最怕的是佳节不能团圆，天各一方，那时节，游子在外倍思亲，怨妇在家倍冷清，怎生了得。人间种种节日，来源各异，却都指向一个目标，就是让亲人团聚。人们平时在社会上为名利忙碌，开足马力，六亲不认，节日是一个制动器，迫使人们把车刹住，回到家里，重温人间真情的价值。

不过，还是让我回到现实中来吧。现在，我必须在南极的这个岛上过春节，这已是不可改变的事实。那么，我就说一说面对这个事实的心情吧。第一就是想家。我相信别人也和我一样，你不能说在南极就不想家，相反，正因为在孤岛上与世隔绝，生活单调，想家的心情应该是更强烈。第二是不想给在南极过春节这个事实安上一个特殊的意义。我们会怎么过年呢？无非是像所有在偏僻地方聚居的人们一样，想方设法热闹一番罢了。你不能说在南极的热闹就与众不同，具有什么非凡的意义。总之，我只是想表明，即使在南极，我仍然是一个正常人，拥有的只是正常的心情而已。

1月18日 在纳尔逊岛上

纳尔逊岛是乔治王岛东南方的一个小岛，岛上有一个小小的捷克站，住着三四个捷克人。前些天，我们曾去访问他们，意外地发现岛上还有一个中国避难所，居住条件尚可，周围风景极佳。今天天气晴朗，经站长同意，我们去那里住一夜。

上午，橡皮艇把我们送到岛上。看着小艇离岸，我们都有一种自由了的感觉。

立刻开始安家。收拾屋子。把十多年未用的被褥拿出来，晾在石头上。何搬来几块石头，在屋外搭了个小灶。我和邵在滩上挑选一个地方，是融雪水流的交汇处，在那里挖了一口小井。劈柴、生火、煮面。开饭了，都觉得这面特别好吃，其实只放了些盐和方便面调料。

饭后，我们把被褥铺在石滩上，或躺或坐，身心都十分放松。我们为这个临时的家自豪。你看，冰盖拔海而起，如同一面用太古时代的材料建成的墙，谁家的客厅有如此辉煌的墙壁？悬崖高耸海上，如同一座空中的阳台，谁家的阳台有如此壮阔的景致？屋前有海湾，是我们家的游泳池。屋后有苔藓，是我们家的绿草地。一只贼鸥在我们周围走动，像自家养的母鸡。岸边的企鹅不时地叫几声，很像鹅鸭在叫。它们都是我们的家禽。在说了这些比喻后，我不禁自嘲：把这般大景观都往小日子上拉，毕竟是凡人呀。

上回匆匆到这里，我第一眼就喜欢上了这里的景色。如果要用一个词来形容，最恰当的就是“奇丽”。

实际上，这里是纳尔逊岛的一个小海湾。不过，我是今天才看明白的。上回来，我们是先到捷克站，然后翻过一道山梁到了这里。当时，站在岸上看，出海口好像很窄，眼前这个风平浪静的小海湾就像一个小湖。今天，我们的船直接驶进这个海湾，才发现出海口并不窄，它其实是像别的海湾一样敞开的。

可是，一旦置身岸上，错觉又恢复了。我喜欢这种相对封闭的景致，因为富有整体感。背后是碎石山坡，有些地方积着雪，有些地方雪已融化。这山坡呈月牙形向两端延伸，左端连着起伏的石峰，右端连着一座方正的石头悬崖，悬崖背后是另一座双峰悬崖，那座悬崖便与冰盖紧密相邻。在视觉上，如果平坦的岸是底边，那么，以悬崖和冰盖为一条边，以起伏的石峰为另一条边，恰好把海湾的这一角圈成了一个三角形的湖。

这景色是秀丽的，壮阔奔腾的大海被阻隔在外面了，这里只有静谧的湖光山色。这景色又是奇特的，黑色的悬崖紧连着白色的冰盖，在湖中拔起的竟是这样一堵宏伟的墙。

坐在石滩上，看海，看冰盖。不断听见轰隆声，像雷，像炮。那是冰盖在爆裂。有时候，随着这轰隆声，可以看见我们面前的冰盖脱落下一大块，掉入海里，新的断面显得格外碧绿。多数时候，看不见动静，爆裂发生在别的边缘处，或者，如果响声闷闷的，很可能是发生在冰盖的内陆部位。冰盖本来就有许多冰缝，在太阳晒烤下，有一些冰缝旁边的冰体就因融化而断裂，因失去支撑而倒塌了。

忽然一声巨响，冰盖紧靠悬崖的部位发生了大规模崩塌，在岸边的静水里激起了一层又一层壮观的浪潮。

海面上漂满了大大小小的冰块，缓缓地朝我们的岸边聚拢。那么，它们都是冰盖爆裂的产物了。天气真是暖和，它们一边漂移一边融化，到傍晚时所剩无几了。有一块浮冰上躺着一只小海豹，那浮冰越来越小，它仍舍不得离开。我隔一会儿就寻找它，它仍在那里，而它身下的冰已经小得支撑不了它了。后来，它和它的小冰船都不见了。

几只企鹅站在岸上。一只离群的企鹅从老远朝它们走来，一边走，一边叫，那叫声酷似孩子在找妈妈。走到了伙伴们的中间，它才不叫了。

午后，我独自登上了那座紧挨冰盖的双峰悬崖。坐在崖顶，我静观近在咫尺的冰盖顶部，但见盖面很不规则，凹凸不平，有些地方出现一串坟头似的鼓包，鼓包周围下凹。而且，到处都有脏迹，像是被灰尘污染了的雪。也许，深入到腹地，情形会两样，看到的就是一马平川似的洁白的冰原了。

下午4时许，我又独自登上近处的那座悬崖。崖顶平坦，我坐了很久。一只贼鸥站在我身边的一块石头上，如雕塑般不动。有时候，我们互相默默对视，我觉得我的心中对它怀着朋友般的亲切感情。

从这里看出去，我们这个避难所的地理位置就一目了然了。它所在的海湾是紧靠纳尔逊冰盖的最后一个海湾，左侧山后，应是捷克站所在的那个海湾，再过去，一定还有许多小海湾，围绕着这个小岛的岸。偏左方向，科林斯冰盖横在海的对面，用望远镜可以看见冰盖下韩国站的房子。偏右方向，从科林斯冰盖延伸出的山脉与纳尔逊冰盖遥遥对峙，那就是整个大海湾的出海口了。

阳光明媚，天和海都格外蓝。几朵白云缀在蓝天。这云，这海，仿佛都静止不动。涛声从山峰背后某处传来。黑的礁岩，白的冰盖，黑白相间的山峰，一幅版画。

入夜，我们五人睡在大集装箱做的避难所里。虽然经过晾晒，枕头和被子仍是潮湿的，我始终嗅到霉味。阿正突然说："有人在石头上走。"他刚说完就鼾声如雷了。我睡不着，起床走到外面。一弯金色的月牙悬在天空，海、山峰、冰盖在夜色中依然清晰，像是一张蓝色幻灯片上的风景画。我想起了里尔克的诗句。此时此刻，谁在世界的尽头走，在向我走来？

1月18日 纳尔逊岛上的冰盖与晚霞

我独自坐在悬崖上的时候，面对眼前的风景，心中感觉到了一种我所熟悉的绝望：文字与景物毫无共同之处，用文字怎样描绘景物呢？比喻，想象，象征，意象，其实都是文字被逼无奈才找到的方法。

冰盖那边不断响起轰隆声，是婚礼上的礼炮吗？谁的婚礼？海面上漂满了碎冰，是为新娘散的白色的鲜花吗？谁是新娘？

或者，随着那炮声，一大座冰山从冰盖上分离出来，如一艘大船，开始了自己的航程。它去向何方？它的命运已经注定，便是葬身大海。它为什么还要出发，莫非这正是它所向往的？

就这样，我独自坐在悬崖上，怀着表达的渴望和绝望，思绪纷然，一首诗就从这纷然的思绪中鲜明起来了，它向我讲述了我所看到的冰盖的故事——

天空多么晴朗
洁白的冰盖浮在澄蓝的海上
像一只崭新的冰淇淋蛋糕
盛在蓝色的托盘上

——你听那一阵阵轰隆
据说是冰盖在太阳下崩塌
——不对，那是婚礼上的喜炮
今天不知哪位公主出嫁

——你看海上漂满了冰块
据说是冰盖爆裂的碎渣
——不对，那是撒在婚床上的
许多美丽的白色鲜花

——你看那座巍峨的冰山
据说是一次大爆裂的作品
——不对，那是一艘豪华游船
一对新人正在蜜月旅行

此刻，浮冰已经融化
鲜花和游船都已从海面消失
我一遍遍问大海
你把新娘藏到了哪里

大海沉默不语
阳光下涌流着万顷波涛
一只蓝色的托盘上
盛着被切割过的冰淇淋蛋糕

这是纳尔逊岛上的一个山坡，眼前是向西伸展的宽阔的谷地，谷地上布满水塘和苔藓。我踏上谷地，独自漫无目的地走了起来。

一个平坡，松软的地是碎石和泥土。在这一带，碎石还在分化，泥土刚刚形成，两者的界限往往难以划清。就在这个平坡上，竖着一组神秘的石头，方正的大石块整齐地堆砌成两截城墙，酷似长城的遗迹。当然，不可能有人类来这里修筑长城。那么，这长城必定是外星人的作品了，或者，是上帝的作品。

我朝西走了很久，越过两个湖泊，湖泊的边缘是沼泽，每一脚踩下去都不知深浅，仿佛随时会被吞没。真正是万籁俱寂，杳无人烟，只听见我自己的喘息，长筒靴踩进和拔出稀泥的擦破音，还有头顶成群紧追不舍的燕鸥的尖叫声。我心里有点儿怯，但仍硬着头皮朝前走。终于，西海岸已近在眼前，看见了大海和海上的礁石，我便返回了。

晚饭后，沿着我走过的路线，大家一起再去西海岸，说是要看日落。当我们登上山顶时，太阳已经隐没在邻近的一座雪峰背后。可是，晚霞——这落日的女儿，母亲的美貌投照在她的身上，她还在对着海的镜子梳妆，把那一头金色的秀发甩在海的上空。紧靠岸边，耸立着一座黑色的石峰，此刻却涂满了血红的残阳，仿佛是在为爱情而燃烧。我默默地想：这是一段注定无望的情缘，情人之间隔着走不完的路程，不用多久，夜幕就要落下，母亲就要把女儿带回宫中。

归途上，山谷越来越幽暗，四周黑影幢幢。奇异的是，在一座黑色的山岳上空，又闪出一片多么美丽的晚霞，像一簇簇金黄色的郁金香，静静开放在暮色里。我停住了脚步，抬头仰望，感到莫名的惆怅。我仿佛看见，这同样的云霞也曾开放在遥远的青春期的天空，向少年许诺爱情和光荣。现在，在生命的黄昏，青春的心情突然苏醒了，仍是那样甜蜜、清纯、芬芳，却笼罩着岁月的忧伤。当我重新上路的时候，我的心中有了一个温暖的思想：人生中的珍宝并未真正遗失，全都珍藏在某个意想不到的地方。

1月20日 心理测验答卷

来南极之前，曾在北京一家医院接受心理测验。今天获悉，答卷都在阿正手中，并且带到这里来了。我向他要回了我的那一份。当然，我很好奇，想知道测验的结果。以下是医生写的结论和分析——

“除Mf分稍高之外，其余项目都在正常范围。Mf高指示：具有极高的审美和智力，有良好的创造力和想象力。外表可能为非传统男性色彩，但内心却有很强的忍耐力，宽厚和温柔的感情。

“个性属内外倾，偏向外倾。

“有轻度的神经衰弱倾向，对健康比较关心，看待问题有时有低调色彩，在社交中表面上较被动，实际上自我意识较强。”

好像还比较准确，对吗？

1月21日 游西北海岸

去西海岸北段。车送我们到位于西海岸中段的智利机场，然后，从那里开始步行，沿海岸向北，一路看海景，看海狗和海豹。西海岸一带，海上多礁石，岸边多悬崖，景致有变化，不像东海岸，看见的只是一个大海湾。不过，由于阴天有雾，景色朦胧。西海岸一带的另一特点是海豹多，今天又看见好几群挤成一堆的象海豹，若干独处的普通海豹。海狗比较少见，今天倒看见了几只。海狗又叫海狼，黑色，身体较小而灵活，在岸上时不像海豹那样躺着，多取坐姿，走路时身体也抬起，但其动作看上去像是瘸腿似的。对于我们这些围观者，它们不像海豹那样无动于衷，而往往是躲避。

有一座石峰向海中伸展出去很远，再沿海岸走就要绕一大段路，我们便改变方向，朝东北走，向科林斯冰盖接近。途中翻两座山坡，其余基本是很宽阔的山谷，平坦湿软的泥石之地。有的山坡是贼鸥的王国，一踏上去，不得了，立刻有成双成对的贼鸥迎上来，朝我们低飞俯冲。这是它们的家，它们不欢迎，我们理当知礼，就绕路而行了。山谷里有一块地，仿佛整齐地画着数十个大小相等的圆圈，彼此紧密相挨，圆圈里是暗红色的小石片，圆圈与圆圈之间的缝隙里是淡绿色的苔藓，看上去像是一种特意制作的图案。我们猜测是已被废弃的贼鸥的窝群，回站后请教一位科学家，他说贼鸥不群居，肯定不是贼鸥的窝，应是由于融雪等因素造成的地理现象。

到科林斯冰盖的脚下了。这是冰盖在陆地的边缘，与陆地和山脉相连，不像临海的边缘那样有一个壮观的截面。走出山谷，便是东海岸，可以看见乌拉圭站的房屋在左侧的岸上。我们向右走，到俄罗斯站上车。这段路也不短。今天一直在走路，走了六个小时。

1月21日 爱怜动物

海滩上有一只小海豹。我慢慢地接近它，走到它身旁，柔声和它说话。它抬起头，天真的眼睛看着我，对我并不躲避。可是，围观的人多了，它受了惊，开始朝海的方向挪动。那个方向上又出现了一个人，手里举着摄像机。它停下了，一副不知所措的表情。现在，它的左侧站着两个人，前方站着一个人，我站在它的右侧，离它最近。我想让它突出重围，便轻声对它说："来吧，别害怕，从这儿走，到海里去。"没想到它真的听我的话，朝我这里挪动了。我便后退，慢慢向海那边走，它也跟着朝海那边挪动。大家开始议论，我也有些得意，也许我们的说话声又使它受惊，它突然抬起身，朝我瞪着眼睛，张大了嘴。我笑了，赶紧撤退，也劝大家撤离，还它一份安宁。

两只贼鸥在我们四周焦急地盘旋和叫唤。发生了什么事？一只毛茸茸的小贼鸥从一块岩石后面走出来，向空地走去。这是它们的孩子，它的羽毛灰黄色，样子像大个的雏鸡，长腿，走路很快，但还不会飞。我在一块石头上坐下，轻声招呼它，它的步子比较悠闲了，它的爸爸妈妈也不那样焦急地叫唤了。

我相信，只要你对动物有爱怜之心，你是完全可能和它们交谈的。

一位专门研究贼鸥的科学家对我们说起一件事。有一回，他看见一只小贼鸥掉在冰窟窿里了，它的妈妈围着冰窟窿转圈子，焦急地叫唤着。很显然，这个可怜的妈妈完全没有办法把自己的孩子救出来。当时，这位科学家只需伸一伸手，就能救小贼鸥一命。可是，他想到不该对南极的生态进行人为干预，终于没有伸手。第二天，他再去那里看，当然，小贼鸥已经冻死在冰窟窿里了。听了这个故事，我心中黯然。我完全不能理解，如果他救了那只小贼鸥，会对南极的生态造成什么改变呢？在这种情形下，人是应当听从自己的恻隐之心的。唉，我多么希望经过那个冰窟窿的人是我而不是一个科学家啊。我相信，那个贼鸥妈妈也一定是这样希望的。

1月23日 农历除夕

农历除夕，站里做了一个非常人道的安排，就是开车把队员们分批送到智利站，让大家给远方的亲人打电话。当然，我也去了，与正在湖北家乡探亲的妻子通了话。这里的白天，恰是国内的除夕之夜，亲人们在这个时辰接到来自南极的问候，喜悦自是非同一般。智利站也十分理解和配合，派专人守在那部唯一的公用电话旁边，下午2时之前不准除中国人之外的任何人使用。某君在电话间里待的时间久了一些，因为他是高个子，头发自来卷，那个守电话的智利人便一再问我们，他是不是中国人，如果不是，就要把他揪出来，引起了大家一阵愉快的哄笑。

晚上，人们照例要热闹一阵，我早早地回屋了。我没有白白在南极过这个除夕，一天里写了一篇两千字的挺漂亮的文章。

1月27日“红与黑”

今天是阴天，刮着大风，有一个二十七岁的英国女子在乔治王岛上死去。她是一个旅游者，曾被送到俄罗斯站抢救，死于糖尿病导致的心力衰竭。

而在这同一天，长城站请各站站长及随员来站上晚餐，餐后联欢。此刻，已是晚上10时半，楼下餐厅里仍在喧闹，音乐声和欢喊声大作。不过，那南美的音乐可真好听，既有欧洲音乐的优美旋律，又有非洲音乐的强烈节奏。这里从来不曾放过这么好听的音乐，一定是那些智利人带来的磁带吧。我一边读一本小说，一边听着这音乐，有些坐不住了。但是，我下去做什么呢？我不能旁观，这音乐是不能让人旁观的。我也不能投入，这些天我的心脏不太好，我怕自己受不了。

我还想到了那个不认识的死去的年轻女子。我终于没有动弹，继续读小说。站上有一间小小的图书室，近来我成了那里的常客，经常取回几本阅读。这几天读了但丁、莎士比亚、托尔斯泰、海涅、泰戈尔，都是很早以前读过的，这些书我自己都有，却一直没有工夫重读。今晚读的这本小说是司汤达的《红与黑》。在这一个晚上，红是欢乐，黑是死亡，人类的悲欢是怎样地不能相通啊。

1月29日 难兄难弟

智利有一个复活节岛，因为岛上若干座神秘的石人巨像而闻名于世。我和唐师曾心向往之，一再提议乘机去游览一趟，得到了其他几位的响应。我和唐的想法是，与其在这乔治王岛上耗着，不如提前离岛，安排一些有意思的活动。因为我们身处孤岛，外面的一切活动都要靠极地办驻圣地亚哥办事处的那位留守先生来安排。通过传真与他反复联络，达成的协议是按预定计划离岛，每次考察队员离岛之后都有旅游项目，可以安排得紧凑一些，增加复活节岛之行，由他负责联系旅行社。他很快通知我们，已经联系妥当。

没想到的是，今天得到消息，那位留守先生与旅行社的联系发生差错，复活节岛去不成了。

最感到沮丧的是我和唐。在这个月上旬，我们两人就谋划要提前离岛回国，只是因为挡不住复活节岛的诱惑，才决定留下来。早知去不成，何必多留这一个月呢。

我和唐是职业、性格、志趣都很不同的人，但是，我们对于这一点的看法完全一致：没有必要在长城站待两个月之久。早在来程中逗留圣地亚哥时，我看他情绪低落，便猜到了他的心思。他当时就要去向主持者提出提前撤离的要求，我劝他等待，开玩笑说："有先知先觉者，有后知后觉者。"我的意思是说，现在大家被浪漫的想象、抽象的观念、自己以及媒体的高调制约住了，但一旦进入现实，多数人会渐渐恢复常识，和我们一样感到无聊的，那时提出也不迟。我还表示，人家花这么大力气策划这个活动，你现在就泼冷水，会伤感情。他当即反驳说：不，是伤面子。我心中一惊，暗暗佩服他比我尖刻，然而真实。

我所预料的那种普遍觉悟的局面并没有如期出现。作为主持者的阿正，自然是一心要让活动善始善终。葛是一个修养极好的人，能够从大局出发积极地适应现实。何和邵始终兴致勃勃，而且因为在极地发生的浪漫之恋而更加乐不思蜀了。

于是，我和唐便仿佛成了一对难兄难弟。我还比较耐得寂寞，可以整天躲在屋子里读书写作。唐是一个好动和好交往的人，觉得与我谈得来，常常来敲我的门。但他又是一个很知趣的人，只要看见我在写作，就立即退离。为了消磨时间，他把站里收藏的电影光盘放在他的电脑上一张张过目。前些天，因为站上发电机发生事故，他的电脑的变压器烧坏了，无法再看光盘，便到处串门，因此被戏谑地讥为公害。有时候，我看见他独自站在走廊的窗户前，面朝窗外的大海，一动不动地站很久很久，真觉得他像一头被囚禁的困兽。

由于心境相通，他颇引我为知己。有一天半夜，他去海边拍日出，发现那里还有一个人影，认出是我，便说："我以为是摩西最早来到，没想到有人走在摩西前头。"我答道："当然，因为那是耶和华本人。"他听了哈哈大笑。

其实，与唐交谈是很有趣的。他的叙述绘声绘色、幽默生动，他的见解也常常是直截了当、一针见血。我觉得他最可爱的地方是不自欺，敢于看见和说出真实，包括自己内心里的真实。现在他是一个畅销书作家，凭我对他的心智的了解，我认为他应该并且能够写出比畅销书更好的书来。

1月30日 暴风雪

凌晨4时，我突然醒来了，满耳是呼啸的风声，仿佛有沙子不断打在窗户上的拍打声，房屋在风中震颤着，发出如有铁桶滚动的声音。那么，我就是被这些声响弄醒的了。我起床，掀开黑窗帘看，窗外已是一片白茫茫。天色亮堂，看得见狂风卷着雨和雪，在天地间肆虐，窗玻璃上满是冰碴。

再醒来，已是上午，暴风雪依旧。这暴风雪持续了一整天，入夜后仍没有收敛的意思。到岛上快两个月了，没想到在临走前给了我们一个典型的南极天气。在开头的一些日子，也有暴风雪，不过每次持续时间都没有这么长。然后就是入夏的好天气了。那些天里，平均气温为0℃上下，比同时间的北京暖和得多。有一天，妻子从北京给我打电话说，北京正下大雪，温度降到了－17℃。而恰在那一天，我在岛上看到的却是积雪融化所形成的遍地欢快的小水流和青翠欲滴的苔藓。我开玩笑说，我们是到南极来避寒了。最近几天，天气开始变坏，连续阴天，有时雨夹雪，但风不大。今天的暴风雪猛烈而没有片刻间断，只听见狂风不停地轰隆着，每一声轰隆都伴随着把雨雪摔到地面的唰啦啦声。

我对自己说，这才是南极天气的真面目呢。它像一只巨大的白色猛兽，当它沉睡的时候，季节之神在它身上嬉戏，给它盖上一些不同颜色的小布片。可是，只要它轻轻翻个身，这些小布片就纷纷掉落。于是，我们就看到，在这里的夏季，积雪始终来不及完全融化，山峰和陆地不断地改变颜色，一次次地呈现斑驳的杂色，又一次次地变白。而今天，这头猛兽突然醒了，站起来了，不停地咆哮着和奔跑着，把所有的小布片都抖落掉了，使得全部山峰和陆地都彻底恢复了白色。

面对这样的天气，人文学者们都很兴奋，好像得到了一件意外的礼物一样，纷纷拿着机子出去拍摄。午后，我也去摄像。风实在大，逆风走极其艰难，随时会被刮倒。景物是模糊的，有时候什么也看不见，快接近有名的乳白天气了。雪尘漫卷，摄影器材的镜头很快就被封住。大海里白浪滔天，浪峰如一座座移动的山峰向岸奔来，在岸边倒塌，一次次把岸上的大石头淹没。在这样的大风里，动物们都不知躲到哪里去了。偶尔看见一两只企鹅，也是被风吹得只好横着行走。邵告诉我，她遇见一只企鹅，那只企鹅在风中瑟瑟发抖，好像也害怕这风暴，以至于在看见她之后，竟主动朝她走来，躲到了她的身边。我心中真是羡慕她，有这么可爱的遭遇，不枉到暴风雪中走一趟了。

2月1日 登上纳尔逊冰盖

冰盖，就是终年不化的冰雪，它是南极地貌的基本特征。在南极大陆，冰盖面积占98%，平均厚度2450米。在乔治王岛，占90%，平均厚度100米。到了南极，如果不上一下冰盖，你就简直算没有到过。因此，上一下冰盖，就成了这些人文学者的基本心愿。在北京时，我们就提出了这个要求，承蒙允诺。来这里后，我们不断地催促，希望尽早予以安排。一个多月过去了，前些天突然得到回答，大意是这件事不可能了。

这是我们从来不曾想到的一个结果。

不错，现在天气越来越暖和了，冰盖表面融化，上冰盖越来越危险了。可是，正因为知道这种情况，我们不是早就开始催促，并且越来越着急地催促吗？不错，上冰盖必须有内行带路，乌拉圭站有一个内行，现在他走了，就没有带路的人了。可是，这个乌拉圭人早就在岛上了，许多天前来过我们站上吃饭，以前他到过中国，会说中国话，对我们很友好，为什么不早请他带路呢？

当然，我们并不死心。在这一带，有两处冰盖。一是乔治王岛上的冰盖，一般是从乌拉圭站的方向登上去，因为没有了向导，只好放弃。另一是纳尔逊岛上的冰盖，我们中有人曾经越过其边缘，觉得有一定把握，因此想等候时机，我们六人一同做一次尝试。

两天前刮起的暴风雪是完完全全过去了。今天早晨，天空和大海是灰色的，岸和山峰是一片白，不是那种积雪很厚时的纯白，是略带灰色的薄薄的白。太阳被云遮着，但那个位置的云因为背后有太阳而特别亮。对岸有一小片海面被一道强光照耀，如一片金湖，湖中竖起一座尖尖的小黑山。没有一丝风，虽然满眼是雪景，但气温很高，不戴手套也不觉得手冷，这种情形是不曾有过的。

天气这么好，上午我们便又去了纳尔逊岛。橡皮艇到达时，竟因为岸边堆满冰块而靠不了岸。这些冰块像许多晶莹透明的大石头，沿岸堆成一线，把岸封锁了起来。踏着冰石登岸，抬头看周围的冰盖和雪峰，真觉得来到了一个神奇的世界。

我们心怀鬼胎，就是要实现登冰盖的计划。橡皮艇还要送人去别处，站长和一位科学家也在艇上，他们在离开前一再强调，尤其是这场大雪之后，冰缝被雪覆盖，这个时候上冰盖是最危险的，绝对不准上。可是，我们打定的主意是，绝对要上一下。

先走了一段明显的山脊，这是安全的，然后，就折向平坦的纵深了。何和阿正在前，他们之间用一根绳子拴着，其余人就踏着他们的脚印走。六个人排成纵队，拉开距离，小心翼翼地朝前探索着。走在最前面的何，腰上系着绳子，两脚叉开，走着外八字，步子沉重而缓慢，那姿势活像是走向就义的刑场，引得邵和我一阵大笑。这冰盖是有一点儿坡度的，因此，看过去并非一望无际。但是，我们向纵深走了总有三四百米吧，在三个方向上都只见白茫茫了，只在来的方向上可以看见一小角海面。在一片白茫茫中，这几个穿着红色或蓝色衣服的小小的人影也是美丽的风景。最后，大家在一条冰缝前停住了。这冰缝不宽，扒掉雪，朝缝里看，却黑洞洞的看不见底。这条冰缝是明显的，即使被雪覆盖着，也可以看出它的线状的痕迹和走向。大家都觉得应该适可而止了，于是就地照相。

然后，开始往回走。因为仍是沿着来时的脚印走，警惕心便松懈了，脚步不知不觉都轻快起来。殊不知就是在原来的脚印上，一脚踏下去，有时候竟也出现了一个小黑洞，朝洞里看，同样地不见底。有一次，阿正的整条腿陷了下去，拔出后一看，啊，一个宽宽的无底洞。这一来，所有人的心又提了起来，比来程更紧张一些。看来，危险是实实在在的，下面不知分布着多少陷阱。已经走过的地方，再走也未必就是安全的，不知道谁的一脚是把伪装踩塌的最后一脚，就像不知道哪一根稻草是把驴子压死的最后一根稻草一样。当然，最后我们还是平安地逃出冰盖，回到人间了。

乘橡皮艇回站。天真暖和，海岸上那些山峰皆呈杂色，凸处的雪已化，沟缝里仍积着雪，看上去像是撒了白粉似的。两只海狗在海里跃游。一座冰山形状像一片弯卷的荷叶，伏在海面上，荷叶上密布精致的叶脉一样的花纹。艇上的人都举起了摄影器材，可是，我始终一动不动地盯着海面的波浪。不知道为什么，我的心突然十分忧郁。我仿佛觉得我是独自一人漂流在海上，在漂向未知的远方……

一架红色直升飞机在长城站上空盘旋了四圈，最后一圈几乎要着陆，但又上升朝乌拉圭站的方向飞去了。毫无疑问，邵在里面，乌拉圭站曾答应带她航拍一次。很可能其他的人也在里面，今天下午，他们都去乌拉圭站访问了，也许这是对他们的一种招待。我没有去，因为上午已有活动，觉得有些累，加上心情也不佳，而在我的想象中，这类访问无非是看那些大同小异的房子，没什么意思。我倒没有想到乘直升飞机兜风的可能，不是早就提出这一要求，而始终以汽油不足为理由而婉拒了吗？

但是，没有去也就算了，不过是没有乘直升飞机罢了，不是什么大遗憾。

晚饭前，他们回来了。结果是这样的：在去的人中，记者或有记者使命的人上了飞机，两名教授未上。那么，我没有去是对了。

2月3日 大风天气

暴风雪只停息了一天多，从昨天下午开始，又刮起了大风，越刮越猛烈，还夹着雨和雪。风暴一直延续到现在，仍无止息的迹象。昨天夜里的情景是十分可怕的，屋外风声如雷，轰隆不止，估计达到九级。我躺在床上，把枕头垫在背后，靠在墙上看书，感觉到我们的整座铁皮楼在摇晃，所有拐角的接合部位都在格格作响，真让人担心房屋会不会突然倒塌。那狂风像一头猛兽持续地咆哮着，仿佛不但有生命，而且有目的，越来越猛烈地发起进攻，一心要把我们的屋子推倒。

现在看来，我们在这里度过的近两个月的确是天气最好的日子，而这好日子已经到头了，南极越来越显出它的真面目了。

今天上午，站里的主要新闻是一座向我们漂来的巨大冰山。从来没有一座冰山访问过我们前面的小海湾，而这第一座来访的冰山竟比我们看见过的任何一座更大。不过，它的形状太规则了，是一个巨大的立方体搁在一个矩形的底座上。

离岛日期在即，天气的变化不再使我们兴奋，反而令我们担忧。据说有一个美国电视节目，内容是把一些志愿者放在一个孤岛上，然后由他们逐日投票决议驱逐他们中间不受欢迎的人，那个最后留下的人就是优胜者。邵建议我们也来做这个游戏。我说，现在这个游戏的含义倒过来了，逐日投票送走一个人，那个最后仍落选的人必须留下来越冬。我相信，不管嘴上怎样说喜欢这里的生活，没有谁愿意做这个最后留下的人。

2月4日 关于大自然本身的价值的讨论

邵滨鸿希望我和何就这次南极之行的体会进行一番讨论。话题从何元旦住集装箱说起，转入大自然本身的价值和意义的问题。下面是我们讨论的大致内容（P代表我，H代表何）——

P：你先说一说你元旦住集装箱的真实想法。

H：我只是想变换一下生活，当舒适已成常规的时候，体验一下艰苦也很有意思。你看捷克站的那个中年人，在纳尔逊岛上过苦日子，听说他一到了彭塔，西装革履，完全换了一个人。我觉得那样很好。

P：可是，第一，我们不是贵族或富翁，我们这一辈子里并不缺少对艰苦的体验；第二，对于西方那些贵族来说，短时间的苦行其实是一种奢侈，唯有终生的苦行才是真正的灵魂事件。我们不能从观念出发做一些小体验，然后把它们看作生活的本质。

H：我真觉得那种独处非常好，和大自然的美更亲近了。

P：这倒是，我也觉得最大的收获是欣赏这里的自然景观。

H：多少万年里，南极洲在人类之外存在着，美丽着。这使我看到了大自然的原始的美，人类应该更好地爱护自然，亲近自然。

P：不过，我觉得我们不应该把自然过分地诗化。大自然有美丽的一面，更有残酷的一面，而且，这后一方面是更本质的。想一想地震、海啸之类的地球灾难吧，轻易就能把一个城市或一个人群毁灭掉。我们还没有遇到行星碰撞之类的宇宙灾难，但完全可能遇到，那时候大自然还要轻易地把整个人类毁灭掉。大自然在总体上对人类并不是仁慈的。

H：我的意思是说，到了南极这块最古老的大陆，你就会觉得人类工业文明的历史是很可怜的，只不过是一本厚书最后一页的最后一行罢了。

P：可是，如果没有人类的工业文明，你还到不了这里呢。这些天刮大风，我就在想，如果没有工业文明所提供的这些结实的铁屋子，我们在这大风中根本就无法生存。不错，大自然即使发起怒来也是美丽的，但前提是你和它隔开了一个安全的距离。而且，不要忘记一点：大自然随时可能冲破这个距离，一旦冲破，就没有美丽可言了。

H：我到南极后的最强烈感受是，在人类之外，大自然有它自己的存在、价值和意义。

P：有它自己的存在，这是事实。我想知道，它自己的价值和意义是什么？

H：你可以看到，人类并不是自然的主人、宇宙的中心。

P：哥白尼早已给了人类中心论以致命的打击。当然，亲眼看一看原始的自然，可以使人更谦虚些，也更超脱些。但是，说到大自然本身的价值和意义，实际上就必然涉及宗教，你不得不假设上帝或某种宇宙精神本质的存在，可那是永远不能证明的。

H：是不能证明，但你必须相信它存在着。

P：对，之所以相信，是因为必须相信。但是，由于知道不能证明，所以，在相信的同时又始终是怀疑的。也许，相信只是为了达到内心的安宁，只要这个目的达到了，是否真的存在也就不重要了。

H：不，你必须相信有一个真理存在着，你才能去追求那个真理。一个人怎么可能去信仰他认为并不存在的东西呢？

P：这恰恰就是现代人在信仰问题上的真实处境。不过，准确地说，不是不存在，而是不知道、不能证明究竟是否存在。在认识论上，这永远只是一个假设，仅仅因为这个假设对于我们的精神生活发生着真实的作用，在这个意义上才可以把它看作价值论上的真理。

2月6日 大风刮了五昼夜

大风已经连续刮了五昼夜。今天，又下起了雪，把陆地和岛屿刷白了。智利人说，今年的这种天气真是反常到了极点，往年这个季节很少刮大风。我们站上在这里越过冬的人也说，往年一直到二月底都是毛毛雨天气。

两天前，有三个澳大利亚人登冰盖，掉进了50米深的冰缝。后被救出，其中两人尚未脱险，等天气好转才能送出去进一步抢救。

一家美国公司组织了一个旅游项目，在全球征集运动员和爱好者，包了一艘船到这里，原定昨天在岛上举行马拉松赛，因天气而推至今天，今天又不行，只好取消了。

有一个中国人要游泳横渡菲尔德斯海峡，今天应该到达，可是，大力神飞机在机场盘旋了一番，无法降落，只得飞回彭塔去了。

我也不断地向上苍祷告，但愿明天我们能够按预定计划顺利离岛。

2月7日 创造奇迹的中国人

大风终于停歇了。今天有两班飞机，但因为滞留的旅客太多，仍把我们的离港推迟了一天。

辽宁人王刚义今天到岛上，他就是那个要游泳横渡菲尔德斯海峡的人。在智利时，他已经游了大冰海和麦哲伦海峡，成为智利电视台的热门新闻。智利人把他当作英雄来接待，智利空军免去了他往返乔治王岛的机票。据说因为是个人行为，中国的有关驻外机构对他却很冷淡，不予支持。后来，中国政府南极考察团到达圣地亚哥，其中一位有识之士闻讯对他此举大加赞扬，各机构才改变了态度。不管实际情况如何，我亲眼看到，长城站是给了他很热情也很有力的配合的。

乔治王岛这一带的海域，冬季是冰封的，可以在上面开坦克。夏季虽然融化了，但是，由于长年冰冻和周围冰盖的影响，在水中的感觉远比1℃的水温冷得多。捷克人说，根据科学的计算，在这样的水中停留十分钟就会死亡。因此，人们推测，王刚毅一定是穿隔水的防寒衣游泳的。如果这样，所谓南极冬泳就没有什么了不起，也不值得一看。

下午，王刚义的壮举开始了，人们纷纷跑向海边，在那里聚集。我仍待在我的房间里。从窗口可以看见海边的动静，许多人头朝大海张望着，气氛越来越热烈，不断响起呼叫声。一个疑问在我脑中盘旋着：他究竟穿没穿防寒衣？也许没有呢？我决定去核实一下。

到了海边，兴奋的人们告诉我，他没有穿。我从望远镜里看到，那不时露出水面的上身确实是裸着的。我也兴奋起来了：这真正是一个奇迹。预定目标是对面的阿德雷岛，直线距离2公里，往返4公里。站里出动两只橡皮艇护驾。艇上的人和岸上的人都提着一颗心，有着同样的想法：祝愿他坚持到底，同时又希望他在坚持不了时不要勉强，上到艇上来。可是，这位英雄始终没有上艇，游达对岸，又游了回来。当他在礁石之间的浅滩跌跌撞撞地站起来时，我们看见他浑身红紫。他在1℃海水中游了五十二分钟，破了他自己的纪录，应该也是世界纪录。

人群立刻包围了他，簇拥着他，一路上不断地用干浴巾替他擦身，拍他，推他。回到住地，又不停地折腾他。他是富有经验的，事先叮嘱过，千万不能让他睡着，那将意味着永远不再醒来。我听他说，他在大连一直坚持海里冬泳，敲开冰，－6℃的水里，每次游三十分钟左右。看来他创造奇迹并非偶然，他是真正训练有素的。

我听见一种议论，说此人善于利用媒体，出国前此行已在国内炒得沸沸扬扬。对于媒体上的宣传，我的判断标准是：第一是否符合事实，第二这事实是否确有价值。所谓炒作，是指那种夸大事实或夸大其价值的报道。现在我相信我的亲眼所见。所以，当王刚义请长城站的每个人题词时，我题了这样一句话："向世界证明中国，向上帝证明自己。"

2月8日 惜别的时刻

一年一度，中央派出代表团，到长城站慰问考察队员。今天是他们来岛上的日子，也是我们这几个人文学者离岛的日子。

最近几天，因为代表团的即将到来，站上曾发生过一个小风波。起因是为了给代表团的官员们腾房间，站长命我们搬到条件较差的旧生活栋去住。按照预定的计划，代表团在这里只住一夜，而且我们离岛和代表团到达是在同一天，当天为他们打扫房间完全来得及。那么，有什么必要非让我们在离去前再折腾一番呢？因此，我和唐明确表示不服从，其余人也都不满，但也许是顾全大局吧，有的搬了，有的坐观形势的变化。最后是站长让步了，听任我们保持现状。

早晨7时多，我还没有起床，便听见走廊里有人喊，说代表团已到机场，让大家快点儿腾房子。

早饭后，人们聚在楼房外敲锣打鼓，迎接代表团。我独自走到海边，去和海鸥告别。我一直喜欢黑背鸥，在我即将离开的时候，第一回看见这么多黑背鸥聚集在海边，有二十来只呢，好像是在给我送行。

虽然觉得在岛上待得久了一些，但是，真到了离开的时候，心中仍升起了一种惜别之情。去别的地方，离开后还有再去的可能，可是这里，一生中也就这么一次机会，可以断定无缘再来了。我定睛看面前的这海，海上的这些山，海边长城站的建筑群，在心中默默与它们话别。还有前几天漂来的那座冰山，现在已经搁浅在附近的海面上，它会渐渐融化呢，还是未及融化就进入了南极的冬季，因而将成为越冬队员们视野里的一个固定风景呢？

是的，还有这些越冬队员，此刻他们正围在即将启动的吉普车旁，为我们送行。有一个人哭了，很快就传染开来，响起了一片抽泣声。我知道，除了相处了两个月这情感的原因外，更多是触景生情，看见我们回家了，他们却还要在这里度过漫长的十个月，真感到了伤心。越冬队员共十二人，多是淳朴的普通劳动者，远离亲人并且基本上无法进行通信联系，孤岛上的生活和工作内容又极其单调，其寂寞可想而知。也有的是因为纯粹生理性的传染，哭是会发生这种效果的，那个在月底就能回家的度夏女队员哭得最投入，便属于这种情况。但是，当我发现躲在一侧的站长的那种哭，我不禁也要掉泪了。看得出他是在使劲忍，但没有忍住，又不停地背过脸去，不想让人看见。他的脸上是一个老实人受了委屈的表情。我突然有些感到内疚，因为在我们这些人文学者和他之间发生过一些争执，而此刻我觉得，即使他真有过错，他的老实也已经为那过错做了充分的辩护。平心而论，对于他来说，像我们这样的特殊部下是不容易管理的，他已经尽了最大努力来理解和宽容我们了。

在智利站的小机场候机。飞机是智利时间下午1时（比长城站时间晚一个小时）起飞的，飞行三个多小时，在彭塔降落。在飞机上，我开始构思我的一个作品，想起了许多往事……

第三部分　南极素描

企鹅——

像一群孩子，在海边玩过家家。它们模仿大人，有的扮演爸爸，有的扮演妈妈。没想到的是，那扮演妈妈的真的生出了小企鹅。可是，你怎么看，仍然觉得这些妈妈煞有介事带孩子的样子还是在玩过家家。

在南极的动物中，企鹅的知名度和出镜率稳居第一，俨然大明星。不过，那只是人类的炒作，企鹅自己对此浑然不知，依然一副憨态。我不禁想，如果企鹅有知，也摆出人类中那些大小明星的做派，那会是多么可笑的样子？我接着想，人类中那些明星的做派何尝不可笑，只是他们自己认识不到罢了。所以，动物的无知不可笑，可笑的是人的沾沾自喜的小知。人要不可笑，就应当进而达于大知。

贼鸥——

身体像黑色的大鸽子，却长着鹰的尖喙和利眼。人类没来由地把它们命名为贼鸥，它们蒙受了恶名，但并不因此记恨人类，仍然喜欢在人类的居处附近逗留。它们原是这片土地的主人，人类才是入侵者，可是这些入侵者却又断定它们是乞丐，守在这里是为了等候施舍。我当然不会相信这污蔑，因为我常常看见它们在峰巅筑的巢，它们的巢相隔很远，一座峰巅上往往只有一对贼鸥孤独地盘旋和孤独地哺育后代。于是我知道，它们的灵魂也与鹰相似，其中藏着人类梦想不到的骄傲。有一种海鸟因为体形兼有燕和鸥的特征，被命名为燕鸥。遵照此例，我给贼鸥改名为鹰鸥。

黑背鸥——

从头颅到身躯都洁白而圆润，唯有翼背是黑的，因此得名。在海面，它悠然自得地凫水，有天鹅之态。在岩顶，它如雕塑般一动不动，兀立在闲云里，有白鹤之象。在天空，它的一对翅膀时而呈对称的波浪形，优美地扇动，时而呈一字直线，轻盈地滑翔，恰是鸥的本色。我对这种鸟类情有独钟，因为它们安静、洒脱，多姿多态又自然而然。

南极燕鸥——

身体像鸥，却没有鸥的舒展。尾羽像燕，却没有燕的和平。这些灰色的小鸟总是成群结队地在低空飞舞，发出尖利焦躁的叫声，像一群闯入白天的蝙蝠。它们喜欢袭击人类，对路过的人紧追不舍，用喙啄他的头顶，把屎拉在他的衣服上。我对它们的好斗没有异议，让我看不起它们的不是它们的勇敢，而是它们的怯懦，因为它们往往是依仗数量的众多，欺负独行的过路人。

海豹——

常常单独地爬上岸，懒洋洋地躺在海滩上。身体的颜色与石头相似，灰色或黑色，很容易被误认作一块石头。它们对我们这些好奇的入侵者爱答不理，偶尔把尾鳍翘一翘，或者把脑袋转过来瞅一眼，就算是屈尊打招呼了。它们的眼神非常温柔，甚至可以说妩媚。这眼神，这滑溜的身躯和尾鳍，莫非童话里的美人鱼就是它们？

可是，我也见过海豹群居的场面，挤成一堆，肮脏，难看，臭气熏天，像一个猪圈。

那么，独处的海豹是更干净，也更美丽的。

其他动物也是如此。

人也是如此。

海狗——

体态灵活像狗，但是不像狗那样与人类亲近。相反，它们显然对人类怀有戒心，一旦有人接近，就朝岩丛或大海撤退。又名海狼，这个名称也许更适合于它们的自由的天性。不过，它们并不凶猛，从不主动攻击人类。甚至在受到人类攻击的时候，它们也会适度退让。但是，你千万不要以为它们软弱可欺，真把它们惹急了，它们就毫不示弱，会对你穷追不舍。我相信，与人类相比，大多数猛兽是更加遵守自卫原则的。

黑和白——

南极的动物，从鸟类到海豹，身体的颜色基本上由两色组成：

黑和白。黑是礁石的颜色，白是冰雪的颜色。南极是一个冰雪和礁石的世界，动物们为了向这个世界输入生命，便也把自己伪装成冰雪和礁石。

冰盖——

在一定意义上，可以在南极洲和冰盖之间画等号。南极洲整个就是一块千古不化的巨冰，剩余的陆地少得可怜，可以忽略不计。正是冰盖使得南极洲成了地球上唯一没有土著居民的大陆。

冰盖无疑是南极最奇丽的景观。它横在海面上，边缘如刀切的截面，奶油般洁白，看去像一只冰淇淋蛋糕盛在蓝色的托盘上。而当日出或日落时分，太阳在冰盖顶上燃烧，恰似点燃了一支生日蜡烛。

可是，最美的往往也是最危险的。面对这只美丽的蛋糕，你会变成一个贪嘴的孩子，跃跃欲试要去品尝它的美味。一旦你受了诱惑与它亲近，它就立刻露出可怕的真相，显身为一个布满杀人陷阱的迷阵了。迄今为止，已有许多英雄葬身它的腹中，变成了永久的冰冻标本。

冰山——

伴随着一阵闷雷似的轰隆声，它从冰盖的边缘挣脱出来，犹如一艘巨轮从码头挣脱出来，开始了自己的航行。它的造型常常是富丽堂皇的，像一座漂移的海上宫殿，一艘豪华的游轮。不过，它的乘客不是人类中的达官贵人，而是海洋的宠儿。时而可以看见一只或两只海豹安卧在某一间宽敞的头等舱里，悠然自得，一副帝王气派。与人类的游轮不同，这种游轮不会返航，也无意返航。在无目的的航行中，它不断地减小自己的吨位，卸下一些构件扔进大海。最后，伴随着又一阵轰隆声，它爆裂成一堆碎块，渐渐消失在波涛里了。它的结束与它的开始一样精彩，可称善始善终，而这正是造化的一切优秀作品的共同特点。

石头——

在南极的大陆和岛屿上，若要论数量之多，除了冰，就是石头了，它们几乎覆盖了冰盖之外的全部剩余陆地。若要论年龄，南极的石头也比冰年轻得多。冰盖深入到地下一百米至数千米，在许多万年里累积而成，其深埋的部分几乎永远不变，成了研究地球历史的考古资料库。相反，处在地表的石头却始终在风化之中，你在这里可以看到风化的各个环节，从完整的石峰，到或大或小的石块，到锋利的石片，到越来越细小的石屑，最后到亦石亦土的粉末，组成了一个展示风化过程的博物馆。

人们来这里，如果留心寻找色泽美丽的石头，多半会有一点儿收获。但是，我觉得漫山遍野的灰黑色石头更具南极的特征，它们或粗粝，或呈卵形，表面往往有浅色的苔斑，沉甸甸地躺在海滩上或山谷里，诉说着千古荒凉。

苔藓——

在有水的地方，必定有它们。在没有水的地方，往往也有它们。它们比人类更善于判断，何处藏着珍贵的水。它们给这块干旱的土地带来了生机，也带来了色彩。

南极短暂的夏天，气温相当于别处的早春。在最暖和的日子里，积雪融化成许多条水声潺潺的小溪流，把五线谱画满了大地。在这些小溪流之间，一簇簇苔藓迅速滋生，给五线谱填上绿色的音符，谱成了一支南极的春之歌。

在有些幽暗潮湿的山谷里，苔藓的生长极其茂盛。它们成簇或成片，看上去厚实、柔软、有弹性，令人不由得想俯下身去，把脸蛋贴在这丰乳一般的美丽生命上。

地衣——

这些外形像绿铁丝的植物，生命力也像铁丝一样顽强。当然啦，铁丝是没有生命的。我的意思是说，它们几乎像没有生命的东西一样活着，维持生命几乎不需要什么条件。在干旱的大石头和小石片上，没有水分和土壤，却到处有它们的踪影。它们与铁丝还有一个相似之处：据说它们一百年才长高 1 毫米，因此，你根本看不出它们在生长。

海——

不算最小的北冰洋，世界其余三大洋都在一个地方交汇，就是南极。但是，对于南极的海，我就不要妄加猜度了吧。我所见到的只是隶属于南极洲的一个小岛旁边的一小片海域，而且只见到它夏天的样子。在世界任何地方，大海都同样丰富而又单调，美丽而又凶暴。使这里的海的戏剧显得独特的是它的道具，那些冰盖、冰山和雪峰，以及它的演员，那些海豹、海狗和企鹅。

日出——

再也没有比极地的太阳脾气更加奇怪的国王了。夏季，他勤勉得几乎不睡觉，回到寝宫匆匆打一个瞌睡，就急急忙忙地赶来上朝。冬季，他又懒惰得索性不起床，接连数月不理朝政，把文武百官撂在无尽的黑暗之中。

现在是南极的夏季，如果想看日出，你也必须像这个季节的极地太阳一样勤勉，半夜就到海边一个合适的地点等候。所谓半夜，只是习惯的说法，其实天始终是亮的。你会发现，和你一起等候的往往还有最忠实的岛民——企鹅，它们早已站在海边翘首盼望着了。

日出前那一刻的天空是最美的，仿佛一位美女预感到情郎的到来，脸颊上透出越来越鲜亮的红晕。可是，她的情郎——那极昼的太阳——精力实在是太旺盛了，刚刚从大海后或者冰盖后跃起，他的光亮已经强烈得使你不能直视了。那么，你就赶快掉转头去看海面上的壮观吧，礁石和波浪的一侧边缘都被旭日照亮，大海点燃了千万支蜡烛，在向早朝的国王致敬。而岸上的企鹅，这时都面向朝阳，胸脯的白羽毛镀了金一般鲜亮，一个个仿佛都穿上了金围裙。

月亮——

因为夜晚的短暂和晴天的稀少，月亮不能不是稀客。因为是稀客，一旦光临，就给人们带来了意外的惊喜。

她是害羞的，来时只是一个淡淡的影子，如同婢女一样不引人注意。直到太阳把余晖收尽，天色暗了下来，她才显身为光彩照人的美丽的公主。

可是，她是一个多么孤单的公主啊，我在夜空未尝找到过一颗星星，那众多曾经向她挤眉弄眼的追求者都上哪里去了？

云——

天空是一张大画布，南极多变的天气是一个才气横溢但缺乏耐心的画家，一边在这画布上涂抹着，一边不停地改变主意。于是，我们一会儿看到淡彩的白云，一会儿看到浓彩的锦霞，一会儿看到大泼墨的黑云。更多的时候，我们看到的是涂抹得不留空白的漫天乌云。而有的时候，我们什么也看不到了，天空已经消失在雨雪之雾里，这个烦躁的画家把整块画布都浸在洗笔的浑水里了。

风——

风是南极洲的真正主宰，它在巨大冰盖中央的制高点上扎下大本营，频频从那里出动，到各处领地巡视。它所到之处，真个是地动山摇，石颤天哭。它的意志不可违抗，大海遵照它的命令掀起巨浪，雨雪依仗它的威势横扫大地。

不过，我幸灾乐祸地想，这个暴君毕竟是寂寞的，它的领地太荒凉了，连一棵小草也不长，更没有擎天大树可以让它连根拔起，一展雄风。

在南极，不管来自东南西北什么方向，都只是这一种风。春风、和风、暖风等等是南极所不知道的概念。

雪——

风从冰盖中央的白色帐幕出动时，常常携带着雪。它把雪揉成雪沙、雪尘、雪粉、雪雾，朝水平方向劲吹，像是它喷出的白色气息。在风停歇的晴朗日子里，偶尔也飘扬过贺年卡上的那种美丽的雪花，你会觉得那是外邦的神偷偷送来的一件意外的礼物。

不错，现在是南极的夏季，气候转暖，你分明看见山峰和陆地上的积雪融化了。可是，不久你就会知道，融化始终是短暂的，山峰和陆地一次又一次重新变白，雪才是南极的本色。

暴风雪——

一头巨大的白色猛兽突然醒来了，在屋外不停地咆哮着和奔突着。一开始，出于好奇，我们跑到屋外，对着它举起了摄影器材，而它立刻就朝镜头猛扑过来。现在，我们宁愿紧闭门窗，等待着它重新入睡。

天气——

一个身怀绝技的魔术师，它真的能在片刻之间把万里晴空变成满天乌云，把灿烂阳光变成弥漫风雪。

极昼——

在一个慢性子的白昼后面，紧跟着一个急性子的白昼，就把留给黑夜的位置挤掉了。于是，我们不得不分别截取这两个白昼的一尾一首，拼接出一段睡眠的时间来。

极夜——

我对极夜没有体验。不过，我相信，在那样的日子里，每个人的心里一定都回响着上帝在创世第一天发出的命令："要有光！"

第四部分　岛上断想

灵魂只能独行

我是与一个集体一起来到这个岛上的。我被编入了这个集体，是这个集体的一员。在我住在岛上的全部日子里，我都不能脱离这个集体。可是，我知道，我的灵魂不和这个集体在一起。我还知道，任何一个人的灵魂都不可能和任何一个集体在一起。

灵魂永远只能独行。当一个集体按照一个口令齐步走的时候，灵魂不在场。当若干人朝着一个具体的目的地结伴而行时，灵魂也不在场。不过，在这些时候，那缺席的灵魂很可能就在不远的某处，你会在众声喧哗之时突然听见它的清晰的足音。

即使两人相爱，他们的灵魂也无法同行。世间最动人的爱仅是一颗独行的灵魂与另一颗独行的灵魂之间的最深切的呼唤和应答。

灵魂的行走只有一个目标，就是寻找上帝。灵魂之所以只能独行，是因为每一个人只有自己寻找，才能找到他的上帝。

我相信人不但有外在的眼睛，而且有内在的眼睛。外在的眼睛看见现象，内在的眼睛看见意义。被外在的眼睛看见的，成为大脑的贮存，被内在的眼睛看见的，成为心灵的财富。

许多时候，我们的内在眼睛是关闭着的。于是，我们看见利益，却看不见真理，看见万物，却看不见美，看见世界，却看不见上帝，我们的日子是满的，生命却是空的，头脑是满的，心却是空的。

外在的眼睛不使用，就会退化，常练习，就能敏锐。内在的眼睛也是如此。对于我来说，写作便是一种训练内在视力的方法，它促使我经常睁着内在的眼睛，去发现和捕捉生活中那些显示了意义的场景和瞬间。只要我保持着写作状态，这样的场景和瞬间就会源源不断。相反，一旦被日常生活之流裹挟，长久中断了写作，我便会觉得生活成了一堆无意义的碎片。事实上它的确成了碎片，因为我的内在眼睛是关闭着的，我的灵魂是昏睡着的，而唯有灵魂的君临才能把一个人的生活形成为整体。所以，我之需要写作，是因为唯有保持着写作状态，我才真正在生活。

灵魂是一只杯子。如果你用它来盛天上的净水，你就是一个圣徒。如果你用它来盛大地的佳酿，你就是一个诗人。如果你两者都不肯舍弃，一心要用它们在你的杯子里调制出一种更完美的琼液，你就是一个哲学家。

每个人都拥有自己的灵魂之杯，它的容量很可能是确定的。在不同的人之间，容量会有差异，有时差异还非常大。容量极大者必定极为稀少，那便是大圣徒、大诗人、大哲学家，上帝创造他们仿佛是为了展示灵魂所可能达到的伟大。

不过，我们无须去探究自己的灵魂之杯的容量究竟有多大。在一切情形下，它都不会超载，因为每个人所分配到的容量恰好是他必须付出毕生努力才能够装满的。事实上，大多数杯子只装了很少的水或酒，还有许多杯子直到最后仍是空着的。

精神之树的果实

我感到我正在收获我的精神的果实，这使我的内心充满了一种沉静的欢愉。

有人问我：你的所思所获是否是南极给你的?

我承认，住在这个孤岛上，远离亲人和日常事务，客观上使我得到了一个独自静思的机会。可是，这样的机会完全可能从别处得到，我不能说它与南极有必然的联系。至于思考的收获，我只能说它们是长在我的完整的精神之树上的果实，我的全部精神历程都给它们提供了养料。如果我硬把它们说成是在南极结出的珍稀之果，这在读者面前是一种夸大，在我自己眼里是一种缩小。

假如我孤身一人漂流到了孤岛上，或者去南极中心地带从事真正的探险，也许我会有很不同的感受。但是，即使在那种情形下，我仍然不会成为一个鲁滨孙或一个阿蒙森。在任何时候，我的果实与我的精神之树的关系都远比与环境的关系密切。精神上的顿悟是存在的，不过，它的种子必定早已埋在那个产生顿悟的人的灵魂深处。生老病死为人所习见，却只使释迦牟尼产生了顿悟。康德一辈子没有走出哥尼斯堡这个小城，但偏是他彻底改变了世界哲学的方向。说到底，是什么树就结出什么果实。南极能够造就伟大的探险家，可是永远造就不了哲学家，一个哲学家如果他本身不伟大，那么，无论南极还是别的任何地方便都不能使他伟大。

灵魂的亲缘关系

我偶然地发现了一本泰戈尔的诗集，把它翻开来，一种他乡遇故人的快乐立刻弥漫在我的心间。泰戈尔曾是我的精神密友之一，我已经很久没有去拜访他了，没想到今天在这个孤岛的一间小屋里和他不期而遇。

读书的心情是因时因地而异的。有一些书，最适合于在羁旅中、在无所事事中、在远离亲人的孤寂中翻开。这时候，你会觉得，虽然有形世界的亲人不在你的身旁，但你因此而得以和无形世界的亲人相逢了。在灵魂与灵魂之间必定也有一种亲缘关系，这种亲缘关系超越于种族和文化的差异，超越于生死，当你和同类灵魂相遇时，你的精神本能会立刻把它认出。

灵魂只能独行，但不是在一片空无中行进。毋宁说，你仿佛是置身在茂密的森林里，这森林像原始森林一样没有现成的路，你必须自己寻找和开辟出一条路来。可是，你走着走着，便会在这里那里发现一个脚印，一块用过的木柴，刻在树上的一个记号。于是你知道了，曾经有一些相似的灵魂在这森林里行走，你的灵魂的独行并不孤独。

小爱和大爱

住在岛上，最令我思念不已的是远方的妻女。每个周末，我都要借助价格昂贵的越洋电话与她们通话，只是为了听一听熟悉的声音。新年之夜，在周围的一片热闹中，我的寂寞的心徒劳地扑腾着欲飞的翅膀。

那么，我是一个恋家的男人了。

我听见一个声音责问我：你的尘躯如此执迷于人世间偶然的暂时的因缘，你的灵魂如何能走上必然的永恒的真理之路呢？二者必居其一：或者你慧根太浅，本质上是凡俗之人，或者你迟早要斩断尘缘，皈依纯粹的精神事业。

我知道，无论佛教还是基督教，都把人间亲情视为觉悟的障碍。乔答摩王子弃家出走，隐居丛林，然后才成佛陀。耶稣当着教众之面，不认前来寻他的母亲和兄弟，只认自己的门徒是亲人。然而，我对这种绝情之举始终不能赞赏。

诚然，在许多时候，尘躯的小爱会妨碍灵魂的大爱，俗世的拖累会阻挡精神的步伐。可是，也许这正是检验一个人的心灵力度的场合。难的不是避世修行，而是肩着人世间的重负依然走在朝圣路上。一味沉湎于小爱固然是一种迷妄，以大爱否定小爱也是一种迷妄。大爱者理应不弃小爱，而以大爱赋予小爱以精神的光芒，在爱父母、爱妻子、爱儿女、爱朋友中也体味到一种万有一体的情怀。一个人只要活着，他的灵魂与肉身就不可能截然分开，在他的尘世经历中处处可以辨认出他的灵魂行走的姿态。唯有到了肉身死亡之时，灵魂摆脱肉身才是自然的，在此之前无论用什么方式强行分开都是不自然的，都是内心紧张和不自信的表现。不错，在一切对尘躯之爱的否定背后都隐藏着一个动机，就是及早割断和尘世的联系，为死亡预做准备。可是，如果遁入空门，禁绝一切生命的欲念，借此而达于对死亡无动于衷，这算什么彻悟呢？真正的彻悟是在恋生的同时不畏死，始终怀着对亲人的挚爱，而在最后时刻仍能从容面对生死的诀别。

偶然性的价值

我飞越了大半个地球，降落在这个岛上。在地球那一方的一个城市里，有一个我的家，有我的女人和孩子，这个家对于我至关重要，无论我走得多远都要回到这个家去。我知道，在地球的广大区域里，还有许多国家、城市和村庄，无数男人、女人和孩子在其中生活着。如果我降生在另一个国度和地方，我就会有一个完全不同的家，对我有至关重要意义的就会是那一个家，而不是我现在的家。既然家是这么偶然的一种东西，对家的依恋到底有什么道理？

我爱我的妻子，可是我知道，世上并无命定的姻缘，任何一个男人与任何一个女人的结合都是偶然的。如果机遇改变，我就会与另一个女人结合，我的妻子就会与另一个男人结合，我们各人都会有完全不同的人生故事。既然婚姻是这么偶然的一种东西，那么，受婚姻的束缚到底有什么道理？

可是，顺着这个思路想下去，我就不可避免地遇到最后一个问题：我的生存本身便是一个纯粹的偶然性，我完全可能没有降生到这个世界上来，那么，我活着到底有什么道理？

我不愿意我活着没有道理，我一定要给我的生存寻找一个充分的理由，我的确这么做了。而一旦我这么做，我就发现，那个为我的生存镀了金的理由同时也为我生命中的一系列偶然性镀了金。

我相信了，虽然我的出生纯属偶然，但是，既然我已出生，宇宙间某种精神本质便要以我为例来证明它的存在和伟大。否则，如果一切生存都因其偶然而没有价值，永恒的精神之火用什么来显示它的光明呢？

接着我相信了，虽然我和某一个女人的结合是偶然的，由此结合而产生的那个孩子也是偶然的，但是，这个家一旦存在，上帝便要让我借之而在人世间扎下根来。否则，如果一切结合都因其偶然而没有价值，世上有哪一个女人能够给我一个家园呢？

我知道，我的这番论证是正确的，因为所论证的那种情感在我的心中真实地存在着。

我还知道，我的这番论证是不必要的，因为既然我爱我自己这个偶然性，我就不能不爱一切偶然性。

尘世遭遇的意义

泰戈尔有一段言简意赅的文字，在某种意义上可以看作康德哲学的诗意表达——

“我们在黑暗中摸索，绊倒在物体上，我们抓牢这些物体，相信它们便是我们所拥有的唯一的东西。光明来临时，我们放松了我们所占有的东西，发觉它们不过是与我们相关的万物之中的一部分而已。”

这里的黑暗，是指尘世、现象界、封闭在现象界里的经验自我；光明，是指上帝、本体界、与本体界相沟通的精神自我。在现象界中，我们是盲目的，受偶然的和有限的遭遇所支配，并且把这些遭遇看成了一切。如果站到上帝的位置上，一览无遗地看见了世界整体，我们就能看清一切人间遭遇的偶然性和有限性，产生一种超脱的心情。

非常正确。不过，我有两点保留或补充。

第一，我们不妨站到上帝的位置上看自己的尘世遭遇，但是，我们永远是凡人而不是上帝。所以，每一个人的尘世遭遇对于他自己仍然具有特殊的重要性。当我们在黑暗中摸索前行时，那把我们绊倒的物体同时也把我们支撑，我们不得不抓牢它们，为了不让自己在完全的空无中行走。

第二，在我们的尘世遭遇中，有一些是具有精神意义的，正是通过它们，我们才对天国的事物有所领悟。当我们在黑暗中摸索时，如果我们从来不曾触到另一双也在摸索的手，紧紧地握在一起，爱的光明就永远不会降临到我们的心中。我们珍藏着某些不起眼的小物件，用它们纪念人生中难忘的经历，虽然它们在整个宇宙体系中更加不值一提，可是我相信，即使上帝看见了它们也会赞许地一笑。

死亡不是一个思考的对象

死亡不是一个思考的对象。当我们自以为在思考死亡的时候，我们实际上所做的事情不是思考，而是别的，例如期望、相信、假设、想象、类比等等。

在泰戈尔的作品中，便有许多这样的类比。

类比之一：我们的生命是一个蛋，我们暂时寄居的这个世界是蛋的外壳。当我们被这个世界限制住的时候，就如同蛋壳里的小鸡，对于蛋壳外的更自由的生存是完全没有一个概念的。而死亡，就是我们破壳而出，进入真正自由的境界。

类比之二：我们的现世生命如同束缚在果实里的种子，死亡则是种子突破果实的束缚而成长为一棵树。不朽并非坚持我们所熟悉的现有的生命形态，而是一个不断超越生命特定形态的过程。

类比之三：我们在童年时不能想象成年之后会有全然不同的生活兴趣，与此同理，我们不应该以现世生活的欲望为样本去构想或否定我们的死后生活。

如此等等。

在这些类比中贯穿着一个简单的逻辑，便是：死后是一个完全的未知数，我们不能根据已知的现世生命状态去衡量它。这个逻辑是成立的。但是，如果说因为现世生命状态的终结而断定死后是虚无，这是武断，那么，把死后设想成一种与现世生命状态恰好相反的自由永恒境界，这同样是武断。有什么理由说死亡是小鸡破壳而出、种子变成树、童年变为成年，而不是一只鸡、一棵树、一个人的生命的真正结束呢？人生中确实有一些非常特殊的体验，在我们尚未亲身经历的时候，我们单凭想象是无论如何也不能形成一个概念的。但是，我们不能据此断定死后也属这种情形，因为至少不能排除另一种可能，就是随着生命结束，一切体验也都结束。

类比是迷惑人的。不过，我不反对类比，因为对于死亡的真正思考是不可能的，我们除了用类比或其他诗意的解说来鼓励自己之外，还能够怎样呢?

生活的减法

这次旅行，从北京出发是乘的法航，可以托运60公斤行李。谁知到了圣地亚哥，改乘智利国内航班，只准托运20公斤了。于是，只好把带出的两只箱子精简掉一只，所剩的物品就很少了。到住处后，把这些物品摆开，几乎看不见，好像住在一间空屋子里。可是，这么多天下来了，我并没有感到缺少了什么。回想在北京的家里，比这大得多的屋子总是满满的，每一样东西好像都是必需的，但我现在竟想不起那些必需的东西是什么了。于是我想，许多好像必需的东西其实是可有可无的。

在北京的时候，我天天都很忙碌，手头总有做不完的事。直到这次出发的前夕，我仍然分秒必争地做着我认为十分紧迫的事中的一件。可是，一旦踏上旅途，再紧迫的事也只好搁下了。现在，我已经把所有似乎必须限期完成的事搁下好些天了，但并没有发现造成了什么后果。于是我想，许多好像必须做的事其实是可做可不做的。

许多东西，我们之所以觉得必需，只是因为我们已经拥有它们。当我们清理自己的居室时，我们会觉得每一样东西都有用处，都舍不得扔掉。可是，倘若我们必须搬到一个小屋去住，只允许保留很少的东西，我们就会判断出什么东西是自己真正需要的了。那么，我们即使有一座大房子，又何妨用只有一间小屋的标准来限定必需的物品，从而为美化居室留出更多的自由空间？

许多事情，我们之所以认为必须做，只是因为我们已经把它们列入了日程。如果让我们凭空从其中删除某一些，我们会难做取舍。可是，倘若我们知道自己来日不多，只能做成一件事情，我们就会判断出什么事情是自己真正想做的了。那么，我们即使还能活很久，又何妨用来日不多的标准来限定必做的事情，从而为享受生活留出更多的自由时间？

心灵的空间

在写了上面这一则随想之后，我读到泰戈尔的一段意思相似的话，不过他表达得更好。我把他的话归纳和改写如下——

未被占据的空间和未被占据的时间具有最高的价值。一个富翁的富并不表现在他的堆满货物的仓库和一本万利的经营上，而是表现在他能够买下广大空间来布置庭院和花园，能够给自己留下大量时间来休闲。同样，心灵中拥有开阔的空间也是最重要的，如此才会有思想的自由。

接着，泰戈尔举例说，穷人和悲惨的人的心灵空间完全被日常生活的忧虑和身体的痛苦占据了，所以不可能有思想的自由。我想补充指出的是，除此之外，还有另一类例证，就是忙人。

凡心灵空间的被占据，往往是出于逼迫。如果说穷人和悲惨的人是受了贫穷和苦难的逼迫，那么，忙人则是受了名利和责任的逼迫。名利也是一种贫穷，欲壑难填的痛苦同样具有匮乏的特征，而名利场上的角逐同样充满生存斗争式的焦虑。至于说到责任，可分三种情形：一是出自内心的需要，另当别论，二是为了名利而承担的，可以归结为名利，三是既非内心自觉，又非贪图名利，完全是职务或客观情势所强加的，那就与苦难相差无几了。所以，一个忙人很可能是一个心灵上的穷人和悲惨的人。

这里我还要说一说那种出自内在责任的忙碌，因为我常常认为我的忙碌属于这一种。一个人真正喜欢一种事业，他的身心完全被这种事业占据了，能不能说他也没有了心灵的自由空间呢？这首先要看在从事这种事业的时候，他是否真正感觉到了创造的快乐。譬如说写作，写作诚然是一种艰苦的劳动，但必定伴随着创造的快乐，如果没有，就有理由怀疑它是否蜕变成了一种强迫性的事务，乃至一种功利性的劳作。当一个人以写作为职业的时候，这样的蜕变是很容易发生的。心灵的自由空间是一个快乐的领域，其中包括创造的快乐，阅读的快乐，欣赏大自然和艺术的快乐，情感体验的快乐，无所事事地闲适和遐想的快乐，等等。所有这些快乐都不是孤立的，而是共生互通的。所以，如果一个人永远只是埋头于写作，不再有工夫和心思享受别的快乐，他的创造的快乐和心灵的自由也是大可怀疑的。

我的这番思考是对我自己的一个警告，同时也是对所有自愿的忙人的一个提醒。我想说的是，无论你多么热爱自己的事业，也无论你的事业是什么，你都要为自己保留一个开阔的心灵空间，一种内在的从容和悠闲。唯有在这个心灵空间中，你才能把你的事业作为你的生命果实来品尝。如果没有这个空间，你永远忙碌，你的心灵永远被与事业相关的各种事务所充塞，那么，不管你在事业上取得了怎样的外在成功，你都只是损耗了你的生命而没有品尝到它的果实。

丰富的单纯

对于心的境界，我所能够给出的最高赞语就是丰富的单纯。我所知道的一切精神上的伟人，他们的心灵世界无不具有这个特征，其核心始终是单纯的，却又能够包容丰富的情感、体验和思想。

我相信，每一个精神上的伟人在本质上都是直接面对宇宙的。一方面，他知道自己只是宇宙的儿童，这种认识深藏于他的心灵的核心之中，从根本上使他的心灵永葆儿童的单纯。另一方面，他对宇宙的永恒本质充满精神渴望，在这种渴望的支配下，他本能地受一切精神事物所吸引，使他的心灵变得越来越丰富。

与此相反的境界是贫乏的复杂。这是那些平庸的心灵，它们被各种人际关系和利害计算占据着，所以复杂，可是完全缺乏精神的内涵，所以又是一种贫乏的复杂。

除了这两种情况外，也许还有贫乏的单纯，不过，一种单纯倘若没有精神的光彩，我就宁可说它是简单而不是单纯。有没有丰富的复杂呢？我不知道，如果有，那很可能是一颗魔鬼的心吧。

自然、社会与人性的单纯

人性的单纯来自自然。有两种人性的单纯，分别与两种自然相对应。第一种是原始的单纯，与原始的物质性的自然相对应。儿童的生命刚从原始的自然中分离出来，未开化人仍生活在原始的自然之中，他们的人性都具有这种原始的单纯。第二种是超越的单纯，与超越的精神性的自然相对应。一切精神上的伟人，包括伟大的圣徒、哲人、诗人，皆通过信仰、沉思或体验而与超越的自然有了一种沟通，他们的人性都具有这种超越的单纯。

在两种自然之间，在人性的两种单纯之间，隔着社会和社会关系。社会的作用一方面使人脱离了原始的自然，另一方面又会阻止人走向超越的自然。所以，大多数人往往在失去了原始的单纯之后，却不能获得超越的单纯。

社会是一个使人性复杂化的领域。当然，没有人能够完全脱离社会而生活。但是，也没有人必须为了社会放弃自己的心灵生活。对于那些精神本能强烈的人来说，节制社会交往和简化社会关系乃是自然而然的事情。正因为如此，他们才能够越过社会的壁障而走向伟大的精神目标。

道路与家

人生是一条路，每一个人从生下来就开始走在这条路上了。在年幼时，我们并不意识到这一点。当我们意识到了的时候，便不得不想一个问题：这条路通向哪里？人生之路的目标是什么？

最明显的事实：这条路通向死，因为人生只是一个从生到死的过程罢了。可是，死怎么能成为目标呢？为了使它成为目标，它必须不是死，而是一种更高的生。于是，死便被设想成由短暂的生进入永生，由易朽的肉体进入不朽，由尘世进入天国，由不完满进入至善，由苦难进入极乐，等等。经过这样的解释，人生之路就有了一个宗教的和道德的目标，一个纯粹精神性质的目标。

可是，道路为什么一定是一条直线呢？只是因为我们把路想成直线，才必须给它安一个终点，一个最后的目标。花园里曲径交错，路的终点在哪里？那么，我们何不就把人生看作一个大花园呢？这是一座很大的花园，把它逛完刚好要用一生的时间，我们从生到死都在里面，每走一步都看见新的风景，到处都是可供我们休憩的地方。如果要说目标，那么，可以说处处都是目标，但不存在最后的目标。

换一个不那么诗意然而更贴切的比喻，不妨说，人生就是我们的家。我们在人生之中，犹如在我们自己的家里。既然是在家里，我们就做着种种必须做的或者有兴趣做的事情，而并不事事都问为什么。事实上，在多数时候，我们的确把人生当作家，安排每一个日子如同安排自己的家务，而不去想这个家有朝一日会不存在。

可是，这个家确实有朝一日会不存在，而我们有时候不免要想到这一点。这时候，我们又会意识到自己是走在一条有终点的路上。所以，对于我们来说，人生永远既是道路，又是家。我现在的想法是，这两方面的意识都是必要的，缺一不可。只是道路，就活得太累。只是家，就活得太盲目。我们必须把人生当作家，让自己的心灵得到休息。我们也必须知道人生是道路，让自己的心灵有超越的追求。

信仰的价值

泰戈尔的最后一篇诗作是在病床上口授的，一个星期后，他就去世了。这首诗的大意是——

造物主很狡猾，它编织了虚假信仰的罗网。然而，探索者却能透过这罗网看清到达内心的路，“在用自己内涵的光洗涤干净的心里找到了真理”。人们认为他是受骗者，其实并非如此，这个似乎轻易受骗的人“把最后的报酬带进自己的宝库”，这报酬就是“通往安宁的持久权利”。

诗中的“虚假信仰”，一个英译者释为尘世浮象，我宁可作别的理解。我的感觉是，泰戈尔一生关注信仰问题，这首诗是他临终之前就此问题吐露的真言。我仿佛听见他如是说：我何尝不知道，对于任何一种外在精神实体的信仰都是虚假的信仰，我到了生命的最后时刻仍不能相信那种实体是真的存在着的。但是，正是这样的信仰把我引导到了自己的内心之中，在一种内在境界中发现了生活的意义。而当我达到了这种内在境界，那外在的实体究竟是否真的存在也就不重要了。

所以，不妨说，一切外在的信仰只是桥梁和诱饵，其价值就在于把人引向内心，过一种内在的精神生活。神并非居住在宇宙间的某个地方，对于我们来说，它的唯一可能的存在方式是我们在内心中感悟到它。一个人的信仰之真假，分界也在于有没有这种内在的精神生活。伟大的信徒是那些有着伟大的内心世界的人，相反，一个全心全意相信天国或者来世的人，如果他没有内心生活，你就不能说他有真实的信仰。

第五部分　读《圣经》札记

不可发誓

古训说："不可违背誓言；在主面前所发的誓必须履行。"耶稣针对此却说："你们根本不可以发誓。你们说话，是，就说是，不是，就说不是；再多说便是出于那邪恶者。"

只听真话，除此之外的多一句也不听，包括誓言——这才是我心目中的上帝，同样，一个人面对他的上帝的时候，他也只需要说出真话。超出于此，他就不是在对上帝说话，而是在对别的什么说话，例如对权力、舆论或市场。

有真信仰的人满足于说出真话，喜欢发誓的人往往并无真信仰。

发誓者竭力揣摩对方的心思，他发誓要做的不是自己真正想做的事情，而是他以为对方希望自己做的事情。如果他揣摩的是地上的人的心思，那是卑怯。如果他揣摩的是天上的神的心思，那就是亵渎了。

有时候，一个人说了真话，他仍然可能会发誓。他担心听的人不相信或者不重视他说了真话这件事，所以要就此发誓，加以强调。他把别人的相信和重视看得比说真话本身更加重要，仿佛说真话的价值取决于别人是否相信和重视似的。因此，如果得不到预期的效果，他就随时可能放弃说真话。一个直接面对上帝的人是不会这样的，因为他无论对谁说话，都同时是在对上帝说话，上帝听见了他说的真话，他就问心无愧了。

恨是狭隘，爱是超越

耶稣反对复仇，提倡博爱。针对“以眼还眼，以牙还牙”的旧训，他主张：“有人打你的右脸，连左脸也让他打吧。”针对“爱朋友，恨仇敌”的旧训，他主张：“要爱你们的仇敌。”他的这类言论最招有男子气概或斗争精神的思想家反感，被斥为奴隶哲学。我也一直持相似看法，而现在，我觉得有必要来认真地考查一下他的理由——

> “因为，天父使太阳照好人，也同样照坏人；降雨给行善的，也给作恶的。假如你们只爱那些爱你们的人，上帝又何必奖赏你们呢？……你们要完全，正像你们的天父是完全的。”

从这段话中，我读出了一种真正博大的爱的精神。

人与人之间，部落与部落之间，种族与种族之间，国家与国家之间，为什么会仇恨？因为利益的争夺，观念的差异，隔膜，误会，等等。一句话，因为狭隘。一切恨都溯源于人的局限，都证明了人的局限。爱在哪里？就在超越了人的局限的地方。

只爱你的亲人和朋友是容易的，恨你的仇敌也是容易的，因为这都是出于一个有局限性的人的本能。做一个父亲爱自己的孩子，做一个男人爱年轻漂亮的女人，做一个处在种种人际关系中的人爱那些善待自己的人，这有什么难呢？作为某族的一员恨敌族，作为某国的臣民恨敌国，作为正宗的信徒恨异教徒，作为情欲之人恨伤了你的感情、损了你的利益的人，这有什么难呢？难的是超越所有这些局限，不受狭隘的本能和习俗的支配，作为宇宙之子却有宇宙之父的胸怀，爱宇宙间的一切生灵。

有人打了你的右脸，你就一定要回打他吗？你回打了他，他再回打你，仇仇相生，冤冤相报，何时了结？那打你的人在打你的时候是狭隘的，被胸中的怒气支配了，你又被他激怒，你们就一齐在狭隘中走不出来了。耶稣要你把左脸也送上去，这也许只是一个比喻，意思是要你丝毫不存计较之心，远离狭隘。当你这样做的时候，你已经上升得很高，你真正做了被打的你的肉躯的主人。相反，那计较的人只念着自己被打的右脸，他的心才成了他的右脸的奴隶。我开始相信，在右脸被打后把左脸送上去的姿态也可以是充满尊严的。

天上的财宝

耶稣说：不可为自己积聚财宝在地上，要为自己积聚财宝在天上，因为前者会虫蛀、生锈、遭窃，后者不会。

也就是说，物质的财宝不可靠，精神的财宝可靠，应该为自己积聚可靠的财宝。

那么，何时能够享用天上的财宝呢？是否如通常所宣传的，生前积德，死后到天堂享用？

耶稣又说："你的财宝在哪里，你的心也在哪里。"

看来这才是耶稣的见解：当你为自己积聚财宝在天上时，你的心已经在天上；当你的灵魂富有时，你的灵魂已经得救了。

伺候哪一个主人

耶稣说："没有人能够伺候两个主人。你们不可能同时做上帝的仆人，又做金钱的奴隶。"

我把这段话理解为：一个人的人生目标只能定位在一个方向上，或者追求精神上的伟大、高贵、超越，或者追逐世俗的利益，不可能同时走在两个方向上。

当然，在实际生活中，一个精神上优秀的人完全可能在物质上也富裕。判断一个人是金钱的奴隶还是金钱的主人，不能看他有没有钱，而要看他对金钱的态度。正是当一个人很有钱的时候，我们能够更清楚地看出这一点来。一个穷人必须为生存而操心，金钱对他意味着活命，我们无权评判他对金钱的态度。

耶稣接着强调，我们不应该为日常生活所需而忧虑。他说了一个比喻：显赫的所罗门王的衣饰比不上一朵野花的美丽，野花朝开夕落，上帝还这样打扮它，你们为什么要为衣服操心呢？他的意思是说，在物质生活上应当顺其自然，满足于自然所提供的简朴条件，如此才能专注于精神的事业。

行淫的女人

有一天，耶稣在圣殿里讲道，几个企图找把柄陷害他的经学教师和法利赛人带来了一个女人，问他："这个女人在行淫时被抓到。摩西法律规定，这样的女人应该用石头打死。你认为怎样？"耶稣弯着身子，用指头在地上画字。那几个人不停地问，他便直起身来说："你们当中谁没有犯过罪，谁就可以先拿石头打她。"说了这话，他又弯下身在地上画字。所有的人都溜走了，最后，只剩下了耶稣和那个女人。这时候，耶稣就站起来，问她："妇人，他们都哪里去了？没有人留下来定你的罪吗？"

女人说："先生，没有。"

耶稣便说："好，我也不定你的罪。去吧，别再犯罪。"

《约翰福音》记载的这个故事使我对耶稣倍生好感，一个智慧、幽默、通晓人性的智者形象跃然眼前。想一想他弯着身子用指头在地上画字的样子，既不看恶意的告状者，也不看可怜的被告，他心里正不知转着怎样愉快的念头呢。他多么轻松地既击败了经学教师和法利赛人陷害他的阴谋，又救了那个女人的性命，而且，更重要的是，还破除了犹太教的一条残酷的法律。

在任何专制体制下，都必然盛行严酷的道德法庭，其职责便是以道德的名义把人性当作罪恶来审判。事实上，用这样的尺度衡量，每个人都是有罪的，至少都是潜在的罪人。可是，也许正因为如此，道德审判反而更能够激起疯狂的热情。据我揣摩，人们的心理可能是这样的：一方面，自己想做而不敢做的事，竟然有人做了，于是嫉妒之情便化装成正义的愤怒猛烈喷发了，当然啦，绝不能让那个得了便宜的人有好下场；另一方面，倘若自己也做了类似的事，那么，坚决向法庭认同，与罪人划清界限，就成了一种自我保护的本能反应，仿佛谴责的调门越高，自己就越是安全。因此，凡道德法庭盛行之处，人与人之间必定充满残酷的斗争，人性必定扭曲，爱必定遭到扼杀。耶稣的聪明在于，他不对这个案例本身作评判，而是给犹太教传统的道德法庭来一个釜底抽薪：既然人人都难免人性的弱点，在这个意义上人人都有罪，那么，也就没有人有权充当判官了。

经由这个故事，我还非常羡慕当时的世风人心。听了耶稣说的话，居然在场的人个个扪心自问，知罪而退，可见天良犹在。换一个时代，譬如说，在我们的“文革”中，会出现什么情景呢？可以断定，耶稣的话音刚落，人们就会立刻争先恐后地用石头打那个女人，以此证明自己的清白，那个女人会立刻死于乱石之下。至于耶稣自己，也一定会顶着淫妇的黑后台和辩护士之罪名，被革命群众提前送上十字架。

精神领域里的嫉妒

一个葡萄园主雇工人整理葡萄园，说好每人一天的工资是一块银币。这一天，他先后雇了五批工人，有清晨就雇来的，也有傍晚才雇来的。结算工资的时候，他给每个人都是一块银币。清晨来的工人因此而提出了抗议。他的回答是：“我并没有占你便宜。你不是同意每天一块银币的工资的吗？我也给最后来的这么多，难道我无权使用自己的钱吗？为了我待人慷慨，你就嫉妒吗？”

耶稣用这个故事说明，在天国里，不论信教早晚，上帝都是一视同仁的。对于那些因为早来而嫉妒晚来者的人，他毫不掩饰蔑视之意，断然宣布："那些居后的，将要在先；那些在先的，将要居后。"

的确，在精神领域里，包括宗教信仰、思想探索、艺术创造，等等，资格是完全不起作用的。倘若有人因为资格老而嫉妒后来者的成就，那么，他越是嫉妒，就越是表明他在精神上的低下，他的地位就越要居后。

本乡人眼中无先知

耶稣回到家乡宣讲，人们惊讶地说："他不是那个木匠的儿子吗？他的母亲不是玛利亚吗？雅各、约瑟、西门和犹大不都是他的弟弟吗？他的妹妹们不是住在我们这里吗？他这一切究竟从哪里来的呢？"于是他们厌弃他。

耶稣就此议论说："在本乡本家以外，先知没有不受人尊敬的。"（《马太福音》）或者："先知在自己的家乡是从不受人欢迎的。"（《路加福音》）

其实，何止不受欢迎，在本乡人眼中根本就不存在先知。在本乡人、本单位人以及一切因为外在原因而有了日常接触的人眼中，不存在先知、天才和伟人。在这种情形下，人们对于一个精神上的非凡之人会发生两种感想。第一，他们经常看见这个人，熟悉他的模样、举止、脾气、出身、家庭状况，等等，就自以为已经了解他了。在他们看来，这个人无非就是他们所熟悉的这些外部特征的总和。在拿撒勒人眼里，耶稣只是那个木匠的儿子，雅各等人的哥哥，仅此而已。第二，由于生活环境相同，他们便以己度人，认为这个人既然也是这个环境的产物，就必定是和自己一样的人，不可能有什么超常之处。即使这个人的成就在本乡以外发生了广泛的影响，他们也仍然不肯承认，而要发出拿撒勒人针对耶稣发出的疑问："他这一切究竟从哪里来的呢？"

当然，先知在本乡受到排斥，嫉妒也起了很大作用。一个在和自己相同环境里生长的人，却比自己无比优秀，对于这个事实，人们先是不能相信，接着便不能容忍了，他们觉得自己因此遭到了贬低。直到很久以后，出于这同样的虚荣心，他们的后人才会把先知的诞生当作本乡的光荣大加宣扬。

可是，一切精神上的伟人之诞生与本乡何干？他们之所以伟大，正是因为他们从来就不属于本乡，他们是以全民族或者全人类为自己的舞台的。所以，如果要论光荣，这光荣只属于民族或者人类。这一点对于文明人来说应该是不言而喻的，譬如说，倘若一个法兰克福人以歌德的同乡自炫，他就一定会遭到全体德国人的嘲笑。也所以，地方与地方之间为伟人出生地发生的那些争执都是可笑的，常常还是可耻的，因为它们常常带有借死去的伟人牟利的卑鄙意图。

奥秘和比喻

耶稣对门徒授奥秘，对群众说比喻。门徒问原因，他答："因为那已经有的，要给他更多，让他丰足有余；那没有的，连他所有的一点点也要夺走。为了这缘故，我用比喻对他们讲；因为他们视而不见，听而不闻，又不明白。”

这个回答十分费解，本身像是隐喻，却是向门徒说的。

事情本来似乎应该是：无论对门徒，还是对群众，都说比喻，使那已经有慧心的能听懂，从而得到更多，丰足有余，使那没有慧心的愈加听不懂，把他自以为是的一点点一知半解也夺走。

其实，存在的一切奥秘都是用比喻说出来的。对于听得懂的耳朵，大海、星辰、季节、野花、婴儿都在说话，而听不懂的耳朵却什么也没有听到。所以，富者越来越富，贫者越来越贫，是精神王国里的必然法则。

一天的难处一天担当

“你们不要为明天忧虑，明天自有明天的忧虑；一天的难处一天担当就够了。”耶稣有一些很聪明的教导，这是其中之一。

中国人喜欢说：人无远虑，必有近忧。这当然也对。不过，远虑是无穷尽的，必须适可而止。有一些远虑，可以预见也可以预作筹划，不妨就预作筹划，以解除近忧。有一些远虑，可以预见却无法预作筹划，那就暂且搁下吧，车到山前自有路，何必让它提前成为近忧。还有一些远虑，完全不能预见，那就更不必总是怀着一种莫名之忧，自己折磨自己了。总之，应该尽量少往自己的心里搁忧虑，保持轻松和光明的心境。

一天的难处一天担当，这样你不但比较轻松，而且比较容易把这难处解决。如果你把今天、明天以及后来许多天的难处都担在肩上，你不但沉重，而且可能连一个难处也解决不了。

舆论的不宽容

对于新的真理的发现者，新的信仰的建立者，舆论是最不肯宽容的。如果你只是独善其身，自行其是，它就嘲笑你的智力，把你说成一个头脑不正常的疯子或呆子，一个行为乖僻的怪人。如果你试图兼善天下，普度众生，它就要诽谤你的品德，把你说成一个心术不正、妖言惑众的妖人、恶人、罪人了。

耶稣对此深有体会，他愤怒地对群众说："约翰来了，不吃不喝，你们说他是疯子；我来了，也吃也喝，你们却说我是酒肉之徒，是税棍和坏人的朋友！"

无论是否吃喝，舆论都饶不了你。问题当然不在是否吃喝。舆论很清楚它的敌人是思想，但它从来不正面与思想交锋，它总是把对手抓到自己的庸俗法庭上，用自己的庸俗法律将其定罪。

小孩、富人和天国

门徒问耶稣："在天国里谁最伟大？"耶稣叫来一个小孩，说："除非你们改变，像小孩一样，你们绝不能成为天国的子民。像这小孩那样谦卑的，在天国里就是最伟大的。"

为什么像小孩一样才能进入天国呢？我一直以为是因为单纯，耶稣在这里却说是因为谦卑。小孩谦卑吗？他们不是一个个都骄傲如天生的王公贵人，不把人世间的权势、财富和规矩放在眼里吗？

我忽然想到，骄傲与谦卑未必是反义词。有高贵的骄傲，便是面对他人的权势、财富或任何长处不卑不亢，也有高贵的谦卑，便是不因自己的权势、财富或任何长处傲视他人，它们是相通的。同样，有低贱的骄傲，便是凭借自己的权势、财富或任何长处趾高气扬，也有低贱的谦卑，便是面对他人的权势、财富或任何长处奴颜婢膝，它们也是相通的。真正的对立存在于高贵与低贱之间。

现在好理解了。小孩刚刚从天国来到人间，一切世俗的价值尚未在他的身上和心中堆积，他基本上是一无所有。在这意义上，小孩的谦卑正缘于他的单纯，等同于他的单纯。随着年龄增长，涉世渐深，各种世俗的价值就越来越包围他的身体，占据他的灵魂了。一个人的心灵越是被权力、金钱、名声之类身外之物所占据，神在其中就必定越没有容身之地。因为身外之物而藐视他人，这已是狂妄，因为身外之物而藐视上帝，岂不是更大的狂妄？变成和小孩一样谦卑，就是要觉悟到一切身外之物皆属虚幻，自己仍是那个一无所有的小孩。这样的人就好像永远是刚刚从天国来到人间一样，能够用天国的眼光看出尘世中一切功名利禄的渺小。正因为如此，他不但在活着时离神较近，而且死时也比较容易割断尘缘，没有牵挂地走向天国。

对于我的这个理解，《马太福音》里的另一则故事可作印证。一个富人问耶稣怎样才能得到永恒的生命，耶稣劝他把财产全部捐给穷人，那富人听了垂头丧气而离去。于是，耶稣对门徒说："富人要进入天国，比骆驼穿过针眼还要困难。"富人之所以难以进入天国，其原因正与小孩之所以容易进入天国相同。对耶稣所说的富人，不妨做广义的解释，凡是把自己所占有的世俗的价值，包括权力、财产、名声等等，看得比精神的价值更宝贵，不肯舍弃的人，都可以包括在内。如果心地不明，我们在尘世所获得的一切就都会成为负担，把我们变成负重的骆驼，而把通往天国的路堵塞成针眼。

第六部分　离岛之后

大力神飞机在彭塔降落，汽车把我们送往来时住的那家旅馆。一路上，最引人注目的是路旁的树、草、白色的或黄色的小野花。是啊，很普通的植物，可是在一千多公里之遥的乔治王岛上却是绝对看不到的，因此给人一种久别重逢的惊喜。

我们在彭塔住一夜，明天中午就飞圣地亚哥。原先计划中的旅游项目，包括照例给离站的考察队员安排的火地岛和国家公园之游，都被取消了。

旅馆离海很近，只有几分钟路程。晚上 8 时 30 分，我独自去海边。面前是麦哲伦海峡，远处若隐若现的一块陆地想必就是火地岛。将近五百年前，麦哲伦穿越这一片海域，看见岛上有火光，就给它取了这个名称。他由此向西航行，用两年半时间到达了他曾经从东线也到达过的菲律宾棉兰老岛，狂喜地发现自己成了第一个环球航行的人。但是，谁能料到，随即他就在与菲律宾另一小岛的土著的一次武装冲突中身亡了。所以，麦哲伦和我一样，也始终没有登上这座由他命名的岛屿。

此刻，太阳刚落下，天空和大海都是明亮的淡灰色，天边散布着一些深灰色的云团，云团背后透着红光。一座长长的栈桥伸入海中，在暮色中是黑色的，如剪影。靠近栈桥的岸边，海面上浮着成群海鸥，因为光线弱，看不清它们的种类，有点儿像黑背鸥。大约因为听到了动静，它们突然一齐飞了起来，排成与岸平行的整齐的两排，印在海天之间，那一瞬间真是美极了。

大海是美的，黄昏的天空也是美的，而最美的是黄昏天空笼罩下的大海，那是狂暴被温柔驯化的时刻。

下午，乘飞机从彭塔飞圣地亚哥，航程近四个小时。

在南美乘飞机，空中的风景极佳。这风景的主角是云，白极了的云，一簇簇堆积着，背景是海，蓝极了的海。在好些地方，云如白色的山脉，围出一条蓝色的峡谷，或者如白色的森林，围出一块蓝色的林中空地。不像在别处，云总是连绵成一层均匀的屏障，飞机穿过云层之后，看见的就只是这白色的屏障了，而且远不及这里的云的白。这里的云，简直可以说是白得鲜艳，也许是日照和水分都格外充足的缘故吧。

2 月 10 日，在圣地亚哥逗留的这一天，主要的节目是去聂鲁达的故居参观。

上大学时，聂鲁达是我喜爱的诗人之一。那是二十世纪六十年代，在当时的政治环境中，只有那些左翼诗人的作品才能在中国翻译和出版，我是通过聂鲁达、洛尔迦、希克梅特这些人的作品才获得了一点儿国外现代诗歌的概念。我喜欢聂鲁达的自由的、有力量的表达，喜欢他的热情和正义感。这种早年的心灵经历使我至今对这位智利诗人仍怀有一份亲切的感情，因此，我感到自己似乎是要去拜访一个老朋友。

从圣地亚哥开车，往北两个半小时的路程，到达一个名叫黑岛的地方。故居坐落在海边，石头基座上一组精致的木屋，离木屋咫尺之遥，太平洋的波涛拍打着黑色的礁石和苍翠的松柏。海滩上有一堆天然的岩石，顶端的那一块雕成了聂鲁达的头像。我想起了他的诗句："他化作了一块岩石，活在自己的祖国。"

进室内参观，给人的感觉仿佛是钻进了大大小小的船舱。客厅、餐厅、工作室皆筑成船形，衬着厚厚的原木墙壁。每一处船长的位置，聂鲁达都保留给了自己。客厅里收藏着十几件船头雕饰，都是从船上搜集来的实物。那是一些半裸的女神形象和戴自由帽的女人形象，也有少量男海神抑或男海盗形象。聂鲁达最喜欢那具最小的雕饰，一个穿着法兰西第二帝国时期服装的小女人，飘飘欲飞的姿态，据说她的一对瓷珠眼睛会流泪。聂鲁达的搜集癖都与大海有关，他藏有许多船模，大多是一个老海员按照到过智利海域的真实船只的样子替他制作的。他的另一爱好是搜集海螺和贝壳，共搜集了六千枚，现存六百枚，放在陈列室里，其余已捐献。聂鲁达是一个藏书家，搜集了许多古本、珍本和手稿，但在生前已全部捐献给智利大学，所以在他的住处看不到藏书室。走进卧室，两面相交的大玻璃墙对着大海，躺在那张舒适的大床上，一定会感到自己是在大海中航行。户外有一只灵巧的真的木船，但从未下过水，是聂鲁达与朋友聚会的场所。而最后，在他死后，我相信是遵照他的遗愿，他的墓也砌成船形，朝向大海。

聂鲁达从小的梦想是当船员，结果却成了一个职业外交官和一个享誉世界的作家。他有一句名言：“我喜欢船，而船在陆上是更安全的。”也许，对他来说，文字就是一只安全的船，载他在想象的世界里尽情冒险吧。

作为一个生前已获成功的大作家，聂鲁达在意大利和世界其他地方都有住宅。不过，他最喜欢的还是在祖国的这栋住房。据说他从三十四岁开始营建此房，建了三十年仍未建完。他在自传中谈到，他是像造玩具那样建造这座房子的，在这座房子里他也是从早玩儿到晚，玩儿他收集的那些玩具，不玩儿他就没法活。他说：不玩儿的孩子不是孩子，不玩儿的大人是永远失去了童心的大人。的确，真正的伟人都是一些贪玩儿的大孩子，甚至旁人眼中的千秋功业也往往是他们的另一种游戏。聂鲁达是一个精力充沛的大孩子，他一生在世界各地奔波，最后回到了这座他自己造的玩具屋，从这里去医院，四天后便去世了。

2月 11 日早晨 7 时，我、唐、葛三人离开住所去机场，踏上了归国的旅程。其余三人并两个记者将乘别的班次，先后在布宜诺斯艾利斯和巴黎旅游若干天。这是极地办的一个安排，但我们三人归心似箭，不想参与了。

在机场办理行李托运手续时，遇到了麻烦。按照计划，我们往返都应该搭乘法国的航班，可以享受免费托运六十公斤行李的优待。可是，又得感谢驻圣地亚哥的那位留守先生，他不知出于什么想法，把圣地亚哥到布宜诺斯艾利斯这一段买了智利国内航班的机票，只能托运二十公斤行李，多出的部分必须补缴费用。

与机场交涉无效，我们三人只好补缴180美元。

10时45分，飞机从圣地亚哥起飞，12时40分降落在布宜诺斯艾利斯。我们打算进城一游，我和葛持公务护照，在拉美国家除了巴西皆可免签证，持因私护照的唐就面临了难题。没想到的是，在这里转机的旅客必须入境（无需签证）和重新出境，因此，难题就不攻而克了。停留时间是六个小时，可利用的时间是四个小时，我们叫了一辆出租，坐着车走马看花了一番。车费60美元，加5元小费，而乘公共汽车每人要24美元，不但比公共汽车方便得多，而且也更便宜。比起圣地亚哥来，布城显得是一个发达国家的都市，街道整洁，建筑讲究。我们在两个地点略作停留：一是拉普拉塔河畔，它是世界最宽的河，像海一样望不见对岸：另一是议会大厦，小广场上鸽子成群成堆，你举起胳臂，就会有好几只鸽子落在你的胳臂上，和你亲近。

18时15分飞离布城，飞往巴黎。

机票所附的时刻表上的指示是：2月11日18时15分离开布宜诺斯艾利斯，12日11时15分到达巴黎，15时55分离开巴黎，13日8时50分到达北京。按此计算，从布城到北京，算上在巴黎停留的四个多小时，共需三十六个多小时。事实上，应该从中扣除十一个小时的时差，实际时间是二十五个多小时。

对于我来说，2月12日这一天只有十三个小时。相反，从北京飞圣地亚哥时，其中一天长达三十五个小时。这是飞机飞行方向与地球自转方向相反或相同而造成的结果。

今天上午，飞机准点降落在北京机场。进关后，首先见到的是好友延华，他特地来机场欢迎我回国。他说，我的妻去停车了。一会儿，妻抱着女儿出现了。我没有想到她把女儿也带来了，喜出望外。小家伙定定地看着我，眼中含笑，不说话。我一把抱过来，她用小手轻轻地拍我。回到家里，我把在南极用的墨镜戴上逗她，她盯我好一会儿，突然大声喊道："真酷！"表情十分认真，真把我笑死了。

天上掉下一个机会，使我得以在南极洲的乔治王岛上住了两个月。除我之外，同行的还有若干名人文学者、记者和编辑。回想出发之前，我的心情是兴奋中带着些许忧惧，因为在一般人——我也属于一般人——的观念中，南极毕竟是那样一个既神秘又可怕的地方，神秘得好像不在我们这个星球上，可怕得好像此去就踏上了不归路。朋友们也是个个替我担着心，与我话别时脸上都挂着仿佛生死诀别的悲剧表情。在他们的想象中，我即使能够活着回来，也一定是不成人样了。所以，看见我好端端地归来了，他们都仿佛觉得意外，纷纷惊讶地问："你怎么比去之前更健康了？"而我就总是轻松地回答："可不，我在南极疗养了两个月嘛。"

在南极疗养——我这么说基本上没有夸张。试想一想，一个疗养胜地的标准是什么？无非三条：一、空气洁净，风景美丽；二、食宿无忧，生活简单而有规律；三、环境和心境都安静，远离日常事务的搅扰。我在乔治王岛上的生活是符合这些标准的。

当然啦，南极毕竟是南极，有可怕的暴风雪天气，冰盖下分布着吞噬过许多人命的深渊，还有其他种种不可预测的危险。我们曾在没有向导的情况下登上冰盖和踩到冰缝，知道那些深入冰盖数百公里进行探险考察的人确实是勇敢的，我对他们充满敬意。我自己领略过了岛上与世隔绝的生活的单调，知道那些在南极待上整整一年的越冬队员确实是寂寞的，我对他们满怀同情。但是，总的说来，有前人准备好的设施，生活谈不上十分艰难，只要掌握好分寸，生命危险也基本上可以避免。尤其如果只是去南极洲的某个地方度夏，甚或只是蜻蜓点水似地转悠一下，那么，所谓到过南极就实在没有什么好夸耀的。

到南极走了一趟，眼见为实。令我反感的是以前有些也是短暂地到过南极的人所做的报道，我确知他们是夸大了险情，在用谎言把自己打扮成英雄。还是让我们诚实一点儿吧，如实地把到南极一游称作旅游，把在南极小住称作疗养。我的结论是，谁都能够去南极，一般人所缺少的不是什么特别的素质或勇气，而只是机会。因此，在离开乔治王岛之前，我便建议以长城站为基地发展面向国内的南极旅游业，让更多的中国人有机会到南极一游。

回国以后，免不了被记者们包围。尤其是开头那些天，几乎天天接到要求采访的电话。我是能推就推，实在推辞不了，才见一下。

我不喜欢见记者，是因为他们总是想从我这里追问出什么了不得的经历和体验，我难免会让他们失望。朋友们是不问我这种生硬的问题的，他们看见我平安地回来了就很满意了。不过，既然这次行动早已通过媒体宣传开来，记者们的关注似乎也无可非议。只是我在出发前就已表明了态度，一切顺其自然，绝不制造任何戏剧性效果。收获当然是有的，而且我自己觉得不算小。对于我来说，这段经历最宝贵的是两点：一是得以欣赏那里大自然的美丽、奇特和原始，二是能够在一个远离尘嚣的环境中安静思考。因此，我在此期间所写的文字就很自然地分为两类：一是南极的景物描写，二是孤岛上的思想札记。在这两类文字中，各有一些是我自己喜欢的。一个写作者写出了自己喜欢的东西，这当然是收获。可是，听到我这样的回答，记者往往觉得不过瘾。他们也许听说过以前到了南极的人在世界观人生观方面会发生伟大的飞跃，现在我说不出类似的飞跃，他们便认为我是白去了一次南极。唉，我怎么对他们说清楚呢，对于所谓的伟大飞跃，我基本上是不相信的，同时我不认为没有飞跃就等于没有收获。

也有一些记者对我的态度表示理解。《北京晚报》记者要求采访我，我说我的基本想法已经在《南极无新闻》一文中表明了，请他们刊载，他们就痛快地照办了。北京电视台晚间新闻的记者来家里采访，很和蔼地与我的不到三岁的女儿玩，并不问我那种沉重的问题。节目播出时，我的女儿惊奇地发现，她在电视里伸着手递石头，话外音问："这是什么？"她答："石头。"问："是哪儿的石头？"答："南极的。"这是多么可爱的镜头呢。

可是，当天，我启程去德国参加一个会议，刚上飞机，空姐在分发报纸，一个同伴发现了什么，兴冲冲地拿给我一份。我一看，是某报对我的采访，有照片，有文字，占了一整版。坐在座位上浏览，我立刻感觉味儿不对。我是因为那个记者一再打电话给我，才同意接受采访的。我们约定，她写完稿子后要发给我过目。但她始终没有发给我，现在看了报纸，我也就明白她不敢发给我的缘由了。这篇采访稿用旁敲侧击、断章取义的手法暗示了两点：一是我去南极的收获不大，令人失望，二是收获不大似乎可以归因于也证明了我的平庸。那天晚上是在我家里采访的，我和孩子之间的亲热，因为客厅铺着儿童地毯而委屈客人换了拖鞋，在采访稿里这些都被用讥讽的口吻提到了。

飞机起飞了，我望着窗外的白云，心中想：我对媒体还是太轻信了。

晚上，在中央电视台做《实话实说》节目，除了六个人文学者外，还邀请了刘小汉做嘉宾。这可以算是我们从南极归来后的一次集体亮相。

节目的一头一尾，由一个小学生朗诵我的散文选段。中间则由主持人崔永元向我们逐一提问，这些用不经意的口气提出的问题当然是预先策划好的。为了活跃气氛，还召了一群小学生坐在观众席上，让他们提些近于插科打诨的问题。

刘小汉成了今天节目的毋庸置疑的主角。他是五次到南极、两次上格拉夫山的英雄，有他在座，人文学者们的调门已经不由自主地压低了许多。很显然，在对南极的了解上，在探险的经历上，在科学考察的贡献上，我们都远不能和他相比。他带来了电脑里的照片，收藏的石头，做了长时间的介绍。在主持人引导下，他说了一些话，基本否定了这次人文学者南极行动的意义：一则指出我们没有进南极圈，因此可以说并没有到南极，二则认为我们没有必要去南极，他的原话是："如果你们不是去采样，你们为什么要去呢？"

最后又轮到我发言，我强调了一点：我们的态度是诚实的，而以前有些也是短暂地到了长城站的人却夸大了那里的危险和艰苦。这的确是我愿意通过这个节目向观众传达的一个信息。

可是，节目做完后，我发现其他几位颇感沮丧。我自己对这次行动一直保持低调，但也觉得节目做得有点儿怪，基本效果好像是我们举着一只“人文学者南极行动”的彩色大气球上台，让那位自然科学家来把它戳破。总之，我们显得很被动，也很可笑，这让人不舒服。

其实，有一个道理是清楚的：人文学者当然不必到南极去采集自然科学研究的标本，但这不等于人文学者去南极就没有意义。

我讨厌假话、大话、空话，喜欢实话。不过，现在我想，实话也是应该恰如其分地、完整地说的。譬如说，我是否太强调这次行动的平常的一面，而对它的不平常的一面太轻描淡写了呢？

然而，对于我来说，南极这一页已经暂时地翻过去了，我无意再更多地去评说。

下编

欧洲长短章

初出国门——旅欧印象

初到欧洲

送行的人被挡在外面，我独自进入等候验关的大厅。生平头一回出国，心里有些紧张，知道自己笨拙，怕应付不了繁琐的手续，怕不知哪里突然出一个差错。

一切顺当。

可是，排在我前面第二个位置的那个小伙子遇到了麻烦。坐在一号亭子里的海关人员正在验看他的证件，他站着等候，转头向隔壁的二号亭子里张望了一眼。

“你看什么？这是你看的吗？”一号验关员厉声喝问。

“你们没有出告示，我怎么知道不让看？”小伙子不服气。

这下可不得了，那个女验关员立即大发雷霆，扣住了他的护照，斥道：“你看吧，让你看个够！”

小伙子口气变软了，开始求情：“我不知道嘛，以后不看就是了嘛。”

女验关员不理睬他，办理下一个乘客的手续。

小伙子的口气进一步变软：“飞机马上起飞了，我已经认错了嘛……”

女验关员一脸得意：“你站一边看吧，看个够！”

直到我出关，小伙子仍未被放行。

从北京到法兰克福，飞行十个小时。机翼下相继掠过中国北部的丘陵、蒙古的沙漠、西伯利亚的森林。

无边无际的沙漠，寸草不长，人迹不至。我多么轻松地越过了这死亡之漠。如果我置身于其中，会怎样地绝望？可是，如果不置身于其中，我又怎么能懂得沙漠呢？

快到法兰克福时，心情一振，景色也一变。从窗口俯望，到处是森林，不复有荒山秃岭。一座座城镇色彩明亮，红白相间，异常整洁，均坐落在连绵的森林中，宛如镶嵌在墨绿色绒毯上的精巧工艺品。

最担心的是入关，我怕我的蹩脚的口语能力不足以应付德国海关人员的盘问。

找了一辆手推车，循着“行李提取处”的指示牌，来到一排小门前。门前岗亭里坐着两个穿制服的德国小伙子。我走上前去，正想向他们询问如何办进关手续，尚未开口，他们便相对嬉笑起来。他们一边嬉笑，一边接过我的护照，大声读出上面的文字，立即递回给我，挥一挥手。

我推车走出小门，忽然听见建民叫我的名字，他也正推着一辆空车在等候我。这时我才明白，我已经进了关，出国前背诵的情境会话一句也没有用上。

暂时下榻在建民的住处，位于法兰克福西北边缘的一个僻静小区。

给我印象最深的是环境的优美和宁静。整洁的街道两旁，伸展着色彩明丽的小楼，没有高层建筑。走在街上，难得遇见一两个行人。每幢住宅都带有或大或小的院子，其大者如花园，房屋掩映在树木深处。如果你在住宅区的纵横小路上漫步，常常会发现，某条小路把你带到了一所公园，一座林子，或一片田野。田野上不种庄稼，只有茂盛的青草和菜花，一大片翠绿，一大片金黄。种菜花也只为美化环境，不为实用。据说德国人久已不种粮食，粮食全部从美国进口。

这里的公园都没有围墙，与住宅区浑然一体。我坐在公园的长椅上，眼前是一片辽阔的草地，被高大的乔木和低矮的灌木丛环抱着。草地上盛开野花，没有游人，偶尔可以看见一只狗在草丛里欢跑。空气中弥漫着浓郁的青草味，耳畔鸟鸣声不绝。事实上，住在这里，无论家居还是在外，从早到晚，总能听到鸟鸣。鸟儿不怕人，时而从树丛里扑棱棱飞出，落在我面前，旁若无人地散步。我久久地坐着，享受这难得的静谧。

后来我看到，欧洲的城市大多如此，不论多么繁华，都有许多开放式的绿地、树林和公园。这使我相信，真正发达的文明并不与自然相冲突，而一定是保护自然的。

周末，建民陪我进城逛街。他告诉我，法兰克福被称作“德国最丑陋的城市”，之所以出名，只因为它是德国的交通中枢和金融之都。市内高楼林立，如一块块巨石戳向天空。不过，尽管如此，当我在市中心的主街 Ziel 漫步时，仍可感受到一种既热闹又轻松的气氛。

主街最热闹的地段是一截步行街，街道两侧皆商店，我在课本上读到过的两家大连锁店 Hertie 和 Kaufhaus 分别镇在两端。宽阔的街面上均匀地栽着几排梧桐，形成一个供游人散步和休憩的广场。正是集市的日子，广场上摆着各色货摊。几辆厢式货车一字排开，货主们站在敞开的车厢上大声叫卖。他们一边说着笑话逗乐游人，一边从不同的口袋里取出不同种类的肉肠或奶酪之类，快速包装后扔给顾客，每包一律 20 马克，比商店里的价格低廉许多。他们还不时地割一小块食物，递给那些志愿者免费品尝。如果逛累了，不妨拣个石凳就地坐下，欣赏一下街头的喷泉和雕塑，还不时有街头艺人踩着高跷表演杂技。

从市中心步行几分钟，就到了美茵河。河畔有大教堂，教堂前一个小广场，石块垒成一种费解的图案，据说是古罗马的遗迹。河对岸树丛里耸起小教堂的尖顶，它的倒影在河中悠悠荡漾。

过桥到对岸，一条鹅卵石铺的旧街，名为街道博物馆。跳蚤市场正在收摊，留下一排空帐篷。岸边的草地上，散布着或坐或卧的休闲的人们。

“我们去看一下红灯区，你不反对吧？”建民问我。

红灯区在火车站附近。我们拐进一座光线昏暗的小楼，沿着狭窄的楼梯穿行其内。这是一个小妓院，也就二三十间小屋。关着门的，表明正在接客。开着门的，每间里有一个穿泳装的妓女，看样子多是南美人。看见我们，她们有的边喊话边打手势，有的迎过来，也有的表情漠然。

建民还想带我看一家大妓院，据说辉煌如宫殿，但他一时找不到了。

晚上看电视。在法兰克福，可以同时收看到三十来个德国台的电视节目。其中，色情节目之多，似超过其他西方国家。不过，都是所谓“软片”，即演员并不真的做爱，动真格的“硬片”是不准上电视的。

我注意到一个节目，并非色情节目，却比任何色情节目更荒唐。嘉宾是成对的男女小学生，都是十一二岁光景，竞赛谈情说爱的技能。测验的项目包括：会面时双方心跳率是否接近；主持人分别提问时双方的回答是否一致；电话约会的技巧；两人从两端吃同一根虾条，在吃完而嘴唇相触的一瞬间，是否动情而且自然，等等。恋爱技巧需要从小训练，这个民族的刻板理性也着实可叹。也许策划者的苦心在于，由于性的早熟和开放，导致了性关系中情的缺失，欲以此节目未雨绸缪。那么，这一笨拙的方式恰好反映了一个普遍的现代特征，即试图通过大众传媒批量复制虚假的激情，来补偿（事实上补偿不了）和掩盖（事实上欲盖弥彰）真情的缺失。

乍到德国，觉得德国人的生活富有田园诗情调。沿着洁净的街道和小径散步，可以看见一户户人家在自己的园子里忙碌着，修剪草地，栽培花木，有的还养着成群的羊和家禽。我很羡慕，便对建民说，能这样平静地过一辈子也挺好。建民不以为然地说，其实德国人真是农民，天天就这么些事，够单调的。

一星期后，我自己也感觉到了这里生活的单调，并且佩服建民的忍受力。他在一家银行工作，每天下班回来，便独自在一间空荡荡的大屋里度过长夜。事实上他是一个极爱朋友的人，和我聊天，他最喜欢的话题就是回忆国内朋友的相聚，和某个朋友在北京某家小破饭店吃的炒腰花，说起来真是无限神往。我心想，未出国的人羡慕国外生活的新奇，出了国的人羡慕国内生活的热闹，其实生活的实质终归是单调的，到哪里也逃脱不了。走遍天涯海角，能够勉慰心灵使之忍受这单调的，唯有爱和创造。

建民对朋友的态度近于谦卑，把我照顾得无微不至。可是，我发现，他骨子里是高傲的，尤其是与一般德国人说话时，那始终挂着的微笑里透着一种讥刺的意味。他从心底里看不起德国人，与我谈论起来总是语带嘲讽。有一回，我们坐在街头酒吧喝啤酒，他望着手中的酒杯徐徐说："到了周末，德国人一定要衣着体面，步态讲究，一本正经地到街上散步，然后喝上这么一杯，才能找到感觉。"

德国有两处歌德故居，分别在法兰克福和魏玛。法兰克福是歌德的诞生地，他在这里生活到二十六岁，然后去魏玛当了大臣，在那里终老，活到八十三岁。相比之下，歌德的魏玛岁月无疑漫长得多，也辉煌得多。但是，一颗灵魂最初孕育和生长的那片土地，岂不更符合故居的概念？那么，那座养育了一代大文豪的老宅，是一定要去看一看的。

故居在一条名叫鹿沟街的僻静街道上，一幢四层的红墙小楼，门庭冷落，几无游人。一层层走上去，走进一间间空屋子，脚下的木楼梯和木地板发出单调的响声。到了最上面的阁楼，一间小小的书房，是整幢楼里唯一真正属于家庭中这个独生子的房间，歌德就在这里写出了使他一举成名的《少年维特之烦恼》。我参观时，那个看管故居的老妇面容冷漠，如同幽灵一样始终闪现在我的近旁。

我逃到了街上，坐在街心花园的喷泉旁。一个可爱的瘦老头坐在我的身边，一边向我讲述他的身世，一边共享我的烟卷和茶叶蛋。他是一个来自巴黎的流浪汉，读过大学，因迷恋音乐而放弃了学业，靠街头卖艺为生。我觉得，因为遇见了这个老流浪汉，歌德故居给我留下的不再是冰凉的记忆。

从法兰克福到海德堡，火车路程一个小时，每天有几十趟车次，十分方便。德国有一种铁路卡（Bahn Card），每卡 220 马克，持卡者在一年内乘任何一次德国列车均可享受半价。在登上去海德堡的列车前，我当机立断买了这种卡。

海德堡是一个小城市，因拥有德国最古老的大学和一座美丽的城堡而闻名于世。市中心为一条窄长的老街，街道两边，商店、饭馆、酒吧鳞次栉比，间以大学的校舍和雕塑。街上徜徉着大学生、艺术家和流浪汉，他们是一些职业的游手好闲者，以及大量游客，他们是一些业余的游手好闲者。街的尽头，有两个小小的广场，分别名为市场广场和谷物广场，穿过它们便可攀登国王山，进入著名的城堡了。城堡的一个黑屋子里藏有世界上最大的酒桶，游客们慕名而争相钻入黑屋子去观看。我却独爱露天下那座巴洛克风格的废墟，一面巨大的棕红色断墙睁着许多窗户的眼睛，风雨飘摇而又饱经沧桑地屹立在夕阳中，晚霞依次在一扇扇窗户里燃烧和熄灭。站在城堡的前台上，可以眺望内卡河两岸秀丽的风光。对岸是住宅区，小巧精致的房屋和花园依坡而筑，错落有致，簇拥着小教堂的尖顶。

久闻海德堡景色之美，出国前便已心仪，有心在此租房卜居。一位朋友替我物色了两处地点，今日之行的目的就是看房。其一即在内卡河对岸，一幢三层小楼，房东是一个保养得很好的漂亮的寡老太太，脸色红润，目光锐利。她属于那种常到大学听课的老人，知道尼采和迦达默尔，声称只向学者出租房间，自始至终对我进行着咄咄逼人的“有学问的”盘问。另一处不在海德堡，而在相邻的曼海姆郊区，屋子相当简陋，房东是一位温和的农妇。我面临的选择是：给一个有着强烈文化虚荣心的德国老太太做一个中国小学生，还是在一间与世隔绝的德国农舍里做一个中国隐士？

游赏巴黎

越胜几乎天天从巴黎来电话，催我去他那里。巴黎是我向往已久的名都，越胜是我阔别已久的挚友，我何尝不想早日成行，决定暂时不在德国租房了。我乘上了由法兰克福开往巴黎的列车。

根据不久前生效的《申根条约》，凡持签约国之一有效签证者，无须另行签证便可通行于有关七国。为了稳妥，临行前，我特意到法兰克福移民局办理了延期签证，使签证日期符合《申根条约》的生效范围。

在欧洲乘火车旅行是一种享受。随时可以买到车票，还有名目众多的优惠票。车厢宽敞、明亮、干净，旅客很少，大多数座位空着。进入法国境内，窗外的景物有了明显变化。沿途的德国村镇，房屋都明丽讲究，而法国境内的民宅就显得比较朴素陈旧了。

入境后的第一站是斯特拉斯堡，车停站后，上来一名法国警察，检查旅客的护照。看了我的护照，他摇头，用蹩脚的德语说，护照上没有法国签证，不能进法国。我提醒他注意《申根条约》，并说明我在条约生效后又办了一次签证，但他强调我的签证没有注明是申根签证，坚持要我返回德国。我只好搬了行李下车。下车后发现，他正拿着我的护照向另一名警察解释，那个警察职位显然比他高，而且面露不同意的表情。他终于无奈地向我挥了挥手，示意我回车上去。

列车继续前行，我心中仍忐忑不安。据我所见，中国、德国、法国的办事人员对于申根签证都没有一个明确的概念，因而我的命运将取决于个别人的理解。好在后来只遇到一次检查，车警对我的签证未表异议，倒是对与我同车厢的一个阿拉伯人颇不客气，令其打开行李，把全部物件抖落了一遍。

后来知道，法国对于《申根条约》的态度最不积极，设定并且一再延长试用期，坚持边境检查，而其余六国完全不做边境检查了。

张雪在站台上迎候我，胸前兜着刚出生四个月的女儿。她开车在市区绕行，让我浏览巴黎的主要景点，然后到达近郊一个大商场，那里有她和越胜的服装店。越胜看见我，脸上漾起了憨憨的笑。

我在越胜家里住了下来。他家在巴黎郊区的Massy镇，乘地铁几十分钟可以到达市区。五年前来法国，越胜、润生、宣良三家人为了谋生，合伙做起了丝绸服装生意，主要从国内进货。一开始十分艰难，不长的时间，居然立住了足，不但衣食无虞，而且都开始买地建房了。同时期到法国的书生中，经济生活上有此运气和成绩的，大约只有他们。眼下越胜还住在一座租来的小楼的二层，一层和地下室算是公司租的，用作办公室和仓库。润生、萍萍夫妇住在不远处的公寓里，他们也是我的好友，我常去走动，享用润生精湛的烹调手艺。

在越胜家居住，隔一些天，我会跟他们去超市。Massy有一家Carrefour（家乐福），越胜说，这是世界上最大的超市连锁店。我第一次进超市，不禁惊叹其规模之巨大，物品之丰富，购物之方便。开着车，买回一大堆食物，这种购物方式又何等痛快。当时国内还没有超市，何尝想到，不多年后，不但超市，而且Carrefour（家乐福），都在中国遍地开花了，开车购物也成了寻常人家的生活方式。

越胜仍是老样子，爱音乐、爱书、爱朋友。到法国后，增加了一个爱葡萄酒。他不断采购和储藏各种红葡萄酒，每晚必开一两瓶与我对饮，每饮必发表品酒评论，酒后的话题则不离音乐和

卢森堡公园

巴黎大学的雨果塑像

法国南部奥朗日的古剧场

枫丹白露森林中

书。他对音乐和书是真爱，真正乐在其中。他本来就没有世俗的野心，只要有音乐可听，有书可读，他在哪里都一样过。所以，据我观察，他的生活其实是改变最小的，不管在国内还是国外，反正音乐和书始终是他的生活的主要内容。

有时我替越胜惋惜，远离故土，文化隔阂，精神生活难免有缺憾。但是，看他活得挺自在，我便相信，真正的精神生活是自足的，一个人有无充实的精神生活，归根到底还是取决于心性。

巴黎的日子，可以分为两段。第一段，越胜、张雪陪我游览。与越胜一起游览是有意思的，他善谈掌故，如数家珍。著名的宫殿、教堂自不必说，塞纳河上的每一座桥，石子路小巷里的每一间房屋，仿佛都来历不凡，隐藏着某个激动人心的历史故事。第二段，我买了地铁月票，常常独自进城，在巴黎街头闲逛，寂寞中别有一种情趣。巴黎的地铁四通八达，站点密布，十分方便。我往往在某个站下车，便开始漫无目的地走了起来，走到哪里算哪里，反正所到之处无不可观。也许今天是卢浮宫、协和广场、香榭里舍大街，明天是大剧院、旺多姆广场、玛德莱娜教堂，后天是拉丁区。有时候，冒着细雨，我沿塞纳河散步，从圣母院走到亚历山大二世桥，翻开地图一查，又折向荣军院。下面记录的是对若干主要地点的粗略印象。

协和广场和香榭里舍大街——

塞纳河把巴黎分为两半，巴黎人习惯称南边为左岸，北边为右岸。如果说左岸富有文化的情调，那么，右岸则集中显示了政治和金钱的力量。

协和广场是政治的象征。沿着塞纳河右岸有好几座王宫，我分不清它们的用途，只知道国王经常居住的卢浮宫和杜伊勒利宫都紧挨协和广场。大革命时期，协和广场是刑场，从天堂到地狱只有咫尺之遥，国王路易十六和王后玛丽在这里命归九泉。随他们而去的，还有许多皇亲国戚和革命党人。把他们送上断头台的人，也在这里被送上了断头台，包括马拉和罗伯斯庇尔。两百多年前的那几个月里，断头台日夜忙碌，忙于革命、革革命、革革革命，砍掉了两千多颗脑袋，有一天终于厌倦了自己的工作。现在我举目四望，空旷的广场上只有三三两两的旅游者。

香榭里舍大街是金钱的象征。这条巴黎最著名的街道起于协和广场，终于凯旋门，在革命与战争之间铺开了纸醉金迷的物质生活。使我惊诧的是它的宽阔和豪华。我一次也没有走进街道旁那许许多多大名牌店，我看不懂它们，它们使我疲劳。每次走这条街，我都穿行在林荫道上和街心花园中，散落在其间的艺术雕塑最令我赏心悦目。

拉丁区——

不管是真心向往，还是附庸风雅，塞纳河左岸的拉丁区是文人必逛的地方，这里的每一寸土地似乎都积淀了深厚的文化。

一天下午，我偕越胜一家、竞马进城，我们坐在花神咖啡馆临街的露天座上喝咖啡和啤酒。这家咖啡馆因为萨特生前经常光顾而闻名，尽管价格昂贵，仍然从早到晚座无虚席。同样的咖啡，别处每杯四至五法郎，这里 22 法郎，一杯啤酒别处 20 法郎，这里

40 法郎。巴黎人之倾慕文化，于此可见一斑。一杯在手，那感觉好像不同于寻常泡咖啡座。不过，喝了这里的咖啡，我并不感到自己更懂哲学了，不免暗自惭愧。大家都斯斯文文地品咖啡，读书，看街景，轻声交谈，唯有张雪怀抱着几个月的小盈盈，朝她嘴里塞奶瓶。在我眼里，全部顾客中，这母女俩倒是最像哲学家。

拉丁区有许多书店，包括一些特色书店。例如，索邦大学旁边的哲学书店专卖哲学书籍，品种齐全。莎士比亚书店专卖英文书，该店历史悠久，以扶助落魄作家著称，乔伊斯的《尤利西斯》在英美被禁，由该店首先出版。那一家专卖中文书的友丰书店，据说是当地最大的中文书店，越胜是它的常客，第一次进城就带我一头钻了进去。店里的伙计叫清源，也是一个顶可爱的人，到巴黎求学，因为爱书而中止学业，在店里扎下根来。清源品葡萄酒比越胜更胜一筹，两人都爱酒爱书，就成了朋友。初次见面，清源兴奋地告诉我，刚到一种书，里面收有我的散文。我一看，是北京某出版社出的学者随笔选，收了我的两篇文章。这家出版社未曾与我联系过，如果不是到了巴黎，我还不知道出了这样一本书。国内出版社之不尊重著作权，由此可见一斑。

蒙马特高地——

蒙马特是巴黎的制高点，丘顶耸立着拜占庭风格的圣心大教堂，在巴黎许多地方都可以看见它的通体白色的身影和三个穹隆圆顶。不过，人们之所以来这里，不只是为了参观这座东正教教堂。蒙马特曾经是艺术家的汇聚之地，许多大师在这里留下了足迹。一家小餐馆门外钉着一块牌子，它告诉我们，经常光顾此店的有画家毕沙罗、德加、西斯莱、塞尚、劳特累克、雷诺阿、莫奈和作家左拉。还有一家小餐馆是毕加索经常光顾的地方。好些艺术家死后仍是蒙马特的鬼，例如德加、小仲马等，包括小仲马笔下茶花女的原型，都葬在蒙马特公墓，可惜我没有找到那个墓地。仿佛遗风所染，直到现在，圣心大教堂前侧的那个小广场上，仍有许多尚未成功的画家支起遮阳伞，靠街头人像写生和卖画为生，成为蒙马特一景。

蓬皮杜中心和街头卖艺人——

可以把蓬皮杜文化艺术中心称作审丑的建筑，许多粗大的管子暴露在墙面，看上去酷似工厂，也好像一头内脏外置的怪物。大楼里经常举办各种文化活动和现代艺术展览，有售票的，也有免费的。独自游巴黎时，我常去那一带逛，未必进楼里参观，我喜欢那里的平民气氛。中心前面的那个小广场，经常有各色人种的卖艺人献艺。有一回，我看见一个中国女孩与一个欧洲女孩搭档扮演小丑，但显然不通此道，演得极笨拙，围观者仍报以善意的笑声。中心附近有许多小商店，出售印刷的大张名画和各种画册，价格比较便宜。穿过一条热闹的小街，是游客众多的阿尔商城。一座小教堂与商城比邻，教堂门前的雕塑很可玩味，一颗半侧的大脑袋，耳畔一只微合的大手，仿佛一位流浪者沉入梦乡，超然于近旁的尘嚣。

巴黎街头卖艺人甚多。那次我和越胜一家逛街，刚欣赏了街头爵士小乐队，继续朝前逛，眼前忽然出现一个女人，她正蹲在街角，朝自己身上抹白粉。事实上，我们看见她时，她的脸、四肢、整个身躯都已被白粉覆盖，好像刚从白粉堆里钻出来一样。竞马小声说："神经病。"我们驻足，看她到底要干什么。她站起身来，爬到一只覆盖着白布的垃圾筒上，于是我们面前出现了一具几可乱真的石膏塑像。这时我才发现，她面前放着一只口朝上的白帽，原来也是卖艺的。人们纷纷朝帽子里扔硬币，我们也扔。以前常看见用自己的身体摆雕塑或木偶造型的，一般只是换一下服装，像这样别出心裁而又不嫌麻烦的，还是第一次看到。不过，后来又遇见了好几次。

拉代芳斯——

巴黎的城市规划堪称典范，老城的建筑保存完好，格局完整，不准插进现代建筑。唯一的例外是塞纳河左岸的一栋高楼，戳在空中，显得不协调，成了巴黎人耻笑的对象。为了满足人们求新的欲望，出凯旋门，在香榭里舍大街的延长线上，另建新巴黎拉代芳斯，任现代建筑和现代雕塑在那里斗奇争妍。拉代芳斯的标志性建筑是新凯旋门，一幢门框形的浅色大厦，门框内一顶金属风帆，映着蓝天白云。大厦前高高的阶梯上，广场上长长的石凳上，散坐着休憩的人们。大厦一侧有露天会场，经常举办音乐会，皆免费，我曾遇上一回。坐在场内的椅子上，你会真切地感到，对于欧洲人来说，音乐离每个人都很近，是日常生活的一部分。

巴黎圣母院——

法国人喜欢说，巴黎是塞纳河的女儿。这句话不仅仅是比喻。事实上，塞纳河中那一条只有半公里长的西岱岛，正是今天巴黎的发源地。公元前三世纪，巴黎人的祖先已在这里聚居。十二世纪，这里已是法国的行政和宗教中心，当时动工兴建的巴黎圣母院，历经沧桑而长存，成了法国古老历史的象征。

巴黎圣母院是典型的早期哥特式建筑，造型古朴而又独特，被雨果赞为“石头的交响乐”。大门两侧是两座方形的钟塔，正中耸起一座高瘦的尖塔。门洞上方，众王长廊上站立着二十八尊犹太和希伯来古代君王的雕像。再往上，是三扇宽大的彩色玻璃窗，如同幻灯一样展示着《圣经》中的著名故事。

跨进大门，走过前厅，幽暗深广的主殿便呈现在眼前。有一次，我遇见正做弥撒，可容万余人的大殿虽非满座，也有数千人之众，气氛庄严，令人不得不屏气凝神。我在后座坐了一会儿，想到就在这个大殿上，曾经有多少法国国王举行加冕典礼，其中最惊人的一幕，是拿破仑登基，这位旷世枭雄不待主教替他加冕，自己夺过皇冠戴到了自己头上。随着拿破仑称帝失败，王朝的历史在法国终结，巴黎圣母院里不再有加冕典礼，唯有弥撒延续不衰，证明了宗教终究比任何政治都长久。

如同许多人一样，我知道巴黎圣母院，一开始也是因为雨果的名著。每次到这里，都看见人们排着长队等候参观塔顶上那口卡西莫多敲过的大钟，而事实上雨果写小说时这口大钟还根本不存在，可见文学具有多么大的支配人心和创造现实的力量。

我对看大钟没有兴趣，每次到圣母院，也未必进主殿里面，在西岱岛上，我最喜欢的是教堂左侧那个长条形小公园。我在巴黎市区闲逛，常常沿着圣米歇尔大街一路走来，走过塞纳河畔的一排旧书摊，走过大桥，不由自主地便到了这个小公园里。这时往往已是黄昏，游人渐少，我坐在长凳上，看与画片上形象迥异的圣母院侧影，看塞纳河水在夕阳下荡漾，几乎觉得自己是在独享巴黎的秘密。另一条长凳上，一个法国姑娘在静静地看书。我悄悄望着她，心中赞叹：塞纳河的女儿，真美。

卢森堡公园——

在巴黎市区闲逛，我到得最多的地方还数卢森堡公园。据说异乡人都喜欢来这里，也许原因之一是，公园在市中心，逛闹市逛累了，正好在这里歇脚。

市中心有这样一座占地百顷的大公园，也真是奢侈。大凡历史悠久的大公园，往往是皇家花园，其中必有一座宫殿。正对着中央大水池的卢森堡宫建于十七世纪，当年是亨利四世的寡妻为抚慰自己的寡居生活修建的，现在成了法国参议院的办公地。不过，参议员们的领地仅限于那座宫殿，整座公园却向全民开放。

卢森堡公园最具特色的是，公园里有许多可以随意搬动的绿色铁椅。在中央大水池旁，在大草坪旁，在林荫路上，到处是这种椅子，人们坐在上面悠闲地看书、聊天、休憩、沉思。这种氛围令人十分放松，你会觉得，不分游客还是巴黎人，在这里都是一样的闲人。有时候，公园里会举行自发的露天音乐会。有一回，我发现人们搬起椅子向一个地方靠拢，然后，一位女高音歌手唱起了歌剧名曲，乐队和演唱都颇具水平。

公园的林荫中，安静地站立着许多雕像，有古代的智者，也有德拉克罗瓦、波德莱尔和众多现代艺术家。他们散布在各个角落里，毫不引人注目，仿佛沉浸在自己的思想中，不受他们身后的世界所打搅。

此刻我坐在一组雕塑前。悬崖上，一个青铜雕的高大猎人背着一只死鹿，俯身下望。悬崖下方，是大理石雕的一对青年恋人。背景是古老的城堡门。在这组雕塑背后，有一眼喷泉，水沿石阶涌流而下，流入一个约 5 米宽、50 米长的长方形池塘。细雨迷蒙，池边只坐了几个人，我从他们旁边走过，发现其中一人在谱曲，另一人在写诗。

凡尔赛宫——

巴黎有许多保存完好的辉煌宫殿，它们叙说着富有传奇色彩的法国近代史。其中，最著名的便是凡尔赛宫。

凡尔赛宫在巴黎西南 12 公里，以欧洲最豪华的宫殿著称。整座建筑用花岗岩巨石砌成，气势雄伟，宫内有殿、厅、室五百余间，游人必到的是二楼的皇宫大厅和镜厅，富丽堂皇。凡尔赛宫的园林也气象不凡，占地百万平米，辽阔而美丽，有大片的湖泊和森林，有数不清的喷泉和雕塑，因为路易十四自称太阳王，尤多阿波罗造型的雕塑。

路易十四是法国的一代雄主，伏尔泰甚至把他的时代与古希腊、古罗马、文艺复兴的意大利并提，誉为人类历史上四个最开明伟大的时代。我们也许可以把凡尔赛宫看作这位热爱艺术的君王趣味不俗的证明，然而，一则关于凡尔赛宫兴建缘由的真实故事表明，再开明的君王也有冷酷的一面。路易十四亲政时年方二十二，这一年，财政总监富凯把自己的乡间住宅改造成了一座豪华的宫殿，史称沃子爵宫。完工之后，举办盛大晚会，路易十四也出席了。晚会后一个月，路易十四下令以贪污罪逮捕富凯，终身监禁。与此同时，征召修建沃宫的建筑师、园艺师、画师，开始建造凡尔赛宫，耗时将近四十年才竣工，此后它便成了法国国王的主要皇宫。不过，实际上，包括路易十四在内，这里只住了三代国王。大革命之初，巴黎市民包围和占领凡尔赛宫，路易十六被迫离开这里回巴黎，不久后走上断头台，从此法国不再有国王。

没有国王的王宫，无论多么豪华，都如同废墟，在里面行走，总感到透着一股阴气。我喜欢花园远胜于宫殿，而凡尔赛的花园的确值得一游再游，我每次去都会逗留大半天。路易十四为奥地利血统的母亲修建的那片皇后小村庄格外可爱，把奥地利乡村景色模拟得精美绝伦。

在游凡尔赛宫时，我忽然想到，巴黎一带有这么多座皇宫，却好像未听说有皇家寝陵成为名胜的。中国的帝王也筑宫殿，但花更大的力气筑坟墓，妄图在死后延续生前的奢华，以至于皇陵成了中国主要的名胜。相比之下，法国的帝王更重视活着时的享受，至于死后的生活，大约宁愿交给上帝去安排吧。

欧洲的公园都是免费的。游凡尔赛宫，只要不进宫内参观就不必买门票，偌大的皇家花园任你到处走。对于一个初出国门的人来说，这是完全陌生的经验，一开始简直难以置信。同样，初到中国旅游的西方人往往也对自己的遭遇大惑不解。自古以来善良好客的中国人，如今见到老外，唯有一个念头，就是狠宰一下。种种旅游点加倍甚至加几倍收费自不必说，坏风气甚至败坏了孩子们。一位德国朋友告诉我，他在云南看见一群苗家孩子，觉得可爱，举起相机想拍，不料这些孩子一齐伸出小手，大喊："拿钱来！"看见没有给钱，又马上一哄而散，令他措手不及。回想起中国许多旅游场所层层盘剥、拦路抢劫的行为，我不禁为当今中国人文明素质之低感到惭愧和悲哀。

埃菲尔铁塔——

在市中心塞纳河畔建一座高320米的铁塔，这是一个奇怪的想法。一百多年前，埃菲尔设计了此塔，小仲马、莫泊桑等曾经联名反对，称之为"怪物"。但是，"怪物"仍然诞生了，现在已经成为巴黎的标志性建筑。在我眼里，它与其说是工业时代的标志，不如说是法兰西民族性格的标志，法国人一向喜欢和鼓励形形色色的标新立异。

到巴黎不久，张雪便带我登埃菲尔铁塔，价格不菲，乘电梯登顶层每票55法郎。登塔顶看巴黎夜景是巴黎旅游的一个必有节目，但我的感觉平平，不过是四野里一些或清晰或朦胧的灯光罢了。其实，站在夜巴黎看埃菲尔比站在埃菲尔看夜巴黎更美，眼前屹立着一座晶莹剔透的水晶塔，你无法把它与白天看见的那个铁家伙联系起来。

7月14日是法国国庆，那天夜晚，巴黎有几处狂欢点，我们驱车去埃菲尔铁塔看热闹。法国人也真是爱热闹的民族，铁塔下的战神广场上挤得水泄不通，足有数十万人。在激光照射下，铁塔颜色变幻，天空开放着焰火的花朵。临时搭的舞台上正在演奏爵士，由大名鼎鼎的雅尔（Jean－Michel Jarre）执导。我们被挤压在人群里，看不见舞台，只听见从巨型喇叭里传出的震耳欲聋的电子乐。实在太拥挤了，几有窒息之感，我们夺路而逃。开车经过米拉博桥，越胜执意要让我看看阿波利奈尔曾经站在其上吟咏过的这座著名桥梁，我们便下车步行。桥侧有碑，刻着阿波利奈尔的诗的前几句——

塞纳河在米拉博桥下流着
而我们的爱情
我必须追忆么
那痛苦后面往往是欢乐

愿黑夜来临愿钟声响啊
时日在飞逝而我却滞留着

越胜看着碑上的法文，忘情地背诵着罗洛的中译文。站在这座绿色的青铜桥上，我一边听着，一边朝东望去，不意有了新发现。我看见的正是水晶般闪亮的埃菲尔铁塔和簇拥着铁塔的焰火，一目了然，图像完整，全不似挤在人群里只能窥见局部。于是又一次领略了这个真理：远离人群之处才有美。夜色下的塞纳河也非常美，宽窄适度，波涛欢快而柔和，很能代表巴黎的性格。

卢浮宫和奥赛——

卢浮宫是欧洲现存最大的宫殿，原是法国王宫，早在十八世纪王朝覆灭后就改为国立美术馆了。拿破仑复辟，不但没有把它重新用作王宫，反倒趁着军事的胜利，从世界各地掠夺了大量珍品来充实它，使它成了世界上收藏最多的艺术博物馆。现在，古希腊罗马、古埃及、古代东方、雕塑、绘画、工艺品六个陈列馆，共有藏品四十万件。

到巴黎旅游，大约没有人会不去卢浮宫。可是，对于一个旅游者来说，卢浮宫岂是参观得完的。我去了三次，不停地走，也只看了一小部分。我不得不选择重点，主要看古希腊罗马的雕塑和意大利文艺复兴的绘画，仍觉得太匆忙。这里的每一件展品，本来都是个别的存在，因而也应该个别地面对它们，每一件都值得品赏至少一小时或一天。在某种意义上，博物馆在保藏艺术品的同时也歪曲了它们，就好像把一个个最富有个性的人编入了一个巨大的集体。尤其是古希腊罗马的那些雕塑，原来都是为某一特定的神庙、城楼、竞技场或其他公共场所创作的，与其环境相协调，现在被从自己的环境中剥离了出来，紧密地排列在一起，当然丧失了原有的韵味。

参观卢浮宫的感觉是难以形容的。成千上万件艺术品，其中许多久闻其名，过去只在印刷品上见过，现在突然全都呈现在你的眼前，场面之壮观，密度之大，使你始则十分兴奋，继而极度疲倦，完全是无法消化的视觉盛宴。这些珍品只要拿出一个零头到北京展览，就足以使北京人激动一阵子了。一个人如果不在这些珍品面前倾倒，就等于证明自己太没文化。然而，我不得不承认，暴饮暴食同样会败坏精神的胃口，卢浮宫使我疲惫不堪。

事实上，一般旅游者到卢浮宫，目标非常明确，基本上只看两样东西，就是米洛的维纳斯雕像和达·芬奇的蒙娜丽莎画像。找到这两样东西，拍照留影，就算到过卢浮宫了。顺便说说，卢浮宫和法国其他博物馆里是允许照相的，包括使用闪光灯，法国人在这方面十分大度。我当然也看了这两件名作中的名作，可是，川流不息的人群包围着它们，必须耐心等候。站在一旁看围观的人们，我为维纳斯和蒙娜丽莎难过，觉得她们仿佛成了动物园里的珍禽异兽。

卢浮宫在塞纳河右岸，奥赛在塞纳河左岸，两座博物馆隔河相望。与卢浮宫相比，奥赛的规模小得多，建筑也简朴得多，是将老火车站改建而成的。但是，在巴黎众多的美术馆中，它的艺术价值仅次于卢浮宫，而且是卢浮宫不可取代的。奥赛收藏的是欧洲十九世纪中叶之后的绘画，所藏印象派作品之丰富，世界上没有一个博物馆比得上。对于受印象派熏陶的许多现代艺术家来说，它的魅力毋庸置疑。即使像我这样的普通人，也会觉得印象派的作品亲切可爱，那光和色的明丽画面更赏心悦目，那日常生活的描绘离自己更近。

不过，虽然参观奥赛比参观卢浮宫轻松愉快，几小时下来也相当累了。所以，当一同参观的一个朋友提议接着去参观罗丹博物馆时，我不禁宣布：只有罪大恶极者才应该处以一天内参观两个博物馆的惩罚。

罗丹博物馆——

罗丹博物馆在 Varenne 街 77 号，与荣军院相邻，我是独自去的，逗留了两个半小时。这里原是罗丹的故居，一栋二层小楼，现在成为展厅。罗丹的重要原作好像都在这里，没有流散到各地博物馆去。这样真好，走进小楼，仿佛仍能感受到罗丹在工作的气息。

室内的展品，涌动着强烈的肉欲，但完全不是色情。一进门就是劈腿的女体，不是大理石，是青铜，刚劲倔强，与其说是对男人的挑逗，不如说是对男人的挑战。一般而言，大理石美，青铜有力，大理石宜于表现女体和爱，青铜宜于表现男体和恨。不对，爱与恨不可分，在那些大理石的爱欲中也充满着搏斗。女同性恋，一男二女的纠结，艺术家的占有欲，对同性的排斥。艰难的性爱姿势，阳物像蛇一样伸展、蜿蜒、突进，不达目的绝不罢休。难解难分的吻，是铭刻也是吞并。卡尔米与罗丹互雕的头像，誓约和咒语。男人的手和女人的手，相触的一瞬间，表情比脸更本质。肥胖的巴尔扎克，必须让他裸体，暴露他的非凡洞察力的根源。

著名的《思想者》在前院，高踞在松柏树丛之上。他不能在室内，不但因为太高大，而且因为天空下才有思想。《加莱义民》《青铜时代》也在前院，在另一侧关闭着的大门旁，镀了耀眼的阳光，几乎不能直视。巴黎已是炎热的夏天了。后花园的小树林中，有罗丹一些作品的大尺寸复制品。后花园里没有花，罗丹一定不喜欢花，他是一个太男性的人。

毕加索博物馆——

原来也是毕加索在巴黎的故居。长寿而多产的毕加索，难以计数的画作早已散落在世界各地的博物馆里和私人手中，这里陈列的只是他的很小一部分作品。

我看到了熟悉的朵拉·玛尔像。毕加索在谈到他的这位女友时说：她精神失常时不乏佳作，治好后画作一无可取。他还说过：

我只关心艺术家有无天才，至于凡·高当年是否割掉自己的一只耳朵，那干我什么事！毕加索也是一个太男性的人。画家往往比诗人更强悍，更野性，相比之下，诗人显得有了女性气质。据说毕加索常攻击画家同行，却喜欢诗人，我想原因也许就在同性相斥。

巴比松和枫丹白露——

从巴黎出发，向南驱车 60 公里左右，我和越胜一家人来到巴比松。

一个半世纪前，一些喜欢大自然的画家发现了枫丹白露森林边上的这个小村，陆续到这里居住和画画。巴比松之所以出名，是因为他们，他们的绘画以法国乡村风景为主要题材，史称“巴比松画派”，其最著名的代表是柯罗、卢梭和米勒。现在看到的巴比松是一条不足二百米的老街，走在这条街上，我不禁想起北京圆明园的“画家村”。原来“画家村”早已有之，不同的是，圆明园的“画家村”注定昙花一现，留不下痕迹，巴比松的“画家村”却长存人间，至今仍供人观瞻。

巴比松街上十分清静，游客不多。卢梭的故居紧靠一个小教堂，不开放。只有米勒的故居是开放的，据说保存得最为完整，共三间，里面摆满和挂满了小风景画，是追随米勒的当代画家的作品。我看见巴比松一带建有许多漂亮别致的别墅，越胜告诉我，这里的地价极贵，那些别墅都是富人的，今天不出名的画家肯定买不起。但是，巴比松的风景和名声却是画家创造出来的。

巴比松街的尽头与枫丹白露森林相连。“枫丹白露”的原义为“蓝色的泉水”，与枫树无关。我看到，森林中多的是橡树、桦树、杉树、松树、柏树。林中到处有大石头。当年，年轻的画家们就是坐在这些大石头上写生，或者抽着烟斗聊天。现在，我坐在大石头上读书，越胜的小女儿在我的怀里睡着了。天气忽雨忽晴，林中明暗变幻。远处，是平缓的山。

枫丹白露之闻名于世，除了因为森林和画家，还因为枫丹白露宫殿。它是巴黎众多王宫中的一座，拿破仑最为喜爱，选作第一王宫。看外表，整座宫殿显得紧凑而完整。越胜指着殿前的平台说，当年拿破仑就是站在这里宣布退位，向五百名老兵道别。宫中有英国式的后花园，我们在湖上划船，越胜问道："那些贵族住在这么美的地方，又没事做，不闹恋爱干什么？"

莫奈故居——

张雪开车，到吉维尼的莫奈故居。

吉维尼在巴黎以西约 80 公里，是位于塞纳河与支流埃普特河交汇点上的一个小村庄。莫奈是印象派的主帅，色和光的魔术大师，印象派的命名来自他的作品《日出印象》。一直到中年，他始终生活拮据，居无定所。偶然经过吉维尼村，他爱上了这里的景色，决定定居下来。他选择一家有大庭院和大果园的农家，租屋居住，七年后买了下来。然后，扩大地产，逐年营建，建成了一座美丽的画家庄园，从此在其中安居和画画。

故居的鲜明特色，一是花园，二是池塘。花园面积颇大，成片成行地栽满了水仙、郁金香、鸢尾草、芍药等花卉，像一块巨大的调色板。池塘面积更大，如同一片小湖，池水引自埃普特河，岸边灌木丛生，垂柳依依，池面荷叶密布，睡莲朵朵。整个故居富于印象派风格，花园是色彩的试验田，池塘是光线的研究所。在莫奈后期的作品中，这片荷塘成了反复出现的题材，莫奈在不同的季节和时辰画它，画荷塘上那座日本式的小木桥，画睡莲，更是画千变万化的天光水色。那座日本桥是莫奈的至爱，他为它画了一组系列作品。在故居的二层楼建筑里，我看到了他收藏的许多日本浮世绘。二者都表明，他对日本文化有多么迷恋。

莫奈生活在自己的世界里，这个世界是他自己创造的，在法国农村的土地上创造，也在画布上创造。在这个世界里，他实现了他对光和色彩的理想。站在池塘边的某个位置上，我看到的实景与他的名作《睡莲池与日本桥》完全一样。作为纪念，我花一百法郎买了一张这幅画的印制品。

如同西方哲学不讳言死亡话题一样，西方人也不忌讳死人和坟墓，不认为有什么不吉祥。西方的墓园，不论大小，比较有人情味，活人不会给死人烧香，只会奉献鲜花。

在巴黎旅游，墓园是值得寻访的目标。除了欣赏所谓墓园文化之外，最重要的理由是其中名人荟集，你总能找到若干崇敬已久的逝者的灵位。据说巴黎有十四处公墓，最著名的有三处，即拉雪兹神父公墓、蒙巴纳斯公墓、蒙马特公墓。我只去了前两处。

拉雪兹神父公墓——

拉雪兹神父公墓在巴黎市区东部，正式名称是东部公墓，因为曾经是路易十四时代拉雪兹神父的豪华别墅的所在地，所以得到了现在这个流行的俗称。它是巴黎规模和名气都最大的墓地，占地宽阔，绿树成荫，据称现有十万座坟墓，七万件墓雕，俨然一个墓雕公园。

当然，拉雪兹公墓之有名，是与葬在这里的名人之众多分不开的。这座公墓已有两百年历史，最早是把法国家喻户晓的爱情传奇人物阿贝拉尔和爱洛伊丝以及作家莫里哀和拉封丹的遗骸迁入，开了名人入葬此地的先河。在入口的管理处拿一份名人墓穴的示意图，仔细搜寻，你会发现这些响当当的名字：作家巴尔扎克、普鲁斯特、都德、缪塞、王尔德、斯泰因，音乐家肖邦、贝利尼、罗西尼、比才，画家德拉克洛瓦，思想家圣西门。这些人不都是法国人，巴黎以它的特殊魅力和开阔胸怀留住了优秀异国人的英灵。

不过，在偌大墓园几十个墓区中，要把这些名人的墓穴一一找到，却非易事。我找到了巴尔扎克、缪塞、肖邦、罗西尼。巴尔扎克的墓碑简洁而醒目，上方竖立着他的青铜头像。肖邦的墓碑上刻着他的侧面头像浮雕，上方是一座坐着的少女雕塑，少女裹着薄纱，长发散乱，低垂着头，仿佛在为这位英年早逝的敏感的艺术家哀伤。

公墓里还有一座骨灰堂，四面墙壁上镶嵌着密密麻麻的骨灰盒。令人惊讶的是，女高音歌唱家卡拉斯和现代舞创始人邓肯竟然也在其中，她们被完全淹没在芸芸众生之中，倘若没有说明书提供的编号指引，根本不可能找到。可是，这两位天才的女性，一切生命中最热情的生命，与这些四位数的编号哪里有一丝一毫的关系。

蒙巴纳斯公墓——

蒙巴纳斯公墓在巴黎的城南。我去了两次，第一次是自己找去的。巴黎的街道经纬不明，全无方向，我又不懂法语，无法问路。按图索骥，居然找到了。

我的目的是寻访萨特的墓。向门房要了一张墓区示意图，发现它就在大门近旁，向右一拐便是。这是萨特和波伏娃的合葬墓，简朴得不能再简朴，没有塑像，更没有屋宇，只有一块小小的碑，上面刻着两人的姓名和生死日期，此外没有任何说明。石椁上有零星的鲜花，几块碎石，应是崇拜者放在那里的，悼念的方式与墓穴一样朴素。

墓园比拉雪兹小，但仍很大，分成三十个区。我在这里还找到了莫泊桑、波德莱尔、阿波利奈尔的墓。莫泊桑是一座小小的石门柱，阿波利奈尔是一块似乎未经雕琢的石头，皆无雕像。波德莱尔的墓在围墙旁一隅，远离墓群，墓碑上部有一座比真人略小的雕像，这个美少年双肘撑在一个石雕面具上，托着下巴，仿佛在构思他的愤世嫉俗的诗句，但姿势十分悠闲。这些墓穴都很简朴。这倒不奇怪，伟大的极致就是质朴，甚至死后仍是如此。园内当然不乏奢华的墓，但死者的名字皆陌生。我不禁想，墓碑就像死者的名片，如同生者一样，平庸之辈的名片往往华丽精美，上面写满了各种头衔。

后来，邝杨来巴黎，我和他一起又到了一次蒙巴纳斯。我们先去了地牢一般的先贤祠，再来到蒙巴纳斯，顿时觉得这里的天地格外明朗。他发现了荒诞派戏剧家尤奈斯库的墓，加上萨特、波德莱尔，他欣喜地称之为三个造反派。示意图上有 Pascal（帕斯卡尔)，找到后却发现是二十世纪的一个喜剧演员，不是那位伟大的哲学家。事实上我们犯了一个可笑的错误，哲学家帕斯卡尔是十七世纪的人，那时候蒙巴纳斯公墓连影子还没有呢。

先贤祠——

先贤祠在拉丁区，离卢森堡公园不远，周围有巴黎好几所大学的教学楼，还有一座圣女小教堂。有一回，我走进那个小教堂，遇见正做礼拜，信众中多年轻女孩，大约是附近大学里的学生吧。

先贤祠原先也是一座教堂，路易十五所建，大革命时开始用作安放法国名人棺木的纪念堂。大门的门楣上刻着一行字，意为“先贤们，法兰西感谢你们”。正殿两侧有两间大墓室，分别陈放着法兰西精神的两位奠基者的棺木，一位是伏尔泰，另一位是卢梭，棺木前皆有雕像。我想起卢梭在《忏悔录》第二卷中对伏尔泰的大量怨言，现在，这两位生前结怨颇深的伟人在法国人心目中同居于至高无上的地位，他们的名字也最经常地被联系在一起，一切私怨皆已被历史化解。不过，法国人很了解卢梭的永不平静的个性，在他的外椁的雕塑中，一只手从未合缝的椁盖下伸出，仿佛在抗拒死神的权威。

能够进入正殿的唯有两位法兰西精神之父，唯一的例外是，在一面大墙上铭刻着圣埃克苏佩里的名字和纪念文字。《小王子》的这位作者在飞行中神秘失踪，没有留下遗骸，因此可以把这一面墙视为他的陵墓了。法国人如此尊敬这个大孩子，使我感到既意外又欣慰。我心想，圣埃克苏佩里诞生在法国绝非偶然，一个懂得《小王子》作者之伟大的民族有多么可爱。

绝大多数墓室都在下层，按四个侧翼分布。与伏尔泰、卢梭相比，这些墓室就显得阴暗、局促、拥挤了，每室两人以上，多的甚至达十来人。其中最著名的，有作家雨果、大仲马、左拉、马尔罗，音乐家柏辽兹，科学家居里夫妇。他们大抵都是先葬在家乡或别处，后来在他们的某个诞辰纪念日由总统下令隆重迁入的。谁能移葬先贤祠，官位完全不起作用，唯一标准是对世界文化和法国文化的巨大贡献。就此而论，我钦佩法国人对于文化的敬重。不过，我并不觉得移葬先贤祠对于这些文化伟人是一个好的安排。由于先贤祠是大革命时设立的，当时已经葬入了许多革命军将领，现在看来皆无名之辈，未免鱼龙混杂。而且，我在下层墓室转了一圈，只感到憋闷和压抑，像地牢一样。为这些伟人想，何如继续安息在骄傲的孤独中和家乡的阳光下。

凡是到过巴黎的艺术家都承认，巴黎是世界上最迷人的城市。二十世纪上半叶，几乎每一个第一流的画家、诗人和作家，都曾经在这里受过熏陶，度过了他们贫困而又灿烂的成长岁月，然后才走向世界的。在巴黎的许多普通建筑物里，隐藏着现代艺术史上最激动人心的篇章。穿行在巴黎的大街小巷，仿佛犹能闻见这些天才和大师的音容。

不过，你无须刻意去寻访这些名人故居，甚至也不必走进那许多博物馆去瞻仰数量甲天下的艺术珍品，只要在巴黎的街道上随便走走，就能感受到巴黎浓郁的艺术氛围。

一个普通的黄昏，我和越胜逛毕拉丁区的书店，信步走到艺术桥上。巴黎市区的塞纳河上有十多座桥，每一座各具特色。艺术桥在西岱岛西侧，是一座步行桥，桥面用原色的木板铺成，两边是绿色的铁栏杆。我们靠着栏杆，席地而坐，背后波光闪烁，暮霭中屹立着巴黎圣母院的巨大身影。桥的南端通往著名的法兰西学院。越胜翻看着刚刚买回的画册，突然高兴地指给我看，毕沙罗的一幅风景画，画的正是从我们这个位置看到的北岸的景物。在我们近旁，一个姑娘也席地而坐，正在画素描。在我们面前，几个年轻人坐在木条凳上，自得其乐地敲着手鼓。一个姑娘走来，驻足静听良久，上前亲吻那个束着长发的男鼓手，然后平静地离去。又有两个姑娘走来，也和那个鼓手亲吻。这一切似乎很平常，而那个鼓手敲得的确好。

没有比漫无目的地徜徉在巴黎街头更愉快的事情了，塞纳河水在你的身旁缓缓流过，鸟儿在林荫中向你鸣叫，优雅的巴黎女子与你擦肩而过，到处洋溢着一种轻松的气息。在我的印象中，德国女人基本上是农妇，胖，高大，面容憨厚。也有漂亮的，但眉宇间仍是憨厚朴实的神态，所以也还是漂亮的农妇，很少见到妩媚如巴黎女人的。巴黎漂亮女子多，我看见巴黎的一些黑女人也很漂亮，而且气质高贵，令人赞叹文化的陶冶之力。巴黎人爱读书，地铁上，公园里，随处可以看见人们手里拿着书。许多巴黎人拒绝电视。美国人在欧洲开迪斯尼乐园，选中了巴黎，结果生意冷落，大亏其本。其实乐天的高卢民族也爱玩儿、会玩儿，不过是另一种玩儿法，他们玩儿革命，玩儿艺术，玩儿爱情，都玩儿得既轰轰烈烈又轻轻松松。巴黎的可爱，在它的对生活、美、艺术、自由的始终不败的热爱。

有时候，我与越胜一家进城，他们的女儿小盈盈也成了巴黎街头的一景。常有行人——多半是年轻女人——驻足看她，对她微笑，或者从我们怀里接过去，抱在手里过过瘾，然后礼貌地说一声 Merci。一个看到小生命就情不自禁地流露惊喜之情的民族，当然是一个富有人情味的民族。

地铁车站里，一小群黑人在演奏刚刚兴起的 Rap，围观者里一对情侣即兴起舞，一对情侣乘兴接吻，一个疯子也助兴号啕大哭。这个场景是有代表性的。巴黎包容各种生活方式，在不协调中自有一种和谐。然而，包容也有其代价。我在地铁里还经常遇见举止粗俗、聚众喧哗的新移民，听他们粗声粗气地说着法语，我总觉得是在说土话，难以相信是雨果、瓦莱里用的同一种语言。密特朗在任期内给所有非法移民以合法居住权，固然人道，却也留下了麻烦，新移民的聚居地成了犯罪的多发区域。

到巴黎一个多月，对主要街道和名胜都比较熟悉了。若有初访者来，我还可以充当向导呢。不过，我心中明白，由于语言不通，我对巴黎甚至还谈不上一知半解。据说，只有和一个社会的最优秀分子交往，才算真正了解这个社会。又据说，只有被一个社会的女人接受，才算真正被这个社会接受。我自嘲地想，作为一个匆匆的过客，这两条标准对于我都高不可攀。即使今日的巴黎有一个罗曼·罗兰，我也不可能像茨威格那样成为他的密友。即使今日的巴黎有一个乔治·桑，我也不可能像肖邦那样成为她的情人。那么，我对巴黎的了解只能是一点儿皮毛了。不过，不必遗憾，因为说到底，我对于我栖身其间的世界也只是一个匆匆的过客，只能了解一点儿皮毛。

最后，我忍不住要说一说：巴黎交通十分方便，找厕所却难，常常狼狈不堪。有一回，情急之下，我只好在塞纳河边的一个角落里卸除负担。不好意思啊，可是，君不见那些角落早已是劣迹斑斑，异味扑鼻，证明责任不全在我这个异乡人。

一天晚上，随张雪到她一个同学家做客。这同学的丈夫，是法国一位著名象征派诗人的外孙，邀请了一些朋友来庆贺他的五十寿辰。住宅位于巴黎最好的地区，紧挨市区，却又极幽静。一栋三层大楼，宽阔的花园，是诗人外祖父留下的财产。晚宴在花园里举行。男主人很俊，看上去挺年轻。女主人是上海人，结过婚，带着与前夫生的女儿。她到法国学社会学，结果嫁给了老师的儿子，当起了家庭主妇。客人中还有一个她们的同学，也是嫁了法国人。这样的中国女子为数不少，她们的运气基本上取决于嫁怎样的法国丈夫。丈夫穷，就得靠自己奋斗，或者凑合着过穷日子。

人到哪里，无非是过日子。日子有穷有富。拥有花园楼房、豪华汽车、充足的金钱，当然很舒适。但舒适又能怎么样呢？日复一日，年复一年，围墙内的生活基本上是重复。于是要走出家门，度假成了一种时髦，因为唯有度假才能打破生活的常规，充当一种调剂。殊不知度假也成了另一种常规。据报载，法国人度假成风，以至于有穷得出不了远门度不起假的，便向邻居谎称去度假，然后在地下室里躲一个月，或者在阁楼上把皮肤晒黑。晒黑皮肤也是一种时髦，甚至是富裕的标志。风气所染，越胜十一岁的大女儿蓓蓓到海滨，无心嬉水，一个劲儿躺在沙滩上暴晒，不断关切地问晒黑了没有。我承认欧洲自有吸引我的地方，最吸引我的便是随处可见的绿地，城市里有森林和开放式公园，独门独院的有后花园，最不济的住国民公寓，公寓间也总有成片的草地。中国因为人口太密和生态积弊，恐怕难以开拓出这样的居住环境。但是，总体而论，生活质量还是由某些更内在的东西决定的。说白了，就是我一向看重的两样东西：爱情和事业。爱着，创造着，这就够了。其余一切只是有了最好、没有亦可的副产品罢了。

男主人吹灭了三只蛋糕上的五十支蜡烛，众人喝彩，纷纷送上预备好的礼物。张雪、越胜筹划着几天后也给我做生日。那么，我也将吹灭我的五十支蜡烛吗？不，上帝点燃的，上帝已经吹灭，无须我费力。上帝每点燃一支新的蜡烛，便将旧的吹灭，哪里会有五十支蜡烛同时点燃又同时熄灭的事呢？我也不想去计算上帝把我的蜡烛点燃又吹灭了多少回，只知道一支新的蜡烛即将点燃，但愿再吹灭时他不感到太失望。

拗不过越胜，尤其张雪，一定要给我办生日，理由是五十大寿。我是宁愿悄悄过的，满五十又不是什么值得欢庆的事儿。范一夫夫妇送来了一大捧鲜花。在后花园的草地上烧烤。客人散后，才开始拆自家人送的礼物。他们围在桌前，看我拆，CD 唱片、小包、日记本等。突然我怔住了，随即大笑。一个精致的镜框，里面嵌着红的相片。他们观察着我的表情，也都笑了。越胜说：多好的礼物，送你一个漂亮姑娘。我反观他们的表情，猜是竞马的主意，因为他最顽皮。张雪说，是大家合作干的。蓓蓓也参与了，她负责偷我的相册，然后送回原处。前一夜晚，她兴奋地跑上跑下，原来正在实施这个阴谋。

五十岁了，我的生活仍在未定之中。出国后玩儿得很尽兴，但心底始终压着一种沉重，回想起平生许多事。不过，我好像并不感到焦虑。所谓顺其自然，究竟是智慧、成熟、还是麻木？别跟我说什么“知天命”吧，全是人云亦云。我自己清楚，我对“天命”一窍不通。张雪问我：“你到了这个年龄，有没有危机感？”我不知如何回答。好像没有。我已经没有事业上的野心和情感上的贪心，因此在这两方面都没有了紧迫感。经历的磨难多了，内心反而有了一种平静，渐渐生长起了一种面对和承受的力量，同时对人生有了一种超乎恩恩怨怨的感激。世上事了犹未了，又何必了。这种心境，完全不是看破红尘式的超脱，而更像是一种对人生悲欢的和解和包容。所以仍有沉重，而非轻松飘逸。沉重没有什么不好。人心中应该有一些有分量的东西，使人沉重的往事是不会流失的。

法国西部之行

卢瓦尔河是法国第一长河，两岸分布着一百多座城堡，素有“法兰西庭院”之称，是法国的旅游胜地，整体被联合国教科文组织列入世界文化保护遗产名册。

润生是一个城堡迷，一有空就开着车带家人看城堡，因此被上小学的儿子起了个外号就叫Chateau。某一个春日，他带我看了两个他最赞赏的城堡。从巴黎驱车300公里，首先来到维朗德里（Villandry）城堡。这是一座建于十六世纪的城堡，最出名的是它的三层文艺复兴式园林。站在城堡的大阳台上朝下看，整个园林富有立体感，自上而下分别是水园、装饰园、经济作物园。上层的水园有喷泉，冬青树修剪成精致的图案。装饰园最别出心裁，其中有四个正方形花圃，称作“爱情花园”，用植物和花草组成各种图案，传达不同的情绪，据说分别象征爱情的温柔、狂热、轻浮和悲惨。

返途在距巴黎 160 公里的尚博尔（Chambord）城堡停留。这是一座皇家城堡，也是十六世纪动工，历时一百五十年，直到路易十四时期才竣工，被誉为法国文艺复兴时期建筑艺术的顶峰。我们到达时已是下午 10 时，在巴黎的这个季节正是黄昏，城堡关门了，但庭院是开放式的，任何时间都可以进入。庭院很大，树林围绕，有一个大湖。站在湖这边望对岸，坐落在绿草坪上的城堡被夕阳镀成通体金色，湖上布满它的也是通体金色的倒影，精美至极，宛如童话。我产生了一个错觉，觉得它小巧玲珑。事实上，它却是卢瓦尔河畔最大的城堡。城堡主体是一座宽阔、规整、色彩淡雅的三层建筑，窗户密布，据统计有 440 个房间。两端各耸起一个带气窗的灰色圆锥形屋顶，中间部位上方，雨后春笋一般伸出许多阁楼、气窗、柱头、小塔，高低参差不齐，仿佛是从城堡内部迸发出来的，使人不由得想象这座看似宁静的建筑里面其实涌动着炽热的欲望。

夏日，好几个朋友在巴黎不期而遇，宣良做东请大家游舍农索（Chenoceau）城堡。这是一座水上城堡，哥特式风格的主体建筑坐落在卢瓦尔河支流谢尔河的一座桥上，把这一段河面变成了城堡的天然组成部分。桥的那一端通往对岸的田野，这一端，有一座古老的小石桥把主体建筑和此岸连接起来。岸边屹立着一座双塔，与主体建筑这一侧林立的尖顶和柱头彼此呼应。岸上分布着三大块园林，其间有清渠围绕。舍农索城堡之所以出名，除了枕河而筑的巧妙构思外，更因为与它相关的香艳传奇故事。从十六世纪开始，它的六任主人都是宫廷贵妇，因而被称为六美女城堡。其中，最著名的是第二和第三任女主人的故事。第二任女主人黛安娜是一个绝世美人，据说年老时风韵仍不让少妇，比她年轻二十岁的国王亨利二世对她宠幸有加，特意买了这座城堡送她做两人的香巢。十二年后，国王死于竞技，王后卡特琳娜驱逐情敌，夺回城堡。在她手上，城堡增修了华丽的跨河双层拱廊，城堡里经常举办豪华宴庆。城堡的第五任女主人杜宾夫人也许更值得一提，她不但美丽而且热爱文化，曾在这里接待伏尔泰、卢梭、孟德斯鸠、狄德罗等人，而她的孙女就是那位以惊世骇俗著称的女中豪杰乔治·桑。

除了以上城堡外，卢瓦尔河畔还有一座非常著名的城堡，叫昂布瓦斯（Amboise）城堡，是达·芬奇度过最后岁月并埋骨的地方，据说在城堡中最为宏伟，可惜我无缘观瞻。引起我注意的是，卢瓦尔河畔最著名的城堡，包括尚博尔、舍农索和昂布瓦斯，都是十六世纪法国国王弗兰西斯一世出资兴建或改建的。这位国王真是一个风流倜傥之人，二十岁登基，立刻进军意大利，迷上了文艺复兴文化，把那里的建筑风格带回来，把达·芬奇带回来，也把对女性的热爱带回来。

城堡的历史可以追溯到中世纪，一开始因为战乱，讲究坚固，用石头建筑，建在形势险要的山上，往往有防御工事。后来，渐渐讲究享受，选择风景优美的自然环境，在建筑风格和花园布局上大做文章，成为王公贵族的行宫或别墅。在中国的传统建筑中，好像没有类似的东西。有人用中国的庭园做比，但庭园多依附于城镇，不在野外，楼台亭阁可奢华，可精巧，却无坚固敦实的“堡”的意味。庭园与城堡的区别，就在这“堡”的意味。

在欧洲旅游，除了宫殿之外，主要景点无非城堡和教堂，二者凝聚了当地的历史和文化。卢瓦尔河畔最著名的教堂是沙特尔（Chartres）大教堂，在巴黎西南96公里处，也是润生带我去参观的。它是非常宏大的哥特式教堂，始建于九世纪，而最出名的是它的十三世纪的彩绘玻璃窗，其上有170幅《圣经》画。我发现，大凡著名的宫殿、教堂、城堡，多是好几个世纪的成果，一代一代人把它们完善而不是拆毁。厚重的历史感由此而来，其中有多少爱惜、耐心和敬畏。

我在巴黎期间，竞马也来了，同住在越胜家里。他是我们的老朋友，曾获国际男高音奖，近些年在美国闯天下，颇艰难。最近他在法国似乎有了转机，在Antibes音乐节上出演《卡门》主角唐·霍塞，参演歌剧电影《蝴蝶夫人》，皆获好评，被法国电视台音乐节目的权威主持人隆重介绍给观众。本月上旬，他应邀在卢瓦尔河畔小城St. Florent举办独唱音乐会，对于爱音乐也爱竞马的越胜来说，这不啻是重大节日，自然要携全家出席，我也一同前往。这是我在法国西部的第一次长途旅行。

7月5日。张雪开车，由高速公路西行，黄昏时到达St.Florent，住进旅馆。晚上，竞马的音乐会在当地教堂里举行。令听众惊讶的是，节目单包括莫扎特、柴可夫斯基、比才、玛斯卡尼，范围广泛，难度很大，而这个中国人唱起德、俄、法、意大利各种语言来竟然都字正腔圆。竞马的语言天赋的确超常，他在法国逗留累计不足半年，可是我看见他在街头与法国姑娘套瓷时一副老巴黎的样子。St.Florent 是大革命时期旺代叛乱的发源地，居民以保守著称，据说现在仍如此，轻易不流露感情。但是，在这天晚上的演出中，他们倒没有吝惜给竞马掌声。两天后，《西部信使报》对音乐会报道的标题是《范竞马征服了修道院》。

7 月 6 日。往进离 St. Florent 数十公里的一户葡萄农家里，宿费不菲，但颇舒适。竞马也来住，并与已住在这里的范一夫（范曾现妻南莉的儿子）、关键夫妇会合。一望无际的葡萄园。地窖里成排的大酒桶。游附近 Clison 的城堡，城堡很古朴，依傍卢瓦尔河一条美丽的支流而立，人们在河畔草地上休憩，在河中荡桨，一派闲适景象。

7 月 7 日。与范夫妇分手，我们一行驱车到南特（Nante）市，看大教堂，教堂内部极宏伟明丽。这里的城堡也很有名，当年“南特诏令”便在这里发布，开宗教宽容之先河。我们到达时，一群年轻人正为当天夜晚音乐会节目进行排练，列队边舞边行，手势僵硬，如打哑语。队列中有戴蒙面头盔者，气势阴森逼人，令人想起古堡幽灵。随后又去了一些地方，有可观者，有不可观者，但越胜、竞马都以“让国平看看”解嘲。最后来到滨海城市 La Baule，据称是欧洲最大海滩，确实大，两边海岬隐约可辨。尽管天气晴朗，水仍颇冷，我游得最久最远。躺在沙滩上晒太阳，我突然发现，近旁两名女子都裸着上身，晒着她们的乳房。接着便发现，沙滩上躺着的、走着的，袒露双乳的女子比比皆是，十占二三，但大抵是三十岁上下的，未见少女和老妇，大约是因为太美或太丑吧。这是大西洋畔的海滩，据说在南方的地中海滨，多有全裸的。在杂志上看到，法国还有裸体城，市民皆裸体上街，连邮递员也光着身子送信。

7 月 8 日。离开宿地，踏上返程。先折回 St. Florent，竞马去办事，我们在卢瓦尔河畔休憩，也下河游了游，但水流太急。一路看了些地方，值得一提的是 Anger，亦以教堂和城堡出名。城堡有大圆柱和厚墙合围，有铁门和吊桥，显得格外坚固。城堡脚下，有文艺复兴式花园，花木被修整成色彩鲜艳的图案，有极强的装饰性，还有鹿园。沿途还看了蓝胡子城堡，看去只是高筑的土台，顶上插满强盗旗。它出名是缘于一则传说：城堡主人每日带进一个年轻女人，将其杀死解剖，据称解剖学由此发端云云。

从巴黎出发游览法国西部，有两条主要路线，一是向西南到卢瓦尔河畔，另一便是向西北到诺曼底海边。

7 月 10 日。我随润生一家出行，驱车数小时，傍晚到达法国西北的诺曼底海岸。在旅馆安顿下来，他们马上带我去圣米歇尔（St.Michael）山。山在海中，是一小岛，距海岸两公里，但已筑公路与陆地相连。我们到时正退潮，大片灰色海滩露出水面。据说涨潮时最好看，因为那时才真正成其为汪洋中一座小岛。

圣米歇尔山之所以成为著名的旅游胜地，是因为山上有一座古老的修道院。这是一个依山而筑的锥形建筑群，不但把山体包裹得严严实实，而且超出山体向上伸展将近两倍，最上面是教堂的哥特式尖顶，金色的圣米歇尔雕像手持利剑直指苍穹。圣米歇尔修道院是天主教的重要古迹，八世纪由圣米歇尔神父始建一座小教堂，其后直到十五世纪，陆续修建了其余建筑，在漫长的历史中汇集了哥特式和罗马式的不同风格，被誉为世界第八大奇迹。当然，地球上号称世界第八大奇迹的地方一定不少，为此我们只好原谅人类的想象力。

踏上小岛，走过沙滩，进入了一条坡形的窄街。窄街两旁布满商店，十分热闹，足见这里旅游业之兴旺。窄街的尽头，便是修道院的入口。为了观看一个名为“幻境”的节目，我们等到夜晚10时后再购票进院。在这之前，到小岛的一隅，在一座古堡旁看大海。“幻境”节目无非是富于艺术性的灯光和音乐配置，使修道院的各个厅室呈现出特色不同的神秘面貌和气氛。那种音乐宛如昔日修女幽魂的叹息和哀泣，修道士的唱经和吟诵，令人心头发紧。整座修道院如同一个迷宫，内部建筑颇讲究，厅室曲折相通。在讲经堂、教堂之间，甚至有回廊环绕的屋顶花园。这些与世隔绝的修道士们，竟也寂寞得如此奢华。

参观完毕，离开小岛，走在回旅馆的路上，萍萍让我回头看。幽暗的大海上，圣米歇尔修道院被灯光映照得金色透明一般，如同海市蜃楼，如同海上仙山。我说：这才是真正的“幻境”呢。

诺曼底是法国的一个省。和多数中国人一样，我知道诺曼底，只是因为如雷贯耳的诺曼底登陆。五十一年前的一个月里，盟军近三百万大军从海上开来，从天上降落，在这一带海岸与五十万德军展开激战，双方伤亡皆逾十万，成功开辟第二战场，扭转了二战的形势。当然，如此光辉的地点是一定要去看一看的。第二天一早，先到 Coutances 城，看那里的教堂和花园。然后，沿海岸开车，先后看了三处盟军登陆点。

Pointe du Hoc 有最多的残迹，可以看到被摧毁的德军工事废墟，弹坑遍地，均已被青草覆盖。

Omaha Beach 是主要登陆点，大战五十周年时，西方首脑会晤仪式便在这里举行。这是一片宽阔的海滩，看不出当年激战的痕迹。天一直下着雨，我们到达时雨停了，但仍很冷。润生的儿子丰丰光着脚朝大海奔去，我按捺不住，也换了游泳衣下海，向远处游去。一边游，一边感到周身的皮肤发疼，甚至感到海水的寒冷透过皮肤向内脏逼近。不敢游得太远，回到岸上，皮肤已冻红了。不久，出太阳了，游人这才纷纷换装下海。海水上涨很快，一眨眼已漫过几百米长的海滩，涨到了岸边。我和丰丰在沙滩上堆了一座又一座圣米歇尔山，都被海水冲垮了。

Arromanches 是当年打得最凶、牺牲最惨重的登陆点，海上残留着盟军筑的水上工事，陆上有许多纪念性建筑。天色已晚，我们走马观花一阵，匆匆赶路回家。

略览欧洲

雨儿来巴黎了，她剪了短发，显得挺精神。我们早有约定，如果我出国，一定也把她办出来，同游欧洲。现在，虽然我们的关系发生了意想不到的变化，分手已基本定局，但并不妨碍遵守成约。境外结伴旅行的梦想终于成真，没有料到竟是一次告别之旅，两人皆百感交集。

我们想多走一些地方，首选是意大利。意大利尚未加入《申根条约》，必须办签证，听说使馆对中国公民相当苛刻，我们仍决定碰碰运气。那一个清晨，我们到意大利使馆等候开门，排在第一名，排了两小时，两分钟见分晓，立刻被拒，死了心，于是调整计划。一个月里，以巴黎为据点，两次出游。第一次，从巴黎出发，沿途看了滑铁卢、布鲁塞尔，当天到达荷兰。在荷兰，游了风景优美的大学城莱顿、滨海大城海牙、水上都会阿姆斯特丹。离荷兰，到德国，在科隆稍作停留，先后游了法兰克福、海德堡、慕尼黑。再由德国出境，途中在美茵河畔美丽小城 Koblenz 逗留，入卢森堡，再入比利时，游小城布鲁日。这次旅行为时近两周。第二次，游法国南方，为时一周。

滑铁卢——

滑铁卢在布鲁塞尔南边 20 公里处，是一片开阔的丘陵。当年的战场上，现在堆起了一座约 50 米高的人造山丘，有窄长的石阶通往山顶，顶上屹立着一座铁铸雄狮。站在山顶，俯视绿黄相间的田野，遥望天边的林带，心中不能平静。就是在这里，拿破仑进行最后一搏，七万大军在一天之内全军覆没，自己被流放到圣赫勒拿岛了却残生。从此以后，只要提起拿破仑，人们就会立即想到滑铁卢，却未必记得住他打了胜仗的许多地点。滑铁卢成了一个普通名词，用来形容事业的不可逆转的失败，警示英雄的不可预测的厄运。然而，我想，正因为拿破仑的伟大，才使得滑铁卢成了悲壮之地，成败岂能论英雄。我还想，当年激战的双方军队今何在，拿破仑今何在，打败他的威灵顿公爵今何在，苍茫天地间，成败又算得了什么。

布鲁塞尔——

为了当天晚上赶到荷兰，只是匆匆逛了布鲁塞尔的大广场，印象中十分喧闹，满是玩儿各种游戏和卖各种纪念品的摊贩。当然，也去看了著名的撒尿小男孩雕像。一个城市以如此似乎不入流的形象为其标志，真让人觉得可爱。传说中把这个小男孩描绘为机智杀敌的英雄，在我看来大可不必。本来是一首抒情诗，为何一定要阐释成一篇史诗呢。

莱顿——

在荷兰，住鹏令家，在莱顿附近一个小镇上。久别重逢，鹏令高兴极了。他在荷兰定居，十分寂寞。夜晚，陪我们散步，他指着那些门窗紧闭的住宅叹息道："一点儿声音也没有，哪怕有吵架的声音也好呀！"

次日，他带我们游莱顿。莱顿是一座小城，因拥有荷兰最古老的大学而闻名，且是伦勃朗的出生地。整座小城幽静，美丽，又不乏生机。绿荫中的运河、古建筑、磨坊、风车、酒吧，典型的荷兰景色。看了一座十六世纪的圆形古战堡。

海牙和鹿特丹——

在荷兰的第二天，先后游海牙和鹿特丹。

荷兰的首都是阿姆斯特丹，但政府机关、各国使馆及著名的国际法院都在海牙。虽是荷兰第三大城，整个海牙仍是幽静而美丽，全无大城市的喧闹。最美的建筑也许当推议会大厦，坐落在湖上，宛如一座水上宫殿。

鹿特丹是荷兰第二大城，我们到达时已是黄昏，商店关门，行人稀少。匆匆到海滨一游。没有来得及去港口，看一看世界第一大港的盛况。

阿姆斯特丹——

在荷兰的第三天，游阿姆斯特丹。邝杨正在这里做访问学者，便担起了导游的责任。一天之内，上午看博物馆，下午看市景，晚上看红灯区，可谓马不停蹄，目不暇接。

阿姆斯特丹市内，博物馆有四十家之多，我们参观了其中最著名的国家博物馆和凡·高博物馆。凡·高的作品散落在世界各地博物馆里，但他祖国这家以他命名的国立博物馆收藏最丰，计有二百多幅油画和四百多幅素描。看到熟悉的向日葵、自画像及名作《吃马铃薯的人们》，真感到亲切。还有几百封书信，他与弟弟提奥的动人通信想必也在其中吧。国家博物馆以收藏荷兰黄金世纪作品著称，伦勃朗的作品最全。我觉得自己第一次认识了这位十七世纪的大师，以前真没有注意到，他画笔下的人物包括圣经人物如此栩栩如生，朴实如生活中的普通人，他对光和影的捕捉如此敏锐甚至前卫，几乎预示了印象派。我还自诩“发现”了弗美尔，尤其喜欢那幅《小街》，平凡生活的场景，生动的色彩和光影，完全是一幅现代作品。后来查资料才知道，这位我过去一无所知的十七世纪天才画家留下的作品很少，的确长期被埋没，两百年后才被一位法国评论家发现。

阿姆斯特丹是一个可爱的城市，地势低于海平面，整个建筑在水上，有“北方威尼斯”之称。城里河渠纵横，桥梁交错，密布成网，河道上停泊着许多船屋。老建筑以涂了黑柏油的木桩打基，城市宛若架在无数个木桩之上。市中心的水坝广场一带游客云集，热闹非凡。据说正值五年一度的船节，我们乘游轮穿越闹市，看两岸的传统民居，处处是欢喊的人群，洋溢着平民的气息和狂欢的气氛。第一次看见蹦极，我以为是表演，一问才知是花钱就可以玩儿的消费性娱乐。

夜晚，华灯初上，当然应该去逛一逛闻名世界的橱窗式红灯区了。一条街巷，中间有水渠流过，两旁是毗连的橱窗，透过落地玻璃可以看见每间布满粉红色灯光的小屋的内景，帘子前有一名穿着三点式的妓女，坐在高脚椅上，或者来回走动，也有的站到门口来顾盼迎客。有些橱窗黑着灯，大抵是女主人正在接客。阿姆斯特丹的红灯区远不止橱窗一条街，老城区还有许多非橱窗式妓院。此外，还有性博物馆、情色博物馆、性表演场所和大量性具商店，连市内一些建筑物构件也塑成竖挺的阳具形状。这个城市之所以会成为世界第一“性都”，想必与最早开发海上贸易有关，川流不息的海员和商人刺激了性市场的兴旺。离开红灯区后，我们坐在附近一家露天酒吧，夜空中传来教堂的钟声。邝杨端着酒杯，笑着说：“一边是红灯区，另一边是教堂，我们坐在中间喝啤酒，多有情调。”我心想：不错，色与空，也都是杯中物罢了。

卢森堡——

一座架在花园峡谷上面的美丽城市。新城和老城分踞在峡谷两岸，谷中满目青翠，谷底河水流淌，其间有数不清的大小桥梁相连，那些古桥青苔斑驳。老建筑多为城堡，千堡之国的称号名不虚传。顾名思义，卢森堡市本身就是一座大古堡。

布鲁日和根特——

再入比利时，为了游览两个中世纪风貌的小城。布鲁日（Bruge）被护城河环绕，城内多条河道贯穿，有小威尼斯之称。钟楼，教堂，古桥，石板路，民居，处处是保存完好的中世纪建筑。整座小城整洁，安静，悠闲，非常美。相比之下，根特（Gent）显得破旧，杂乱，出名的是中世纪留下的许多市场和行会建筑，富有市民气息。

在 Massy 乘高速列车，开始了法国南部之行。目标有二：一是那些保存着古罗马和中世纪遗迹的小城，二是地中海岸的戛纳和尼斯。

第一日，两个半小时后到里昂，立即转车，到奥朗日（Orange），住进古剧场附近的一家旅馆。这里最著名的古迹就是古剧场，建于罗马帝国奥古斯都时期，距今两千年余，保存之完好，据说在意大利本土也不易见到。还去看了一座古罗马的凯旋门，浮雕精美，纪念恺撒的赫赫战功。

第二日，乘大巴，到阿维尼翁（Avignon），参观了教皇宫和花园广场。十四世纪时，在将近一百年的时间里，天主教教廷曾经迁移到这座小城，留下了教皇宫，一座中世纪大型城堡，成为该城的第一名胜。我知道这个城市，则是缘于毕加索的名画《亚威农的少女》。再乘大巴，到尼姆（Nime），在竞技场近旁的一家旅馆住下。夜游市区和喷泉花园，处处歌手，小贩推着车卖自制奶酪，很有情调。

第三日，到尼姆城郊的加尔河，看古罗马时期的高架渠桥，上层为输水渠，下层为人行桥。桥体苔青石蓝，把河水也映成了青蓝色。水极清，我下河游泳。乘开往尼斯的火车，在阿尔勒（Arles）下车，背着行李在城里逛，看古罗马的竞技场、剧场、古墓。一个公园里竖着一块石碑，上有凡·高缺了左耳的头像浮雕。凡·高在这座城市里住了一年，画了一百多幅画，和自己邀请来的高更吵架，发作精神病，割掉了自己的耳朵。继续乘火车，夜晚到达戛纳，住下，逛海滨和市区，很热闹。

第四日，上午在戛纳的海里游泳。中午到达尼斯，在离海不远的一家旅馆住下，出乎意料的是，宿费仅150法郎，比一路上的旅馆都便宜。老板娘是一个有教养的老太太，原是法语教师，待人亲切。下午，在海滨游泳、散步。

第五日，整天在尼斯的海滨游泳、散步。海滩上满是晒日光的人，许多女子裸露着上身，形状和色泽各异的乳房们在阳光下怒放。一个南美女子迎面走来，双乳奇长如同一对刚出炉的长棍面包。地中海真是得天独厚，不到这里，不知道海水可以这么蓝，日光可以这么明丽，生活可以这么悠闲。晚上乘周末高速列车，次日晨回到巴黎。

慕尼黑之行

离开巴黎，回到法兰克福。菲子在慕尼黑，她说能帮我找住处，我决定到那里住到回国为止。

这天，我进城买去慕尼黑的车票，然后在火车站一带闲逛，不知不觉逛到了红灯区。看见一家 live show，想来应是情色表演，不知究竟是什么。为何不进去看一看呢？我给自己打气：作为一个认知者，有什么不可面对的？可是，我又担心：如果遇到黑社会，该怎么办？徘徊又徘徊，终于鼓起勇气走了进去。走进暗灯闪烁的甬道，我发现事情很简单，只需朝自动机投一枚 5 马克的硬币，就进到了一间酒吧里。不大的厅内，闪烁的灯光下，一只玻璃罩内的旋转圆盘上，大约六七名姑娘依次单独在其上表演，无非是动作简单的舞蹈，在跳舞过程中徐徐脱去乳罩和裤衩，这便是脱衣舞了。我想我应该知道脱衣舞是怎么回事，知道了也不过如此，看时毫不感到兴奋。那层玻璃罩有效地限制了你的感觉，使你停留在视觉的领域。这些舞女有的漂亮，有的不漂亮，但基本上都缺乏艺术训练，表演时也没有激情，日复一日，只是在观众面前敷衍了事地做着规定动作罢了。

在巴黎和阿姆斯特丹，都有专门表演性交的商业场所。有一天晚上，我和邝杨在巴黎红磨坊一带闲逛，发现那里有许多这种场所，门口的广告上画着此类场面，并且往往有一个壮汉站在马路上生硬地拉顾客，可见生意也十分清淡。我厌恶此类表演，在我看来，健康的裸体是美的，与心爱的女人做爱是美的，而当众表演性交绝对是丑的。我没有进红磨坊剧场，因为票价太贵。我想象上百个漂亮女子几乎全裸着载歌载舞的场面倒是相当壮观。

在欧洲，裸体运动很普遍，裸体本身已不成其为一种性刺激了。裸体不是问题，问题出在性关系的快餐化，性满足成了一件太容易的事，而太容易的事就失去了吸引力，于是必须寻求更刺激的方式来制造兴奋。德国报纸充斥着性召唤的广告，据建民说，除两三家最严肃的报纸外，其余都如此，整版地登，个人（女多男少）留下电话号码，征求临时性伙伴。这好像与卖淫不完全一样，含有从陌生人身上寻求刺激的成分。

我依然相信性的神秘性，裸体运动、性开放、性表演等都不能破坏掉、当然也不能寻找到这种神秘性，因为它并不存在于性器官的生理构造之中。它是性爱中一种不可言说的体验，仅存在于某些十分幸运的场合。获得它不仅必须是两情相悦，而且双方在心理、生理上都处于最佳状态。仅靠技巧是绝对不能得到它的，技巧只能提供器官的局部快感，而它却是全身心的狂欢极乐。

从法兰克福乘特快列车，三个半小时就到了慕尼黑。

在历史上，慕尼黑是巴伐利亚王公的住地，现在则是德国仅次于柏林的大城市。城里的建筑大多厚实，有力，但不辉煌。人们仍能感觉到它们是二战后重建的，尽管力求恢复原来的风格，毕竟太新了，有一种仿造品的粗糙。希特勒的崛起和失败使德国成了一个历史断裂的国家，实在可悲。

到过了巴黎，是否就会觉得德国没有一个城市有意思了？可是，越胜说：到过了罗马，你会觉得巴黎也太嫩啦。

不过，慕尼黑还是有不少博物馆。据说这要归功于十九世纪巴伐利亚国王路德维希一世，他有一句名言：政治家的作品是短暂的，艺术家的作品是永恒的。因此，他热衷于搜集艺术品，使慕尼黑成了当时欧洲的艺术中心。我参观了几家博物馆，印象最深的是 Linda 美术馆，藏有康定斯基、雅渥伦斯基的多幅杰作。

开始几天，菲子回中国探亲，我住在她的寓所。在慕尼黑举目无亲，我便独自骑车出行，熟悉环境。

从寓所出发，一直朝北骑，到达奥林匹克公园。二战末期，慕尼黑一半以上建筑被炸毁，重建时把瓦砾都堆在这里，形成了一片开阔的丘陵地。二十几年前举办奥运会，便在这里兴修体育设施，并美化环境，一条小河蜿蜒穿过，在低洼处形成两三个湖泊，成了一个美丽的大公园。主场所建筑新奇，支架撑起塑料巨网，笼罩着足球场和游泳池。

正是星期天，体育场一带有大型表演，空地上搭台举行露天音乐会，人群熙熙攘攘，观众和歌手此呼彼应，一片节日气氛。可是，只要走出这个热闹中心，便是另一种景观，满眼是起伏的绿色草坡，野鸭和天鹅在湖中游弋，一片田园风光。这似乎是欧洲城市的基本格调：文明与自然并行不悖，两全其美，人们可以各取所需，或闹或静。

我骑车转悠，在一条坡路上停下。这里已远离公园最热闹的地点。坡路下方，是一个漂亮的田径场，椭圆形的橘黄色跑道环抱着鲜绿的草坪，没有人影，一片静谧。我心中怦然一动，闪过一个远逝的美丽记忆。

在慕尼黑的日子里，我只有两件事可做，就是流浪和读书。

到慕尼黑大学图书馆查有关尼采研究的书目，仅三百余种，选借了几本。菲子告诉我，汉学系资料室正在展出“尼采在中国”资料，其中有我的《尼采：在世纪的转折点上》和《尼采与形而上学》。她要带我去看，我想一想，算了吧，自己写的书有什么好看的。

逛大学附近的书店，购得1994年出版的三卷本尼采选集，处理价仅30马克。还买了尼采书信选。一个学生模样的人在街上摆摊，卖他自己的藏书，我选了四本。

慕尼黑人颇热情，胜于德国中北部。有一天，我想寄一封信，问一妇女，最近的邮箱在哪里。她说远着呢，我正好路过，我替你寄吧，高高兴兴地拿着我的信走了。又有一天，我从大学区回来，迷了路，站在路旁查地图，一对年轻人看见了，主动过来问我想去哪里，给我指点。

在德语中，慕尼黑的词义是“修士之乡”，这座城市确实发端于八世纪的一个修道院。我的感觉是，我也成了一名修士，在这里过着寂寞的日子。

也许是因为在巴黎过得太热闹了吧，有点儿不习惯独处了。看来独处也是一种能力，并非任何人任何时候都可具备的。我曾经具备这种能力，丢失在长久的群处之中了，找回来还需要一些时间。具备这种能力并不意味着不再感到寂寞，而在于安于寂寞并使之具有生产力。人在寂寞中有三种状态：一是惶惶不安，茫无头绪，百事无心，一心逃出寂寞。二是渐渐习惯于寂寞，安下心来，建立起生活的条理，用读书、写作或别的事务来驱逐寂寞。

三是寂寞本身成为一片诗意的土壤，一种创造的契机，诱发出关于存在、生命、自我的深邃思考和体验。

中秋到了，手头没有农历，不知道确切日子。中国人对月亮格外有感情，古诗中充满月的意象，民间有月的节日，大约反映了极牢的乡土情结。对于守在家乡的人来说，那宅院上方的一轮月亮是天天相见的伴侣，寂寞中不知引发多少思绪。一旦离家远行，睹月思乡也就难免了。西方人似乎很少想到要赏月，他们忙于生产和旅行，没有这份闲工夫、闲心情。他们崇拜太阳，Apollo（阿波罗），一个积极的和创造的神。

搬进了菲子帮我租的房间。立刻面临一个问题：不能吸烟了。主人不吸烟，多半不会让房客吸，我也就知趣点儿。这样也好，逼着自己少吸，只是写字的时候有点儿障碍。主人名叫Josef，是个单身男人，五十岁模样，头顶已秃，两鬓已白，估计离了婚的。他好像在行医，但又说行医不是他的全部职业。家里布置得很雅致，喜中国工艺品，爱音乐，排斥电视，典型的西方知识分子品味。搬进来才知道，他是把自己住的那间屋让给了我，而他则移到一间小屋里。

Josef告诉我，他是个素食主义者。我心中暗暗惋惜，因为他不能享受我的中国菜手艺了，又暗暗叫苦，因为我无法在一个素食者面前尽兴吃喝。问他为什么信奉素食，他说出两点理由：一，十六年前他在南美工作，看到那里的人吃不饱，他愿以自我节制为解决人类饥饿问题效力；二，他从小长在农村，亲眼目睹残杀牲口时牲口的痛苦。我对这两点理由都有些不以为然，但我同时不能不赞许这种以最具体的行动来捍卫某种信念的做法。在西方，很少有清谈家、空头理论家，理想主义者往往见之于普通人之中，而他们同时也必定是实践者。许多普通人似乎都怀抱着某种信念，守着某块小小的精神园地，而且绝对认真。菲子的朋友Ursola也是一例，她醉心于佛教，拜老师，收集佛像和书籍，学中文，还跟随她的老师去俄国传教。和这些认真的德国人相比，我感到自己几乎像是玩世不恭。

可是，老天，在素食主义者身边度过仅仅一天，清汤寡水，我已有营养不良之感了。

一位叫Petra的女士伴送我去她所属的一个活动中心，叫作“生活质量活动文化中心”。那是一座两层小楼，楼下是书店，楼上是画廊，正在展出一个女画家的作品。一个名叫Gisela的女士非常热心地接待了我。她先后在柏林、巴黎上大学，研究心理学，译过关于中国的法文著作。听说我译过尼采，她便兴致勃勃地陪我翻看书店里的书，惊奇我知道这么多作者，如贝克特、科尔施、布洛赫之流。Josef也是这个中心的积极分子。这大致是一种自愿结社，成为业余精神生活的一个寄托。

积极分子们要与女画家进行座谈，邀请我出席。在会场上，我注意观察了到会的听众，清一色的四五十岁的中年人，那么安静地等待迟到的画家，那么认真地提问和讨论。画家并不出名，只举办过几次规模很小的画展，画也平平。在法、德两国，这个年龄段的人曾受八月风暴的洗礼，是成长于二十世纪六十年代的一代，理想主义犹存，但在社会上并无地位，与新一代青年也格格不入，于是自己集聚起来，营造小氛围，以得安慰。

听我把这些人称作理想主义者，菲子很不以为然。她说，这些人其实很平庸，他们没有自己的个性和思想，不能作为独立的个人而生存，需要一种标签和归属，于是热心地参加那个中心的活动。其实那个中心是一个黑女人搞起来的，我也见过，很活跃，见人就自来熟。据菲子说，这个黑女人来自美国，一开始很受歧视，办了中心后，被这些崇拜者奉若神明。

Josef 要外出四天，我意外地得到四天独处。昨晚闲聊，在他的询问下，我介绍了我在国内的工作情况，他用了一句赞语：grosser Kopf，意为“伟大的头脑”。然后他告诉我，他外出是去办医学讲座，这使他很愉快。他还谈到，他从未结婚，但有一个十岁的女儿。几天接触，感到他是一个善良老实的人。

我现在用的这张办公桌，原是 Josef 用的，桌子上方钉着许多小纸片，大多是别人留的电话号码，我发现女士居多。还有两张小纸片上，各写着一句格言，从中可看出主人的性情。其一：播下一种思想，你将收获一种行为；播下一种行为，你将收获一种习惯；播下一种习惯，你将收获一种性格；播下一种性格，你将收获一种命运。其二：宁要一颗无言的心，胜过许多无心的言。从前者我发现了他办事一丝不苟的指导思想。他办事真是一丝不苟，举个例，在德国倒垃圾必须按纸、塑料、玻璃瓶等分类，他不但严格执行，而且把废弃的瓶子、塑料杯等洗得干干净净，然后再丢进垃圾箱。后一句格言很对我的胃口，我可以期望他是一个懂得欣赏沉默的人了。

我心里一直纳闷，Josef 不像要赚一点儿房租的人，为何把房间租给我。有一回，我要和他结算当月房租，他让我以后与他一起去交给那个文化中心，我才明白。分别的时刻到了，这天中午，我给他做了一顿素中餐，他很满意。然后，他郑重其事地跟我约定，下午 4 时去文化中心交我的“捐赠”，实际上是我应付给他的房租。当我把那几张 100 马克的钞票塞进募捐籍时，那个值班员面露困惑之色，而 Josef 立即向我道谢。我感到很不自在，觉得自己是一个欺世盗名之徒。

住处附近有一座公园，叫 Luitpoldpark，是一个很有野趣的地方。因为房东不吸烟，我便知趣，常去公园里读书和写日记。日记中有许多对眼前景物和瞬间思绪的记述，摘录如下——

> 下午 5 时半，下过一场短雨，一片翠绿。我坐在长椅上，背后是连绵的草坡，眼前是草地、高大茂盛的树木，交错的林中路望不到头。散步、遛狗的人真不少，与早晨比，算得热闹了。断断续续有人声、狗吠声、自行车轱辘声从我身边掠过。但这一切与我无关，我独自享受着烟、雨后的空气和漫游的思绪。
>
> 秋凉了，树仍是绿的，树下已悄悄地积了许多枯叶，一天比一天多。我是季节的见证人，眼看着树一点点由绿变黄。毋须太久，便会秋风萧瑟，摇落满树黄叶，只剩下光秃秃的枝丫。到了那时，人们才会惊悟秋的来临，而实际上已经是

冬的开始了。树与人一样，也是不知不觉失去青春，有一天突然发现自己老了。

树丛上空，云间露出一块亮斑，那是西沉的太阳。树丛渐渐幽暗，游人明显少了，跑步的人多了起来。那个披着棕色长发的女人步伐响亮，手提塑料袋，显然是下班回家的。当我这样写着，忽然想起大学一年级，当时我十七岁，曾天天拿着本子现场记录所看到的一切，包括景物、人的外表和动作等等，称之为文字速写。这么说，我是曾经下过功夫的。可当时并不这么想，只是好玩儿罢了。以文字为玩具，是我从小中的魔。

晴了两天，又阴了，可是我仍然独自来到公园里，坐在长椅上。不时有行人从我面前走过，匆匆走向他们的目的地。在公园里流连忘返的唯有老人与狗，还有我——慕尼黑最闲的一个闲人，连旅游者也不是。旅游者其实是很忙碌的，他们的日程总是排得很满，必须去每一个热闹场所看热闹。

心中常泛起一种说不清道不明的忧愁，似乎来无影去无踪，其实却始终潜伏在我的生命最深处。独处异国，与眼前的生活是隔膜的，那只是他人的生活；与自己的生活也拉开了距离，但那始终是我自己的生活。我的生活中充满了变故，每一个变故都留下了深深的刻痕，而我却依然故我。毋宁说，我愈益是我了。我不相信生活场景的变化会彻底改变一个人，改变的只是外部形态，核心部分是难变的。远处传来教堂的钟声，一下，又一下，在我心中久久回荡。我突然想到，我这个不信神的人，其实是很有宗教感情的，常常不自觉地用末日审判的眼光来审视自己过去和现在的生活，为一切美好价值的毁灭而悲伤，也许这就是我常常感到忧愁的根源吧。

不过，事情仍无关乎道德。譬如一棵树，由于季节的变迁和自身的必然，那些枯萎的叶子迟早是要掉落的。如果树有知觉，它便会为这些枯落的叶子悲哀，但它无法阻止它们的掉落。

无论欧洲还是中国，公园似乎都是老人的天下。区别在于，这里的老人或单独、或两三人结伴，都很安静，中国的老人却往往扎堆，一大群唱京戏、跳交际舞、扭秧歌。老人正退离人生舞台，必定是寂寞的，能安于这寂寞，自是一种智慧和美。普天下的年轻人都到哪里去了？多半是在咖啡馆和酒吧里。据说，德国人到中国看到中国的年轻人在公园里缠绵，都惊奇中国人至今仍然浪漫。在西方，这一代年轻人是务实的一代，不耐烦恋爱，几分钟就上床了。其实他们不知底细，在中国，爱情也正在成为古董和笑料。

在公园里，我最爱看的景象：年轻的母亲推着婴儿车徐徐走过。

身后的树丛里簌簌响个不停，回头看，一只毛茸茸的棕黄色松鼠正在枝间嬉戏，我们对视片刻，它毫不在乎，又继续它的游戏。

天色向晚，西边却露出了夕阳，把树丛后面那一片草地照亮了一会儿。教堂的钟声又敲响了，持续不断，那是晚祷的钟声。

夕阳，深秋，最后的阳光，最后的绿。

从高大的橡树上掉下橡子，一颗，又一颗，啪啪有声。我弯腰拾起，深棕色的硬壳油亮亮的，很可爱。

秋风起处，落叶飘舞，情不自禁地想起莎士比亚的诗句，那么单纯而贴切。人类在世界各个角落里生活着，繁衍着，一代又一代，世代更替。此刻活在世上的所有人，总有一天将全部死去，一个也不剩下，就像这棵树上茂密的叶子会全部凋落，来年有另一批树叶完全取代它们一样。树依旧茂盛着，世界依旧热闹着，那消逝了的生命已经永远沉寂，谁还会记起它们呢？

早晨跑步到公园，公园里静极了，众树木都伫立在浓密的晨雾中，宛如披着白色的礼服，正在举行一种神秘的仪式。受这氛围感染，我悄悄上山，直至山顶，在那座十字架前默祷。下山后，我去草地上寻访那棵树，前些日子我曾徘徊于其旁，叹赏它的满树红叶，而现在我看到，它已枝叶稀疏，容颜憔悴，它的下面和周围落了满地厚厚的黄叶。不知为什么，我想起了分娩不久的产妇。

我相信，终年生活在大自然中的人，是会对一草一木产生感情的，他会与它们熟识，交谈，会惦记和关心它们。大自然使人活得更真实也更本质。

很久不写诗了，仔细想想，这是一种损失。写诗会促使人更细致地观察眼前的景物，寻找最确切的语词表达自己的感觉。一种景物，往往会唤起许多生动的比喻和象征。不写诗的人，语言是贫乏的，粗糙的，而这也导致了感觉的一般化。

9 月 16 日，下午骑车闲逛，不知不觉到达一座教堂前，叫圣保罗教堂。旁边有一个极大的广场，搭着许多帐篷，游人如潮。我搁下车，随人群走进广场，发现原来就是一年一度闻名世界的慕尼黑啤酒节的场地。

今天是开张第一天。好家伙，整个儿把迪斯尼乐园搬来了，而且搬了不止一家。临时组装了这么多大型娱乐设施，甚至包括水上乐园设施：传送带把一只只载人的小船送上高塔，然后从冲[illegible]滑下来，冲入一个大蓄水池。真是不惜工本。我去过建在巴黎的欧洲迪斯尼乐园，尽管占地广大，但游乐[illegible]似乎逊于这里。因为这里是许多私家营业，互相竞争，项目颇多重复。

挤在人群里冷眼旁观，看各色男女被捆在朝不同方向飞快旋转的各类器具上颠来倒去，脚底朝天，大呼小叫，我对现代娱乐的特征获得了一个清晰的概念，可概括为：旋转、颠倒、坠落。这三个环节构成了假冒险的刺激。虽是假冒险，也曾经出过事故，不过，如果事先知道，没有一个游客愿意冒牺牲的危险。由于整个过程的被动性，还提供了一种受虐的快感。当你看到那一排排活动椅子在空中一次次翻个底朝天，从椅中垂下一绺绺金发，传来一声声尖叫时，你不可能怀疑其中包含的受虐因素。

接着，我见识了啤酒厅，有好几个，也都是临时组装的，每个都是名符其实的大厅，摆满木制长桌长凳，可容纳万名顾客，皆座无虚席。乐队演奏着以号、鼓为主的热闹乐曲，顾客齐声伴唱，大声吆喝，和着节奏摇晃着身体，或起立舞蹈。穿巴伐利亚民族服装的侍者双手举着十来个满载的大啤酒杯，穿梭其间。这景象委实热闹。

Petra 对我说，她不喜欢啤酒节，那么喧嚣、拥挤、滥饮。我说，知识分子都不喜欢吧。她说不一定，但上那里的大多是旅游者，尤其是意大利人。我心想，在一切民族，凡节日都是民众的节日，要的就是热闹。节日是不承认自我和个性的。包括圣诞节，一些宗教组织正引经据典，证明它在《圣经》中毫无根据，圣诞节的狂欢作乐与宗教精神背道而驰。这当然不错，不过，民众总是要求热闹的，而知识分子也不是圣人，有时候也想放松一下。节日之必要性深藏于人类的本能之中，不是任何理论能将之消除的。

10 月 1 日，又去十月节广场。今天是最后一日。按照惯例，每年的啤酒节在 10 月的第一个星期天闭幕。到了那里，闻到烤肉香，决定犒劳自己。买了一只有名的巴伐利亚烤猪肘，31 马克。天下着小雨，游客仍然拥挤。

然后，在街头毫无目的地流浪，专拣陌生的路走，累了就坐下，反正到处都有供行人坐的椅子。一种浓郁的乡愁，不知我在这座城市里该去哪里，有什么事可做。坐在玛利亚广场，一个姑娘向我借圆珠笔，然后与她的情人一起写明信片，小声商量着，笑着。触景生情，更感到孤独了。

傍晚，回家刚坐定，菲子来电话，她和 Mark 一起去十月节广场喝啤酒，约我同去。我反正闲着无聊，欣然前往。她提议 AA 制，我赞成，花了 60 马克，加上白天买肘子，几近 100 马克，是我出国以来最奢侈的一天了。啤酒的确好，巴伐利亚盛产优质大麦和啤酒花，名不虚传。

我们在露天就座，淋着细雨，菜很快就凉了，其实并不舒服。喝完啤酒，进大厅看热闹，Mark 拣一个空座坐下，又要了一杯，满意地说：“这么多年来，我头一回在厅里得到座位。”我这才知道，之所以冒雨坐在露天，是因为他不相信厅里有空座。大厅里的气氛实在热烈，成千上万半醉的男女站在餐桌之间的长条凳上、中央乐池的高台上，伴随着乐队欢快的节奏又跳又唱又喊，乐手们也都站起来奏乐，手舞足蹈，全场一片欢腾。也有坐着不动的[illegible]醉，痛苦地垂着头。最受欢迎的乐曲是一支二十世纪六十年代的美国歌曲，大意是：我爱上了爱丽[illegible]年，可从来没跟她上过床。以至于她在我面前脱了衣服，我仍然不敢操她。不同的是，现在人们在这支曲中插进了说白，演奏中多次齐声高喊：“嗨嘞，操爱丽丝！”（Hell, seed Elis!）各个啤酒大厅里，游乐场的出口处，从游乐场开往不同方向的地铁上，这“操爱丽丝”的喊声不绝于耳。据介绍，从啤酒厅出来后，人们基本上是真的去“操爱丽丝”了。在意大利旅游者夜宿的大篷车场，有上门服务的妓女们在等候着他们。

英国公园，离大学区不远，是慕尼黑最大最美丽的花园，游人最多的市内休憩地。

一片宽阔的草地，四面围着树林，一条水流始终欢快的小河把草地分割成两个部分。东边是缓坡，坡顶有中国式亭子，游人多。西边很平坦，游人少，草地上散布着晒阳光浴的人们。这里就是著名的裸晒者们的天堂。

正午，阳光很好，我在一块空地上坐下。靠近树林的草地上，有两个姑娘俯躺着，她们几乎全裸，只在胯间系一根窄条。其中一位不时地侧过身子，扬起一对丰满的乳房，一会儿又站起来，走到小河边探水。一个穿着衣服的年轻黑男人走到她俩旁边站定，向她们攀话，然后紧挨她们坐了下来。

我看了一会儿书，走向别处。草地上到处是卧躺的人，有穿衣的，有裸上身的，也有全裸的。全裸的男多女少。一个全裸的知识分子模样的中年男人侧卧着读一本书，我从他身旁走过，他朝我笑笑。一个小伙子仰躺着，黄色的阴毛乱蓬蓬的。一个糟老头儿裸着身子走来走去。现在是一个黑发黑毛的阿拉伯小伙子走来走去了，他朝人群密集的小河边走去，站了一会儿，又走回来，如此反复，像是在展示他健壮的身体。

我向他搭话了：“哈罗，我可以给您照一张相吗？”他挺痛快：“当然！”然后走向人群，转过身来，以小河边穿着各色衣服的人群为背景，摆好姿势让我照。接着，他走回来，以草地上星星点点闪亮的裸体为背景，又让我照了一张。

站在小河边，河水无声而急速地流着，目力所及，有好几个女裸晒者。西草地上一个，是个上了年纪的女人。东草地上两个，一个和她的也裸着身子的情人交织在一起，另一个单独坐着。小河旁有两个，其中一个坐着和她的男伴说话，她身上刺满文身，抬起头来，我看见她一脸凶野相。小河西侧，两个老年男人仰卧在树旁，生殖器很刺眼。他们的后方，一个年轻女子一丝不挂俯卧着，似乎睡着了，或作熟睡状。在这三人周围或之间，还混杂着一些穿衣者，均不相干地坐、躺或站着。

回到西草地上。这里的裸晒者中，女的多了起来。一个中年女人张开双腿，肆无忌惮地晒她的私处。一般来说，年轻女人少有全裸的，即使全裸也取比较文雅的姿势。在草地边缘，仰躺着一个络腮胡子的男人，生殖器一目了然。离他不远，坐着一个年轻女人，穿着内裤，在读书和逗狗。再不远，又是一个裸卧的男人。他们全都互不相识，相安无事。

[illegible]往往表示不可思议，我倒觉得很可理解。如果让我成为草地上裸晒者中的一员，我也不会有多大心理障碍。在我看来，裸晒是健康的行为。动物是全裸的，婴儿生下来是全裸的，人长大后就不能全裸，这真没有多少道理。无论什么东西，如果长年捂着沤着，不见阳光，终归是不卫生的，哪怕它是生殖器，尤其它是生殖器。人体的每个外部器官都可以享受阳光和新鲜空气，为何唯独歧视生殖器？其实，不论男女，裸体只是人体，裸露的性器官也只是人体的一部分，与色情是两回事。我不相信裸体会导致性泛滥。在古希腊，裸体从事户外体育运动是一种风尚，一种制度，其结果是人体臻于完美，雕塑艺术达于顶峰，而不是世风败坏。

不妨想象一下，现在你全裸在阳光下了。你用不同的姿势躺着，整个身体沐浴在阳光里，太阳照遍你的胸、腹、背、屁股、腿，你全身暖洋洋的。在你的脸蛋旁，每一棵小草轮廓清晰，气息浓郁。成群的水鸥在你的头顶和四周盘旋，偶尔降落到草地上，与你为伍。你能感觉到你的生殖器也裸露在阳光下，太阳晒着它，和风吹拂着它，使它不再自卑。不过，你也绝不会专注于它。事实上，在大自然中，它太小太小，它只是你的身体的一小部分，你的身体只是大自然的一小部分。这是一种自由解放的感觉，一种回归自然、融入大化的感觉。这感觉真好。

当然，在你的四周，常常有行走的人影掠过，你的卧躺的角度使你觉得这些人影似乎是不真实的。有时你闭着眼，听见近旁有女人和孩子的说话声，女人在呼唤孩子，然后这些声音都远去了。你很坦然，在这个时候，你觉得所有穿着衣服走来走去的人已经与你无关，他们的性别也已经与你无关，一切男人和女人都只成了一种自然环境。

你裸晒了也许一个小时，也许两个小时，然后穿好衣服，走回家去。你一定会感到，你现在是带着一个新鲜的身体回家了，它吸足了阳光和氧气，变得无比轻松健康。你浑身舒适，这种舒适感是任何别的方式提供不了的。

现在我坐在东半部的草坡上了。阳光照在身上，很暖和。背后树荫里传来奏乐声。草坡之间的小路上人来人往，悠然散步。草坡上的人们，或独自一人，或三五成群，读书，聊天，更多的什么也不做，就这么坐着，望着。来了一个推自行车的美丽女子，她停了车，旁若无人地解衣，只保留一条花三角裤，坐到穿衣族中间。

夕阳渐渐西沉。因为背光，看不清西草地上的裸体，斑斑点点，如牧场上的牛羊。

Starnbergsee 是慕尼黑西南数十公里处的一片大湖，乘地铁和城铁大约一个小时便可到达，我独自去游览。在 Starnberg 站下了车，正想问路，一眼瞥见了它。它就横铺在车站的栅栏外。有游轮可浏览全湖，需三个小时。但是免了罢，我不是游客，只是孤独的异乡客，拣岸边一张长椅坐了下来。

满天白云，一汪白水。有风，波浪由远及近向岸边推来，涛声阵阵。一群水鸟在近岸的水面上漂浮，时而聚拢，时而离散。[illegible]是天鹅，更多的是野鸭和水鸥。还有混迹其中的鸽子。天鹅是最安静的，挺胸抬头，微张双翼，悠然游弋，自有一副高贵气派。偶尔撅屁股扎猛子觅食，另当别论。淘气最数水鸥，一会儿下水，一会儿上岸，一会儿起飞，忙个不停，也叫唤个不停。它们和全欧洲的鸽子一样不怕人，不避人。

陆续有一些游人，三三两两，从我面前走过，或在我旁边的那些长椅上坐下。仍是老人居多。那个三岁模样的小女孩真可爱，背着一个比她身体宽的旅行包，俨然一个小旅游家。

太阳时隐时现，风时刮时停。刮风时有点儿冷。风停而又有阳光时，暖得舒服。此刻太阳出来了，湖面银光闪烁。风还是大了些。我进了些午食：面包、肝酱、啤酒。一艘大船驶过，一只天鹅张开双翅紧随其后，飞离了水面，像一名冲浪健儿。又一只天鹅扎猛子了，下半身倒竖在水面上，像一个白色蒙面盗。阳光更好了，水鸟多了起来，游人也多了起来。

一只水鸥停在岸上。看着它迈着细长的黄腿，伸着黄喙，居然朝我走来，我不禁感到新奇。这与看到鸽子与人亲近的感觉不一样。我扔过去一小块面包，它一口吞了下去，一块，又一块，都吞了下去。有人骑车经过，把它惊跑了，它飞回水中。可是，一会儿，它又飞了回来。一阵大风，我的头顶上盘旋着十几只水鸥和片片落叶。风一停，我的那位朋友又回来找我了。我认得它，白羽毛，淡灰色双翼，哇哇叫着朝我走来。我想起《韩非子》中海鸥的故事，相信人是可以和一切生灵交朋友的。当然，也可以做敌人，像许多人正在做的那样。

我沿着湖岸向南走，想走出眼前这片被两道山坡夹住的水域，看一看更开阔的湖面。穿过若干露天酒吧，岸边很快就没有路了。我只好在公路上走。湖面已被连续的树林挡住。那全是私人领地，圈着铁丝网，偶有屋顶从树丛中显露。他妈的，世上富翁真多，穷人简直无路可走。公路上连人行道也消失了，只留下极窄的边缘，小心翼翼地踩在上面，脚下是碎石和杂草，身边是擦肩而过的飞驰的汽车。终于有一条小路通往未围铁网的树林，不知前方究竟，我硬头皮朝前走，两旁松树蔽天，愈来愈密。终于拐出树林，一下子看到了湖。没有白走这一小时。

真壮观啊，一片汪洋，衬着灰色的远山。满天乌云，空隙处却透着亮。风大浪高，涛声震耳不息。岸边是未经修整的树林和灌木丛，显得荒野。欧洲的大自然被太精细地修整过了，独难觅野趣。几乎没有游人。独自坐在风中，面对这层层推来的大浪，更感孤单。一只野鸭走上岸，来陪我了……

我忽然想，人为什么会寂寞，为什么会不耐寂寞？就因为有所惦念。惦念人，惦念事。一个人守着所爱的人，做着有兴趣的事，就不会寂寞。一个人不再有爱人的愿望，不再有做事的兴趣，也不会寂寞。桃花源中的农民一定不知道寂寞这种东西。

继续往前走，一处水面上浮着数不清的野鸭、水鸥，还有几只天鹅。其中两只天鹅半张开翅膀，弯脖低头，目光朝下，轻移莲步，一副娇滴滴的小姐样。我不禁笑了。穿过一些宽阔的林地，湖的西侧有一座城堡，很气派，走近一看，铁门上挂着牌子，竟是私人财产。它事实上是一座奶白色的宫殿式大楼，至少可住一百户人家。Starnbergsee 一定就是以它命名的，直译叫作施塔恩

离城堡不远，我找到了城铁车站，站名为 Possenhofen。我跳上车返回。这里离 Starnberg 站只一站，不过是很长的一站。天开始下雨，我不再下车，一直乘车回家了。

游 Starnbergsee 湖给了我一个启发。慕尼黑往南几十公里就是阿尔卑斯山麓，那里布满森林和湖泊，大多数地方不能靠城铁到达，但我可以乘别的车去呀。我立即找了一家旅行社，那里有逐日安排的乘大巴旅游节目，票价都相当便宜。我选了几处，庶几可打发在慕尼黑的寂寞时光。

新天鹅石宫——

早就看过新天鹅石宫（Koenigschloss Neuschwanstein）的照片，美丽如童话，心向往之，没想到节目单前列就有这趟旅游，得来全不费工夫。

车行大约三个小时，开往巴伐利亚与奥地利的边界方向。途中停车，看了两个小镇的教堂，南德农民风格，教堂内的墙、雕塑、风琴均饰以白粉金粉，也因此而著名。往南行驶，地势渐高，

连绵的森林和草坡，大片的牧场，成群的牛，风景很美。农舍式样大致相似，白墙，黑或橘黄色的屋顶和窗框，每座农舍必有许多窗，整整齐齐排列，白窗帘，每个窗口下都吊着红色的鲜花。

到达目的地，旅客自由活动，我立刻被停车场附近的一片湖吸引住了。它就叫阿尔卑斯湖，水清极，三面围山，山背后仍是山，是阿尔卑斯常年积雪的山峦。独自登山，新天鹅石宫所在的位置并不高，半小时就登上了。这座城堡是巴伐利亚国王路德维希二世为瓦格纳建造的，寄托了年轻国王对于艺术的梦想。下山来，我给红寄了一张明信片。事实上，唯有从明信片上那个角度看，城堡才最美。崇山峻岭之中一座玲珑的宫殿，背后是雪山和湖泊，前面是悬崖。可是，一般旅客是无法从那个角度观看的。我心中不甘，沿山脚朝那个方向走了许久，终于发现必须在邻近的一座山上才能拍摄到这个镜头，而那座山无路可上，十分陡峭。也许路在山背后吧，但没有探寻的时间了。

男人岛和女人岛——

早晨步行一小时，到 Isartor 附近候车，目的地是 Chiemsee 湖畔的 Prien。车行约一个半小时。到后即购船票，先后游男人岛和女人岛。

先到男人岛，岛很大，步行二十分钟，到男修道院，又名王宫，原来也是某个国王修建的行宫，三层，外墙有立柱和雕像，里面金碧辉煌得土气。四面森林环绕，王宫正前方有一条林荫路，我独自沿着它走去，发现路渐渐消失了，不多久陷在了荆棘和芦苇丛中，两旁是杂草丛生的干涸的沼泽，无比荒凉。

从男人岛乘船，二十五分钟后到女人岛。真是女人岛。其一，小，绕岛走一圈才二十分钟，正好饱览湖景。其二，大部分岛面和湖岸已被私人占有，分割成一小块一小块，是富人们的别墅和船坞，正如女人被富人购买和占有一样。其三，小小的教堂，装饰细致，有修女的身影踽踽穿行其间。

比较起来，女人岛小巧秀丽，男人岛粗糙荒凉。

Walchensee 湖——

菲子的一个女友开车，并菲子、Mark，到慕尼黑南边的Walchensee。绕湖走了一个多小时，然后爬湖边一座山，也爬了一个多小时，在山上匆忙野餐，便返回。总共快速走了五六个小时。德国人的郊游实际上是体育运动。不过，登高俯瞰，群山怀抱中的一汪湖泊确实很美。

国王湖——

我在 Koenigsee 湖畔，在一座悬崖上。只有我。还有树、风、落叶的声音。脚下就是峡谷之间的湖，栽满松树的陡壁，陡壁的倒影，湖面有船影驶过。真静。

然后，我回到湖边，静静地坐着，看水，看水面上的野鸭。

往来皆“白丁”——白发老人。在德国，只有老人有闲工夫旅游。

傍晚，到 Isartor，这里有一个小岛，伊萨尔河在这里分岔又汇合。我坐在岸上，看河水汇合处的湍流。右侧那座古朴的小桥，衬着浓密的树林，很美。

发了一阵呆，步行到玛利亚广场，拐进一条街，眼前耸立着妇女教堂。从不同方向看到过它的双尖顶，今天第一回就近看，还走了进去。外部是红砖结构，内部高拱顶，白色透亮。教堂全称是“面向我们亲爱的女人的教堂”，那么，应该是男人们来这里向女人祈祷和忏悔了。出门后，走了许多路，满以为走在回家的方向上，却发现自己又转到了玛利亚广场。

广场上，一个小伙子在发表宗教演讲，他身边的桌上放着一些书，我上前翻阅。另一个小伙子走过来和我交谈，约我后天再来，要送我中文《圣经》。在这举目无亲的异国，也只有这些热心的基督徒才有耐心和我这个语言艰涩的流浪汉周旋吧。

回家途中，正走着，一个挺斯文的德国小伙子叫住我，向我要钱，他面露羞涩，说只要50芬尼或更少的钱，给了他1马克。继续走，在大学附近，一个流浪汉坐在那个老位置上向我搭讪和讨钱，我天天遇见他，没有理睬。

两天后，按照约定，我到玛利亚广场，与来自萨尔茨堡的那个小伙子会面。他叫Andreas，看上去很单纯。他给了我许多宗教小册子，向我道歉，说中文《圣经》还没有到，约我后天再来。

又两天后，我得到了一册德文《圣经》，一册香港出的中文《圣经》，翻了翻，译文非常好。Andreas请我喝咖啡，我坚持由我请他。他意在传播福音，讲了一番《旧约》中预言耶稣诞生的证据。我告诉他，我会认真读《圣经》，不过我更感兴趣的是其中阐述的人生真理，那是我心目中的福音。

我是慕尼黑街头的流浪者。旅游者有明确的目的：看名胜古迹，娱乐，休闲。旅行家也有明确的目的：考察地理，观察风土人情。与他们不同，流浪者没有任何明确的目的。

我不知道我在这个城市里有什么事可做，又有什么必要待下去。

归心似箭。

终于坐上了开往法兰克福的列车。隔壁吸烟车厢里，一群巴[illegible]。他们穿着相同的绿底杂色服装，系着长长的飘带。

到法兰克福之后，建民送我到机场。候机室里，中国人谈论着退税之类的话题。飞行十个小时左右。与坐在旁边的德国老头儿聊天。

进出德国海关，未遇到任何麻烦。他们的小伙子爱开玩笑，嘻嘻哈哈，如此而已。出关时，我的行李通过监测器，一个小伙子笑着说："好，很好，一个人。"另一个小伙子听了哈哈大笑，我听不出这有何幽默。

可是，进中国海关，麻烦来了。

我提着行李进第一道关，那个女关员看了护照后把我扣住。检查身体去！出国三个月以上者要查艾滋病。抽一滴血，交了 92 元。

取了行李，推着行李车，通过监测器，准备进第二道关。那两个年轻关员把我叫住了，命我打开那口大箱子。没有收获。又命我打开那口小箱子，发现了相机，我出示报关单，他们无话可说。开始找碴。

"这里面是什么？"指着一只大信袋问。

"我的私人信件。"

“可不可以打开？”

我打开。又无话可说。指着那只装CD小唱机的纸盒问是什么，我据实以告。

“这要上税。”

“这种小东西也要上税？”我惊诧。

“不论大小，该上税就得上税，每件1000元。”

“在国内买，还不到1000呢。”

“那不管。交1000元吧。”

“给我看一看规定须纳税的物品清单。”我也不客气了。

“我们领导有，我这里没有。”

我知道他们是在找碴儿，并无法律依据。可是，讲不通道理，我只好和他们僵持着。过了一会儿，问我的单位和职业，终于放行。

第一日 去西尔斯－玛丽亚开会

上午9时55分，乘瑞士航空公司的飞机离京，飞往苏黎世。此行的目的地是西尔斯－玛丽亚（Sils－Maria），去那里参加“尼采与东亚”国际讨论会。瑞航上的服务很好，饮食丰足，态度和蔼耐心，但空姐年龄甚大，据说若限制年龄，会遭年龄歧视之抗议。

我坐在靠窗的位置。看窗外，白云如形状和大小不同的雪堆，堆在一块巨大透明的玻璃板上，玻璃板下，是清晰可辨的田地、道路、树林、河流，一个遥远的无声的人世间。有时候，又仿佛觉得底下的世界沉浸在水中，水淹没了一切声音。多数时候，却看不见底下的世界，只有绵密的不透明的云层，白云一朵紧挨一朵，一直铺向天际。

飞行持续了十一个小时，于当地时间14时50分到达苏黎世。我的手表指向20时50分，时差为六个小时。

出关后，迎面便是来接我的冯铁（Findeisen）教授的学生 Irol

Guz，汉名叫秋作人，一个三十多岁的天真汉。他手举一张复印的纸片，上面印有冰心《超人》一书的封面，以此作为标志。他很为这样一种方式高兴。同来的还有先到的杜建成，我们曾通信，不料竟在瑞士见面。他在南京一家公司工作，完全因为兴趣，研究起“尼采在中国”这个题目来，写了一本书，其中给了我十分热情的评价。途中闲聊，他告诉我，他的父亲原先是傅作义的副参谋长。还要等同机到的另一人，北大研究生龚刚，结果发现就是在北京机场向我打听一件小事的那个年轻人。

乘地铁到火车站，今天到的人在那里集合。其中一人是诗人杨炼，多年不见，见面他挺亲热。他是一个热情爽朗的人。不过，他最亲热的是一个来自澳洲的华人老太太，他的诗的英译者。

从苏黎世的火车站到西尔斯－玛丽亚，乘城铁将近四个小时，其间换车一次，下车后还乘一小段公共汽车。列车渐入山区，向上爬坡，沿途景色很美，放眼皆是山峰、草场、湖泊。快到目的地，群峰在暮色中闪烁着白色的雪顶。

大部分与会者被安排住进一座隐藏在山谷里的四层小楼，底层厅室很高，格调古朴，现在是日内瓦大学的招待所。令人不适的规矩是，进大门就要脱鞋，除会客室外不准吸烟。比起现代的宾馆来，可说相当不舒适，卧室不带厕所和浴室，不供应盥洗用品。最糟糕的是，两人同住一室，而且两张床紧挨着，我们笑说是强迫非法同居。

当晚有晚宴，在此地唯一的五星级宾馆森林旅馆（Waldhotel），后来开会均在这家宾馆。主菜是小牛肉，味道很好。

老外能熬夜，坐在大堂的沙发上闲谈，最后冯铁看我瞌睡，才提议结束，此时已是次日2时。北京时间为8时，也就是说，我已经二十七个小时未睡。

第二日 听会和译诗

[illegible]服了一片安定和两片感冒通，结果到下午2时才醒来。失眠的原因，一是倒不过时差，二是与另一个男人几乎同床。后来几天也一直失眠。

因此也就没有听下午2时之前的会。2时之后，听了海德堡大学的Bichler的一个讲演。5时30分，杨炼和德国诗人Petre朗诵各自的诗及对方诗的译文。杨炼的诗是关于西尔斯－玛丽亚的组诗，多是恐怖的刺激性语词的堆砌。后来Bichler对我评论说，杨炼人很好，但写的诗空洞无物，中国诗人落后于里尔克一百年，跟在后面模仿而且没有模仿好。他赞扬Petre的诗，看似简单，下面却有一层又一层的意思。我看到，Petre朗诵时，在座的德国人不断发出会心的笑声。令我意外的是，当杨炼说明Petre的诗是由我译成中文的时，全场响起了热烈的掌声，所有的目光在寻找我并且满怀敬意。我心想：笔译岂不比听和说容易得多？

我是应杨炼的建议给Petre译诗的。其实，我很难体会他的诗的含义，唯有那首题为《卡夫卡》的短诗，我一看就觉得好。我的译文为——

在每个伤口里
睁着一只眼睛。

用这样的眼睛，
它看这个世界。

太少的世界
太多的眼睛。

Bichler 是一个朴实却又灵活的人，能讲一口京腔，这时甚至表情也像北京人。他在北京生活过两年，以后每年都到中国，足迹远及西藏。在西尔斯－玛丽亚，我们长谈过两回。一回便是今天晚上，他请我吃晚饭，在当地一家小饭馆，点了当地产的鹿肉和蘑菇，非常美味，加上一瓶很好的葡萄酒，花了他 120 瑞朗，相当奢侈了。我表示不安，因为当时我手头还没有瑞朗，他爽快地说："今天演讲，他们给了我报酬，与我的付出不可相比。"饭后我们在大堂还谈了很久。他的研究主题是中国二十世纪五十年代的文艺理论。他说，他对正统派的兴趣更浓，例如林默涵。他又认为，西方汉学之大病是把反对派奉为英雄。我承认他对西方汉学的批评是对的，但很难理解他对中国二十世纪五十年代正统派的兴趣。杨炼也半嘲讽半同情地问他："你弄那些东西有意思吗？"

我对他的好感缘于他的坦率。他告诉我，他对"尼采在中国"毫无研究，是冯铁一定要他来，并提供了有关资料。他还告诉我，他的太太已受哥伦比亚大学之聘，明年要去任东方艺术教授，口气颇有自惭之意。

第三日 旅游胜地或尼采故居

早餐后，与杜、龚结伴，沿乡间小路向远处走去。所谓乡间小路，也是可以通汽车的。路的两侧，满目是绿色的山丘和草坡，以及散[illegible]装饰着鲜花。离路不远，有一道小溪。我们正走着，迎面涌来一大群肥胖的绵羊，遮蔽了前面的路，挤挤攘攘地流过我们脚旁。奶牛们安详地在草坡上休憩。停停走走，大约一个半小时，来到一座短桥，桥的那边是高山，山顶有积雪。我们在桥边小憩，然后返回。

我从尼采的作品中早已知道西尔斯－玛丽亚，从 1881 年起，他连续七年在这里度夏，以躲避别处的暑热。现在这里是瑞士的旅游胜地，不过要到冬季才是旺季，据说是阿尔卑斯山麓最佳的滑雪地之一。一条公路贯穿这个小镇，镇上密布着旅馆和饭店，价格昂贵。四面环山，山顶的积雪在阳光下白得很温柔。离镇不远，有一条小路通往一片湖，那是尼采当年经常流连的地方。我们只来得及走到湖边，向湖面眺望片刻。至于尼采喜欢躺在其上沉思并且产生了永恒回归思想的那块著名的石头，以及刻有查拉图斯特拉名句的另一块石头，终于没有机会去寻访了。

尼采故居也在公路旁，已被旅馆和饭店们包围，一座简陋的两层小楼。其实，当年尼采只是租用了二层楼梯口的一间小屋，现在却是整栋小楼被命名成了尼采故居。小屋里的陈设十分简单，一张小床，一张摆着瓷瓮和瓷盆的小盥洗桌，还有一张更小的书桌，没有抽屉，简陋至极，上面铺着一块蓝色的桌布，放着一盏煤油灯。Bichler 告诉我，只有这块桌布是当年的实物，是尼采亲自设计的，选用深蓝色是为了避免有病的眼睛受亮光的刺激。

现在故居也用作旅馆，向与尼采研究有关的人士开放，Bichler 和杨炼就住在尼采小屋的对门。故居中还有一间小屋成了商店，出售各种以尼采的名义制作的纪念品。遥想当年，尼采在这座所谓故居中只是一个贫穷的寄宿者，双眼半盲，一身是病，就着昏暗的煤油灯写着那些没有一个出版商肯接受的著作，勉强凑了钱自费出版以后，也几乎找不到肯读的人。他从这里向世界发出过绝望的呼喊，但无人应答，正是这无边的沉默和永久的孤独终于把他逼疯了。而现在，人们从世界各地来这里参观他的故居，来纪念他。真的是纪念吗？对于来西尔斯－玛丽亚的绝大多数游客来说，所谓尼采故居不过是这个风景胜地的一个次要景点，所谓参观不过是一个顺便的旅游节目罢了。

下午 5 时，森林旅馆经理举办酒会，招待与会者。酒会开始前，波恩大学教授 Kubin 走到我面前，严肃地说了一番话：“我发现你很少听会，是不是对我们的会不感兴趣？如果我在中国这样，你们一定不高兴。你们老说我们德国人不客气……”我说明原因是自己失眠，第一天没有听他的报告确实是这个原因。

冯铁和那个经理先后讲话，人们手举酒杯，伫立恭听。我也手举酒杯站着，突然感到眼花，便挪向临近的一张桌子，放下酒杯，然后——我发现人们围着我，有人在焦急地问：“你怎么了？怎么了？”我怎么了？一定是有片刻失去了知觉。

Kubin 向我道歉："对不起，我太直率了，不知道你身体不好。冯铁常常对我说你多么不得了，所以我对你寄予厚望。我盼望着听你的报告。"

他是一个不苟言笑的人。后来我知道，他有过丧子之灾，二十多年前他的儿子在滑冰时摔死。后来他娶了一个中国女子。

我没有吃晚饭，回旅馆休息了。当夜仍在 2 时醒来，失眠到

第四日　里尔克听天籁的地方

规规矩矩地听了一天会，因为这是最后表示礼貌的机会。报告中有时出现我的名字，于是知道我也成了这些汉学家谈论的话题。下午 2 时轮到了我。我先用德语说了一段开场白，然后用中文讲演，斯洛伐克汉学家 Garik 替我翻译。本来让我讲尼采作品汉译问题，但我着重讲了中国人对尼采哲学的接受问题，大意是——

我有一个疑问：中国有没有真正的尼采研究，一般来说，有没有真正的西方哲学研究？自从清末民初西方哲学传入中国以来，中国人之接受西方哲学，都不是把它们当作哲学来接受的，而是试图用它们来解决中国的现实社会问题，结果是用中国的社会问题取代了西方哲学本身的问题。在这过程中，西方哲学被缩减了，每一种哲学都被缩减成了某一个或几个具体论点。究其原因，最重要的是因为中国哲学具有实用性，如王国维所说，仅是政治学说和道德学说，没有形而上学，因此，西方哲学一旦进入中国，就失去了形而上学的品格。西方哲学的精神始终是形而上学，即

使像尼采这样反对传统形而上学，也仍然是走在形而上学这条路上的。正因为这个原因，“上帝死了”于他才会成为一个严重的问题，虚无主义才会成为西方人的精神困境。中国人从来没有上帝，所以也根本不会觉得“上帝死了”是一个问题。中国没有形而上学，所以也不会有虚无主义。就尼采而言，中国人从来没有把他作为一个哲学家来接受，而只是接受了他的一部分道德学说，并且是与他的整个哲学割裂开来孤立地接受的。尼采的道德学说是他的哲学的一个局部，是他批判传统形而上学和重新解释世界的努力的一个环节。可是，包括鲁迅在内的中国人却仅仅把主人道德这个内容抽取出来，用来为改造国民性和鼓励民族自强服务，至于尼采道德学说中更核心的内容，他对道德之起源和本质的看法，他的道德学说的形而上学背景，皆不在视野之内。所以，中国有尼采爱好者，却没有尼采研究者。

从我本人所出版的有关尼采的著作的遭遇，也可看出这一点。《尼采：在世纪的转折点上》极其畅销，也大得“尼采在中国”研究者的青睐，《尼采与形而上学》却只有可怜的印数，也遭研究者们的冷遇。可见直到今天，中国人仍只关心尼采学说中那些可以与中国社会实践相结合的内容，而对他的哲学并无兴趣。当然，我虽在探讨他的哲学方面做了尝试，但怀疑自己作为中国人，在研究西方哲学这条路上究竟能够走多远。所以，我知难而退，决定只做我力所能及、对于中国学术也真正有益的事情，这就是翻译尼采著作。

未曾料到，我的讲话几乎引起了震动。散会后，Kubin 立即上前对我说：“谢谢你做了一个很好的报告，面对这么多研究中国的学者，你很勇敢。”在当天夜晚的一次聊天中，冯铁对Bichler说，我的报告等于给会议做了总结。后来他又对我说，我这是第一次提出了态度问题。Bichler则显然因为这个报告而对我说：“你这么有才能的人，在中国可惜了。你应该到西方的大学教学，这样你[illegible]有了可以对话的人。”

那么，他们许多人用我所得赞扬的[illegible]话，究竟说了些什么呢？我是一个容易自卑的人，到头来却总是发现，我好像用不着这样自卑。

下午4时，会议包了一辆大巴，向一个名叫Soglio的地方进发。我在车上才听说，里尔克曾在那里居住，这使我兴奋不已，欢呼不虚此行。我最喜欢的两个德国人，我寻访了他们的足迹。

汽车盘山而行，一路风光旖旎。在西尔斯－玛丽亚尚须寻找的秀峰雪顶，这里触目皆是。而且，幽静，完全的幽静，不见人影。一座雪山屹立在一片大湖边，山无语，水无语，千年沉默。车行将近一小时，到了目的地。

崇山峡谷，此岸是一条小路，小路边一个村庄。天下着小雨，我踩着石子路，拐进村里，急于去寻找里尔克。许多人跟随我而来，戏说是跟随着尼采。来到一家旅馆，人们说，就是这里。旅馆原名Willy，由Willy家族经营了近一百年，直到二十世纪七十年代初易主。餐厅的墙上挂着这座楼房最早的主人的画像，是十八世纪的一个将军。冯铁带我上三楼去看里尔克住过的房间，那间房间很宽敞，平时锁着，有参观者才打开。看说明书，知道里尔克于1919年在这里住了两个月，写了许多信和散文Das Ur－Geraeusch，我想应该译为《天籁》。这里的确是听天籁的好地方。

在村里游览。房屋多为石片屋顶，木结构，形状各异，皆古旧稚拙。村中有石筑洗衣池，引入溪水，据说现在仍在使用。但我们发现街上行人极少，许多房屋也都无人居住，大约是被城里人买了度假用的。最美的是一个小公墓，就在一条乡村小道的一侧，走进它的铁门，却发现它就是悬崖的边缘，脚下一百米的深处铺开辽阔的草地，远处是巍峨的雪峰。想当年里尔克站在这里，如何还会有一丝俗虑。后来又登村后的山坡，站在高处回瞰暮霭中的村庄和村中小教堂的尖顶，一派静谧的景象。

冯铁说，在整个瑞士，这里是他最喜欢的地方。的确，与这里相比，西尔斯－玛丽亚就显得过于热闹和通俗了。

晚上就在那家旅馆用餐，我们围坐在长长的餐桌旁，食物很丰盛，有三道：一，一种有馅的面，奶酪浇汁；二，小牛肉排骨；三，甜馅饼。西方人爱演讲，晚宴前后，冯铁都发表长篇演讲，每一次都是兴致勃勃。Garik一定喝醉了，用斯拉夫口音的英语拖长节奏大声讲个没完，以至于冯铁不得不递纸条请他打住。

这位Garik，两年前在北京见过一面，最近刚过六十五岁生日，这些汉学家凑兴编了一本厚厚的论文集献给他。据我观察，他是个国际会议专业户，从前曾把茅盾作品译成斯洛伐克语，现在主要的事情就是开会。不过，人是厚道又不乏幽默的。在一次早餐时，他看见我，便发议论说："看周国平的书，我以为他是一个很厉害的人。接触了人，发现他其实很温和。这都很像尼采。"杜建成告诉我，他听见 Garik 和冯铁的对话。Garik 原打算给这次会议写一篇论周国平的论文，冯铁觉得周太年轻，不合适，劝阻了，结果他交了一篇论茅盾的老论文。这也可见他的厚道。

晚宴时，Kubin 坐在我旁边。我们之间的一段对话：

“Garik 对我说，你很怕羞。是这样吗？”

[illegible]

“为什么呢？”

“不自信。”

“为什么不自信？”

“因为不了解别人。”

这个回答好像有些出乎他的意料，他一愣，接着又好像有所会意，不再往下问了。

回到住处后，大家又在小客厅喝酒聊天。我与 Bichler 走得最晚，一直聊到凌晨 3 时半。他的谈兴实在高。他在德国注册了一个公司，最近要去北京做生意。果然是一个灵活的人。

冯铁邀我到他在 Basel 的家住一夜。他总是面带笑容，很友善，也很诚恳。他建议我把尼采的遗稿也全部翻译出来，可以分两步，先译正式作品。我表示，我自己也要写作，时间有限。他马上说：“我非常喜欢你的散文。你这次能来，我非常高兴。”我知道，他买了我的文集。这次我把我译的全部尼采作品送了他一套。留学美国的邵立新不久前刚完成博士论文《尼采在中国》（英文），其中有一章专写我，送了我一份打印稿，我也转送给了他，后来邵将此书在德国出版了。

第五日 到日内瓦做客

早晨离开西尔斯—玛丽亚，乘山区巴士，在沿途小镇停了一站又一站。车窗外掠过草坡和农田，不远处，四面环山，白色的云雾随心所欲地散落在山的各处，缓慢安详地移动着。

近中午12时，到达苏黎世，立即购票，乘上开往日内瓦的列车。那里有一位朋友叫刘铁柱，二十世纪六十年代台湾学生运动的骨干，因为喜欢我的书，到北京时曾与我见面，是一个极诚恳的人。他邀我到日内瓦做客。

车行三个小时，到达后，在车站打电话给刘铁柱，他开车来接。先到他的工作地——联合国欧洲总部，他和来自中国大陆的小赵带我参观，给我照相。他和妻子张小瑞买了巧克力、酒、香水、烟、小用具送我和郭红。日内瓦湖把日内瓦分成两部分，西部是市区，东部多为国际组织驻地。他们这些国际职员拥有购物的特权，可以买到便宜得多的商品。不过，同时他们的生活十分单调，因而譬如说这些中国人就非常热心于自办华文书会和华文刊物，当作生活中十分重要的一件事，而刘铁柱则非常渴望了解华人世界的种种消息。遗憾的是，在这方面我不能向他提供最起码的满足。

在家晚餐后，又到他的同事苏凤英家小聚，此外还来了三个华人职员。苏是越南华裔，给我寄过一些她发表的诗，现正跟着一个印度人学修行。

第六日 从日内瓦到巴塞尔

整日下雨。刘铁柱开车，冒雨带我游览日内瓦市景：日内瓦大学的公园，圣皮埃尔大教堂，市中心的街道。然后，车行近两个小时，到达石墉古堡（Chillon）。途经一座别墅式城堡，现在是[illegible]我从锁着的栅栏门外匆匆看了和拍摄了这栋小楼，想起拜伦和雪莱[illegible]守社会的排斥，结伴旅行至此，心中不免激动。

石墉古堡坐落在维托克斯（Veytaux）和蒙特尔（Montreux）之间的日内瓦湖畔，那是风景最美丽的一段湖畔，被誉为瑞士的湖畔明珠。古堡本身又成了这一段湖畔的画睛之笔，美景中的美景。它盘踞在近岸的一块巨大岩石上，整个建筑群用石块垒砌而成，有一座木桥与岸连接。登上塔楼俯瞰，堡内房屋重叠，巷院勾连，俨然一座迷宫。古堡最出名的是地牢，那里有一排石柱，第三根石柱上镌刻着拜伦的亲笔签名，第五根石柱前有一个背靠柱子坐在地上的修士的塑像。修士名叫博尼瓦，是十六世纪时圣维克多修道院院长，因为主张日内瓦独立而被关进地牢，用铁链锁在这根柱子上达四年之久，并目睹锁在另两根柱子的他的两个弟弟先后死去，他自己在瑞士人攻占古堡后才获自由。拜伦热爱自由，也热爱每一位自由斗士，以此为题材创作了长诗《石墉的囚徒》。

从古堡驱车，途经 Vevey 市，铁柱告诉我，卓别林晚年在此居住并去世。半小时后到达洛桑，我立即乘列车去巴塞尔。

从洛桑到巴塞尔，行程两个小时二十分钟。前半程，欧洲最大的湖日内瓦湖一直相伴，地势也比较平缓。车行一小时后，过了 Biel，便再看不到日内瓦湖了，车常穿行在山间，景物也由满目翠绿变为黄绿相间，气温明显下降。在巴塞尔下车后，我立即穿上了毛衣。

原来与冯铁约，我在下午 6 时 30 分到达巴塞尔，因改变行程而提前了一小时。在洛桑，给他打电话，他说尽量赶到。实际上，他是过了 6 时 30 分才到车站的。一见面，他表示欢迎我到他家做客，又马上道歉说，他明天有事，必须在上午 10 时回到苏黎世。我说没有关系，我可以和他一起回去。我以为他会开车来接，可是，只见他突然朝马路对面的电车站奔去，一面大声喊我跟上。天哪，天下着雨，我背着包，拖了一只箱子，极其狼狈地跟在他后面狂奔。这个情景在次日早晨又重演了一遍。

到住所后，我们很快又出门，他带我游览市景。饥肠辘辘，淋着雨，步行，真是日尔曼人的方式。不过，市景实在美，特别是巴塞尔河畔教堂一带。乘电车回住处，而且为了赶车，是逃票。

在我建议下，我们在家里用餐。他做牛肉面和色拉，手艺不错。吃饭时闲谈，聊了各人的经历。他在柏林大学读本科，一边做出租车司机。在波恩大学读博士，导师就是 Kubin。妻子也是柏林大学的学生，年级比他低，要求他毕业后去赚钱，他办不到，离婚了。现在的女友在意大利，无意结婚。

他过的是典型的单身汉生活。书很多，包括许多中文书，比我还多。桌上有一本厚厚的书，是某中国学者刚出版的，他指着那本书摇头说：一个人怎么可能每年写一本这么厚的书呢？我表示赞同。他极刻苦，正在做博士后，题目是中国的夫妇作家。他之所以匆匆接待我，完全是因为舍不得时间，他要去用功，对此我完全能够理解，因为我也是一个舍不得时间的人。

第七日 归程

我与冯铁分手，独自在街头散步，或者坐在苏黎世河边看风景。三个小时后，跳上开往机场的专列。

在机场，出关，逛那些免税的商店和商摊，买了一块瑞士手表。候机室里，一个中国女人在向她的同伴大声谴责她的某个同事，抖搂单位里的那些破事。中国人的确丑陋。

我要了一个靠窗的座位。与来程一样，这个座位在机舱最后部。一个年轻漂亮的空姐用中文向我问好，我夸奖她，她露齿一笑。她发现我会说德语，送餐时让我替周围的中国人翻译。飞行约十个小时。与来程不同的是，回程要在飞机上过夜。同为时差，来程是延长了六个小时，返程却是缩短了六个小时。飞机从西向东，在追赶黑夜，接着又在追赶黎明，昼夜都短了。黎明前的云景极美，如海上之日出。

隐居古堡——海德堡札记

一家三口的隐居

万里晴空，祥云朵朵，一架中国飞机从北京飞往法兰克福。飞机上，一个九个月的娃娃，她显得很愉快，不停地向比她大的别的黑头发或黄头发的娃娃招手，她的爸爸和妈妈在一旁微笑。

四月下旬，在延搁了十天之后，我们的德国之行终于启程了。

因为 Axel 的热心张罗，海德堡大学汉学系邀请我担任半年的客座教授。我说，我怎么能够和我的才几个月的女儿分离半年之久呢。Axel 说，我们怎么会让你和你的女儿分离这么久呢，你们一家当然要一起来。他也有一个小女儿，心爱得不得了，非常理解我的心情。于是，我们一家都受到了邀请。可是，签证出了麻烦。在北京的德国使馆表示，红和孩子的签证只能按照家属团聚的规定办，批复下来需要一至三个月。为了使她们提前得到签证，Axel 在海德堡费尽了力气。他一边与市政府交涉，一边频频往北京打电话，发电子邮件，向我通报进展，给我打气，顺便总要愤怒地申讨一番德国使馆的官僚主义。其实，我和 Axel 只见过两面，因而他的一片真情和满腔正义就更加令我感动了。

另一方面呢，与德国使馆打交道的经历实在使我厌烦。虽说[illegible]但是，这次办理出国手续的过程使我感到，中国有关[illegible]使馆相比，可以说是态度友善而且通情达理了。一次次往使[illegible]证处跑，看见的永远是签证官以及他身边的中国小姐的冷冰冰的面孔。由于上班时间短，只有上午三个小时，申请的队伍相当拥挤。好容易轮到了你，他们却用几句话就把你打发走。要查询任何一件事，你必须忍受这种徒劳的奔波，因为给签证处打电话，那里几乎永远没有人接。我本应该在十天前动身，学校已经给我排了课，我也预订了机票，可是，为了等太太和孩子的签证，只好不断地把机票后延。红初出国门，我不能想象让她独自带着一个婴儿上路。反正我是横下了心，如果不能全家一起走，就干脆不走了。一个中国学者应德国大学的邀请去讲学，家属也在被邀请之列，她们就不能同行，非要拆散了走吗？未免太不近情理了吧。倘若德国政府邀请中国元首去访问，也要元首夫人按照家属团聚的规定随后再去吗？当然不，那么，又未免太势利眼了吧。我把这看作事关人权，因此理直气壮。

两天前，签证问题终于解决。为了能赶上明天要上的一再被推迟的第一课，我们一家三口今天便上了路。我们搭乘的这趟班机在上海稍作停留，航程相应延长，共用了十五个小时。上午 8 时多从北京起飞，到达法兰克福是当地时间下午 5 时许。一入关，我们就看见了我们的与德国官僚主义斗争的坚强盟友 Axel，他的含笑的眼睛在浓密的胡须中显得格外温柔。

赴德之前，Axel 早已替我们租好了住房。他在电话里告诉我，住房位置很好，就在学校附近，是一间 30 平方米的大房间，带卫生间，厨房是公用的，月租金 1150 马克。我觉得贵，我的月薪是 3000 马克，房租和保险去了一半多，不免心疼。但是，因为不了解当地情况，只好接受了再说。

可是，在住下以后，我和红都感到十分满意，不复存乔迁之念了。

位置真是非常好。第一，离城堡只有十分钟的路程。海德堡之所以闻名，就因为有这座美丽的城堡，而城堡最美丽的时候当在游客散尽之后，唯有定居者方得享用。我们不啻是做了城堡的暂时的主人，至少是邻居。第二，离学校只有二十分钟的路程。海德堡大学分老区和新区，新区在城外，老区就在主街上或主街两侧。我工作的汉学系在老区。住处离得近，我上下班就异常方便了，不过是散一会儿步罢了。

我们之所以感到满意，还因为我们觉得房东好。她是一个五十岁的女人，高挑个子，待人热情爽朗。她和她的丈夫都是受过六十年代红色风暴熏陶的人，没有种族观念，她的房客一直是来自不同国家的访问学者。她自嘲地说，她在大学学的药物学，而现在成了一个家庭妇女。这是真的，她现在的全部精力都用于管理这栋房子和这个家。在一张纸片上，她给我写下了她的全部家庭成员的名字：

Cora（她）

Michael（丈夫）

Billie－Marie（大女儿，十六岁）

Frederic（儿子，十[illegible]岁）

Celina（二女儿，十岁）

Isabel（小女儿，九岁）

Kofi（与前夫、一个黑人生的儿子，二十八岁）

她说，她给孩子们取的名字，可以用德、英、法各种语言拼音。在这一带，她以孩子多而著称，人们提起来颇表不屑，但她却感到自豪。她也真是喜欢孩子，为小啾啾准备了童车、小床、热水瓶，还送来了一大篮玩具。每见到啾啾，她就表情丰富地对啾啾说动听的德语，她的确把德语说得非常动听，啾啾一开始怕，很快就喜欢听她说并且笑了。啾啾的到来必定是这个家庭期待已久的一件大事，特别是三个较小的孩子，我们到达的当晚，便隆重地前来参见，后来也总是依依地流连在啾啾身边。Celina 和 Isabel 玩儿秋千，她们发现，从荡到高处的秋千往下跳，啾啾便会大笑，于是她们就争先恐后地跳。

山坡上一栋漂亮的楼房，楼房里一个富有人情味的家庭。我们将在这栋楼房的一间宽敞明亮的房间里生活半年，与这个可爱的家庭为伴。有没有不足之处呢？有的，楼房紧靠公路，那早晚不歇的汽车声破坏了本来应有的宁静。

我领到了我的办公室的钥匙。

这是一栋白色的四层大楼，汉学系在第三四层，我的办公室在第四层。凡是走进我的办公室的汉学系教师都会告诉我，这间办公室是全系最好的。图书馆长 Hanno 来帮我调试电脑，临走羡慕地叹了一句：“坐这样的办公室，多舒服！”我去过别的办公室，的确都比这一间狭小。尤其引人注目的是，在整幢楼里，唯有这一间拥有一个小巧的阳台。站在阳台上，倚着白漆斑驳的雕花铁栏杆，眼前是教堂的尖顶、葱郁的山坡和古铜色的城堡，真是心旷神怡。

Axel 告诉我，汉学系共有四个教授，其中一名是客座教授。现在这个客座教授就是我。门口的标签表明，我的办公室是每一届客座教授专用的。

这就是说，在海德堡大学汉学系，我实实在在占据了一个客座教授的名额，我的东道主对于我的课程将会是认真的。我忽然意识到了自己的责任。

Weiglin 教授是我的真正的邀请人和东道主，今天我见到了她，极精干的一个中年女子。Axel 说，她二十一岁得到博士学位，三十一岁当教授，在德国是罕见的。一见面，她说，你终于来了。我说，让你们费心了。她立即说，不是你让我们费心，是使馆让我们费心的。她又对我说，系里的学生都重实用，你的课有四人报名，算是多的了，希望通过你的课提高我们系对理论的兴趣。以前我们或者研究中国，或者研究德国自己，现在你研究和讲授两者的关系，这是新的角度，会对我们有启发。

海德堡是一个小城市，它之所以出名，一是拥有德国最古老的大学，二是拥有德国最美丽的城堡。因为前者，读书人负笈而来。因为后者，旅游者蜂拥而至。

五年前，我曾经来过这里，是千百万旅游者之中的一人。作为一个旅游者，我看城堡，看古老的校舍，也看别的旅游者。在我的眼里，肤色各异的旅游者也是一道风景。

可是，今天，作为这里的一名大学教师和居民，我感觉到了旅游者的吵闹。我尤其讨厌马路上那些川流不息的汽车，当我们推着童车往返于住处和学校时，擦身而过的车流构成了真正的威胁，使日常的散步变成了紧张的战斗。

Axel 对于海德堡之成为旅游城更是有切肤之痛。他愤愤地说："海德堡只有一个美丽的外壳，没有心。"他告诉我这样一件事：法学系一位著名的老教授正在上课，突然，门推开了，一群日本游客闯进来，对着他和学生拍照。老教授顿时气得发抖，说不出话来。

有两个海德堡：一个是作为大学城的海德堡，一个是作为旅游城的海德堡。当然，市政府喜欢后一个海德堡，因为它要靠旅游业赚钱，在它眼里，大学也只是一笔旅游资源而已。一幅普遍的现代图画：在趾高气扬的金钱面前，文化是一个受气包。

第一个周末，又是"五一"，我们一家三口上街。在城里，遇见某团体组织的游行示威，多为土耳其人，有警察在周围走动。我们来到内卡河畔的草地上，坐下来晒太阳。我们坐了很久，啾啾在草地上爬，周围全是不认识的人。以后的日子里，这样的情景重复了一次又一次，而啾啾由爬到晃晃悠悠地走，再到步履稳健，一天天在长大。

一家三口的隐居生活就这样开始了。

真正是隐居。平常的日子里，我每天早晨下山，穿越几条小街，到我的办公室上班。我会带一些干粮，用做午餐。有时候，红上午就带啾啾来找我，我们便在商店里买一点儿快餐，比如面包、肉肠、烤鸡、水果，在办公室里共进午餐，办公桌成了餐桌，而啾啾就坐在这个餐桌上，仿佛也是我们的一道点心。一般情况下，红下午才带啾啾下山，先到离汉学系不远的一个儿童游戏场，在那里玩一两个钟点，再来办公室。

红暂时做了全职母亲，每天做得最认真的事是带啾啾到游戏场玩，说是为了培养啾啾与小朋友交往的开放性格。她感到担忧的是，回国以后怎么办。在欧洲，无论哪国，无论居民区还是公共场所，隔不多远都有这样的儿童游戏场，安装了各种游戏设施，供孩子们玩，同时也使他们有机会互相交往。在中国，甚至多数公园也没有这类设施，遑论其他地方。我相信，一国的文明程度的确可以由其关怀儿童的程度见出。

多少年后，我肯定仍忘不了这样一个镜头：我在办公室里用功，门开了，一个一岁的胖娃娃兴致勃勃地走进来，那模样结实而活泼，直奔我身边，她的妈妈则总是故意迟一步，让爸爸和女儿获得一个单独会面的典礼。这意味着我该休息一会儿了。如果已是下午，则是我们该一起回家了。在回家前，我们多半会去附近的一个小超市，买明天的或者够两三天吃的食物，然后，一家人踏着暮色回山上的住宅。

在海德堡的许多日子就是这样度过的。也许因为生活的内容十分简单，日子过得真快。

在海德堡住下不久，张雪开车，带着越胜和盈盈来看我们了。他们晚上到，第二天待了一天，只做了一件事，就是带我们到超市购物。越胜说，每天背食品上山太累，趁着有车，多储备一些。这是实情，那一段山路挺陡的，徒手已觉得累，我们一人推童车，一人背一大包食品，每次都气喘吁吁。几个月下来，体力倒是大增了。

傍晚，我领越胜一家冒雨到城堡走一圈，随后他们匆匆离去。从巴黎到海德堡，单程五六个小时，来去风尘仆仆。红说：你们就是拼命赶路，来替我们买东西，然后又拼命赶路，一点儿也没有玩。越胜说：就是来看你们，看到了，就可以了。事实上，他们此行完全是为我们服务，不只是购物，还送来了音响和学步车。红第一回见到越胜，对我说，她觉得越胜非常平和，淡然于一切利害之争。

我们在海德堡的人际交往也十分简单。朱青生的太太邹桦在这里的一家研究所工作，朱有时来探亲，大家在一起聚过两三回。我和红对邹桦的印象很好，觉得她善良、朴实、本色。她是中医，医术高明，红有一次患急性盲肠炎，她用针灸一次治愈。艺术系有一位姓罗的访问学者，人很热情，也偶有来往。

建民在法兰克福，一个小时的火车，当然是要互访的。我们去过两回，他来过一回。两次在法兰克福火车站，都遇到吉普赛人纠缠。第一次，几个孩子围着我们，手中拿着硬币，七嘴八舌。为首的是一个少女，伸出手使劲拧啾啾的脸蛋，啾啾哭了，我们赶紧走开。第二次，一个女人拿着一枚 2 马克的硬币，说要换零钱。我把硬币都掏出来，发现只有一枚1马克的硬币，便送给她了事。不料她看见我手中有一枚2马克的硬币，非要那一枚不可，一边装出欲哭之状，说她要吃饭。我这才明白，换零钱只是借口。为了脱身，我马上给她了。

第一次从法兰克福返回海德堡，下了火车，红觉得累，我们便乘公共汽车。由于看不明白告示，搭错了车，车到俾斯麦广场就是终点了。红舍不得再花车钱，我们就走回家。已是夜晚，两人都累，轮流抱啾啾，一路走着，红沮丧地说人穷志短呀。

我的课程

我开的课程，题目叫《二十世纪中国知识分子与德国哲学》。海德堡大学每年都出版一本课程目录，有四五百页，我的课程可在本年度的目录中查到。

报名听我的课的学生有四人。两个中国人：一位是来自厦门的刘乐中，他在国内时就知道我，对我十分友好，常来与我聊天，并主动帮我办一些事；另一位是来自台湾的林倩君小姐。两个德国人，也是一男一女，Joerg表示对哲学感兴趣，我忘记那个女孩的名字了，她很内向，我问她为什么要听我的课，她说是为了学中文。实际上还有别的人来旁听，最多时我的课堂上坐了十一个人，其中有汉学系的教员，别系的中国学生和访问学者。临近学期结束，旁听的人都不来了，也许都在准备度假了吧。

我每周上一次课，半天时间。不过，我实在是非常勤勉，几乎每个工作日都在办公室里度过，为每一堂课花费了许多倍的备课时间。我讲的内容包括：王国维与德国哲学；鲁迅与尼采；二十世纪中国知识分子接受德国哲学的概况和简评。其实这是我在国内时已开始做的一个研究，由于第一个问题的研究比较成熟，就成了讲课的重点，而在备课的同时也就在写相关论著的初稿。

在讲王国维与德国哲学时，涉及康德，我找到了一个很好的说法：康德的独特之处在于，他承认有不同于感觉印象的理性认识（区别于经验论），但把理性认识也归于现象（区别于唯理论）；后面这一点，是他首先提出来的，结束了西方哲学史上靠理性把握世界本体的梦想。

据我观察，在听我的课的人中，能在哲学上与我交流的只有Gentz。他是汉学系的博士和副教授，旁听过我的几堂课。他的专业是春秋公羊和宋代哲学，给学生开课讲“四书”，口碑很好，都说他年轻而有才学。我对他的印象也颇佳，人温文尔雅，毫不张扬。一次我谈到尼采对Sein之导致形而上学的见解，他插话说，康德在批判上帝存在之本体论证明时已有此见解。在汉学家里，像他这样懂哲学的人不多见。

最后一堂课，教室里只来了一个学生，那个名叫Joerg的德国小伙子。结果是我和他聊了两个小时。小伙子也很内向，平时话语不多，对思想有兴趣但好像还没有真正上路。我刚到任时，征求对课程的意见，他表示对真理问题感兴趣。现在他又表示，要以此为题做一篇作业，拿我这门课的Schein（学分）。德国大学规定，学生要得到一定数量的Schein，方能参加中间考试和论文答辩。除了他，林倩君也要拿我的课的Schein，题目是比较王国维与叔本华、尼采的天才观。我对他们两人的构想都提出了修正，而他们均感到满意。不过，后来 Joerg 并没有写所约定的作业，林倩君则是我离开德国后写的，寄给了我，我给她打了分。Joerg 的问题是对哲学有朦胧的兴趣而没有真正进入。他承认，他没有读过康德，是在我的课上了解康德的思想并且感兴趣的。他谈到，他上大学已五年，五年中德国大学三次改革，对他都很不利。第一次，规定入学两年后必须通过中间考试，否则取消奖学金。第二次，规定入学五年后必须毕业，否则也取消奖学金。第三次，规定八年必须毕业，否则取消学籍。所谓奖学金，是指政府给每个德国学生每月 800 马克的生活补贴，以贷款方式给予，就职后再逐年偿还。

我的课程在七月上旬结束了，此后学校开始放假。假期里，除了外出旅游十天，我们在海德堡继续待了两个月。我依然用功，做两件事。一是查阅海德堡大学图书馆所藏的有关尼采的书。图书馆在山脚下，几乎就在我回家的必经之路上，与一座小教堂相邻。走进古色古香的大门，里面规模颇大，共三层，环形，图书全部开架，任何人皆可自由进入看书。外借要凭借阅证，不过，不必是海德堡大学的教师或学生，凡是持有海德堡的居住证或暂住证的人都可以办这个证。外借不限量，而且十分方便，我坐在自己的办公室里，打开电脑，上图书馆的网，把想借的书勾出，输入自己的姓名和卡号，第二天就可以到外借柜台取书。可惜借到的书根本看不完，只能粗略翻阅一下。二是看汉学系所藏中国解放前的书，产生一个计划，想侧重人生观角度研究中国知识分子对西方哲学的接受，列了一个提纲，但后来没有弄下去。

本来以为，在我逗留海德堡期间，那间办公室将始终归我使用。谁知好景不长，仅一个月，就被安排进来了一个美国女教授，Weigelin的朋友。此人极胖，开朗健谈，会汉语，不会德语。一见面，就对我大谈王光祈，在她口中，那是一个了不得的天才。我很惭愧，作为中国人，竟不知道中国有过这样一个伟大人物。我终于听明白，王是《少年中国》杂志的创办人，周恩来的战友。西方汉学家的研究题目常常出人意料，而且被他们研究的对象好像都特别重要。

要命的是，美国人往往是工作狂。自来以后，这个胖女人每天从早到晚都坐在我对面的办公桌前，一边戴着耳机听音乐，一边兴致勃勃地操作电脑。无论我什么时间到办公室，一进门就必定看见她巨大的身躯。她随时会发表议论，不管我多么沉默，都挡不住她讲话的热情。我是习惯于独处的，我不知道，身边始终有另一双眼睛和另一张嘴巴，我还如何能思考和写作。

在我眼中，她是一个“入侵者”。但是，我没有驱逐她的权利，只能接受和容忍。其实，在汉学系一位退休老教授眼中，我又何尝不是一个“入侵者”。我在办公室里偶尔会遇见这位老教授，他曾是这间办公室的主人，还保留有钥匙。书柜里的书也是他的，屋角堆着一摞薄薄的小册子，是他翻译的唐诗选，想必是销售不掉，出版社让作者自购的。他总是趁无人时进办公室，每次相遇，他立刻默默地离去了。

看来，现在我也只能选择离去。一开始，我决定把城堡当作我的办公室，找一个僻静的地方，天天去那里读书、思考、写作。两三天下来，我发现根本行不通，游人必然会使我分心。那么，只有待在家里了。但是，因为没有独处的空间，也是做不成什么事。身边有一个啾啾，你不是忙碌，就是惊喜，总之不得安宁。原先是红独自带孩子，现在变成了两个人带，结果一天下来，两个人都累。这样的情形持续了一个月，为无法工作而烦恼，日子过得浑浑噩噩。

美国人终于走了，我回到办公室，正庆幸又可以独处了，没想到当天下午又进来一位女士，是捷克的汉学家，宣布要与我合用两个月。她进门就问："Weigelin 给我留的咖啡在哪里？"然后一一查看咖啡、伴侣和糖，边看边满意地自语。我心想，还不是那个美国人用剩的，值得这么在乎吗？不过，后来我发现，她倒是一个很安静也很知趣的人。尽管如此，我仍无法习惯在别人面前工作。西方这些女学者也真叫用功，永远在办公室里待着。我不再心存侥幸，原先注意到隔壁有一间小小的办公室，是 Gentz 的，他很少使用，便向他借了钥匙，此后就成了我的避难所。

六月的一天，以欧共体的一个组织之名义，在海德堡大学召开了一个讨论会，题目是"在中国和日本的欧洲形象"。指定的讲演者七人，我是其中之一，也是唯一的中国人。我的发言得到了 Weigelin 和东方艺术系一位教授的好评。但使我惭愧的是我只能用中文发言，Axel 请了一个从汉学系毕业的漂亮姑娘为我做同声翻译。

我开始讲演不久，会场上忽然响起一声清脆的"爸爸"。后来红告诉我，她是想来给我照相的，没想到刚坐下啾啾就喊爸爸，只好立即起身走了，结果相没照成。我一边讲演一边朝发出喊声的方向扫了一眼，我看见红抱着啾啾坐在靠门口的椅子上，她们的眼睛都望着我，她们的形象无比鲜嫩可爱。

我的讲演题目是《尼采和欧洲哲学形象在当代中国》，内容是以尼采哲学的接受为例，探讨中国知识分子对于欧洲哲学的接受的历史、现状和问题。在前半部分，我把王国维和鲁迅作为尼采接受中的代表性人物，分析了他们对西方哲学的不同的接受立场，前者是哲学的和学术的立场，后者是社会的和文学的立场，中国知识界对尼采的接受基本上走在鲁迅的道路上。在后半部分，我谈了中国二十世纪八十年代的“尼采热”和西方哲学研究的现状。我的结论是：中国缺少形而上学和学术独立的传统，使得中国知识分子往往不是作为哲学家、学者，而是作为社会活动家、改革家面对西方哲学，社会关切压倒一切，难以进入西方哲学本身的问题思路。最后我提出，中国知识分子能以何种方式接受和进入西方哲学，这是一个需要深入探讨的问题。

我讲完后，进行讨论。一位女士向我提问，大意是：尼采是从西方的基督教传统中生长出来的，他又是反对现代性的，中国没有基督教传统，又在搞现代化，如何能够理解尼采？这是一个很好的问题。我的回答是，尼采思考的问题有两个方面。一是欧洲特殊的方面，这一方面与希腊和基督教传统密切联系。二是人类共同的方面。我们可以通过后一方面去理解前一方面。例如“上帝死了”，这是欧洲特殊的问题，没有基督教传统的人很难理解这个命题的严重性。但人之需要对于生命意义的信仰，这是人类共同的，我们借此而得以理解“上帝死了”对于欧洲人意味着什么。

过了几天，Axel 看见我，问那天散会后去哪里了。我说，回家了呀。他说，欧共体真有钱，那天的晚饭非常好，海鲜大餐。原来那天的会还有晚宴，可是没有人告诉我，也许在会上宣布了而我没有听懂。可气的是，晚宴的地点就在我的住宅近旁，走三分钟便到，那是一栋闲置的小楼，周围是山坡和树林，我常带啾啾去玩，现在才知道它是大学设宴的一个场所。

每次参加国际学术会议，我的发言内容往往得到好评，但我只能用中文发言，这使我感到自卑。

在学习外语上，听力和口语似乎是我始终未能攻克的难关。当然，严格地说，我并没有下功夫去攻克，我舍不得花许多时间。但是，我不得不承认，我在这方面比较低能。我看到，有的人很轻松就练就一口流利的外语，我对这样的人打心眼里羡慕。我自己分析，在我的智力素质中，记忆力本来就是一个弱项，而对声音的接受能力尤其弱。即使是听人讲中文，我也常常听不明白，所以我不喜欢听课或听会。相反，在无声的文字王国中，我却如鱼得水，于是阅读和写作就成了我最喜欢做的事。

这自然也和我的性格有关。按理说，我在德国生活几个月，完全可以主动寻找与人交谈的机会。事实却是，一遇到需要听和说德语的场合，我就退缩。只在逃避不了的场合，例如在银行、商店、餐馆，我才开口说几句，倒也能勉强对付。可是，对方的话一多，我就蒙了，红形容我的状态就好像整个系统突然关闭了一样，停止了接受和反应的功能。说到底，我是太畏怯了。人说学外语要“厚颜无耻”，良有以也。

若干天后，Weigelin 荣升副校长，汉学系一部分人到附近小城 Nekarbemuende 的一家希腊餐馆聚餐，以表示祝贺。菜很不错，也不算贵，费用由大家分摊。

席间，Weigelin 特意到我旁边，与我聊了一会儿。她又一次感谢我那天做了一个很好的讲演，并说，她与出席的欧洲官员谈，他们都认为我的讲演很好，很有意思。她感到遗憾的是，海德堡大学哲学系的教授们没有出席，认为他们也应该听一听。她觉得我提出的问题是新的，对她很有启发。

讲演那天，Weigelin 曾对我说，原来我们是校友。她于 1975 至 1977 年在北大留学，是“工农兵学员”。我问她，你当时的感觉是什么。她说，那时她很年轻，进校时才十九岁，本来就知道中国很不同，所以对一切都接受。她经历了 1976 年的变化，想了许多问题，那段经历构成了她的学术思想的基础。

现在，我又把话题引向她自己。她所谈的有两点值得一记：一，在波恩大学时，她与顾彬合作翻译鲁迅，但结果发现，两人所译出的德文完全不同。顾受中国六十年代影响很深，认为鲁迅是共产主义者，译出的是大众德语。她则认为鲁迅是知识分子，译出的是知识分子德语。两人争论，无法统一。最后，她决定她译的《呐喊》不出版。我问，为什么不可以都出版。她说，在德国，鲁迅读者不多，都出版有困难。顾是搞中国文学的，出版对于他很重要。她后来搞历史了，出版对于她就不那么重要了。二，她于 1976 年开始读鲁迅，喜欢前期的小说，尤其是《野草》。直到现在，她还常读《野草》，每读都有新的心得。她觉得鲁迅属于她的内心世界，不愿意只当作一个学术研究的题目。

山居情趣

我的住处在盘山公路的拐弯处，院子正门朝向公路的一条支路，叫 Klingenteichstrasse，那也是上坡路，沿路散布着不多几家人家，到最后一家，路就终止了。公路和这条支路相交成一个锐角，在锐角之内，树荫中耸立着一栋淡褐色的三层小楼，便是 Cora 的家。

我们住的房间，有一面窗户朝向落日的方向。从窗户望出去，右侧是邻居家的小楼和院子，左侧是树木扶疏的小山坡，中间是一截公路，在前方转弯处露出了比较开阔的远景。那是山下老城区的一角，圣彼得教堂的绿色尖顶耸立在一片金黄色屋顶之上。

自我们抵达的四月底，到七月中旬，每天傍晚 9 时前后，鲜红的落日便在我们的窗口缓缓下沉，消失在城市背后。

七月上旬是海德堡的盛夏，白天气温达 33℃，夜晚常是雷雨交加。人们说这样的天气已属暑热，我们倒觉得容易忍受，比起北京来算很舒服了。有一天黄昏，其实已是下午 9 时多，几番阵雨，仍乌云密布，天空出现奇异的景象。平时这个时候，我们从窗口欣赏日落，那落日也殷红，但因为整个天色仍是明亮的，所以落日的红不显得怪异，它与天空是一体。可是这一天，天色已暗如黑夜，唯有西边一条殷红，红得如血，落日像一颗赤裸的心浸在这血河里，缓缓地下沉。我与万物一起站在黑夜里，为这悲壮的下沉祈祷。

七月下旬，我们去了一趟维也纳，回来后我发现，从我们的窗户再也看不见落日了。白昼缩短了，下午七八点钟，太阳移到

我和啾啾，在维也纳丽泉宫

维也纳街头

1 城堡下的住宅

2 石墉古堡

在图宾根与 Kogelschatz 教授在一起

左侧山坡的位置时，就已经下沉而被树荫遮蔽。于是我知道，随着季节和昼夜长度的变化，落日的位置也是在改变着的。

八月中旬的一天，天未下雨，只是多云而阴，可是突然感到风吹在身上凉丝丝的了。从那天以后，天天如此，我们都换上了长袖衣服，街上的人们也都换上了秋装。不过几天前，阳光还比较晒人，这时却令人感到温暖的舒服了。就这样，海德堡一下子进入了秋季。

屋前的盘山公路通往山顶，山顶上是宽阔的原始森林。我们曾在城堡前乘小火车去山顶，然后步行下山，走一个多小时。其实，不必走那么远，沿公路走几分钟，就有一片野趣十足的树林，那是我们经常去玩儿的地方。那里地势起伏多变，环境十分幽静，我们几乎没有遇到过别的人。最好的时辰是在雨后，空气清新极了，浓郁的树叶味扑鼻而来，混合着脚下厚厚的腐烂着的落叶的气味，非常好闻。

有一阵，红热中于寻找蜗牛，她知道我馋法国的蜗牛，要为我提供美味。树林里的蜗牛，外形和大小都和法国的菜蜗牛相似。一旦找到一只蜗牛，她又不禁为它的命运悲叹。好玩儿的是啾啾也受了感染，一路走着，眼睛始终盯着路旁，要帮妈妈找蜗牛。几天下来，我们的盆里养了许多蜗牛。我才没有勇气吃它们呢，母女俩终于带回树林里放生，比捕捉时更加兴高采烈。

有一天，母女俩在院子里忙乎。我走出屋门，看见地上一堆堆李子，几只盆里也装满了李子。啾啾端坐在一只盆前，像煞在给妈妈帮忙，只不过盆中好几枚李子上留下了她的牙印。红说，是公路对面那棵树上的，结得太多了，她实在抵挡不住诱惑。我们的冰箱装不下，她就把许多李子冻在地下室的一只大冰箱里，Cora 发现了，说她疯了。后来，除了做了两次水果蛋糕，其余的只好扔掉。

还有一回，红带啾啾回家，离家不远，遇见一只黑色的鸟，对着她直叫。她走过一截公路，走进院子，那只鸟跟随着也从篱笆钻进了院子。红赶紧把我叫去。我们发现，它的嘴角有伤，并且好像不会飞了。我喂它面包，它朝天张开尖喙，一口一口吞下，吃了许多。我端给它一碗水，它也喝了不少。不一会儿，它又饿了，追着人叫。看来它伤得并不严重。Cora 回来后，给动物保护委员会打电话，答复是：不用着急，它的爸爸妈妈会来找它。Cora 告诉我，这种鸟叫作 Elster（鹊），是一种很聪明的鸟。若干小时后，我发现院子里那棵大树上十分热闹，鸟儿飞来飞去，一片叫声。但是，那只鸟仍在院子里。再过一会儿去看，已经不见踪影了，而大树上也恢复了安静。

住在山上，每天经历着大自然里的故事，心变得淳朴了。

Cora 是一个高个子女人，精力充沛，性格开朗。她的丈夫是电脑工程师，公司在瑞士，经常不在家，全部家务落在她的身上。不过，我看她举重若轻，从早到晚忙得很高兴也很轻松。我们住进后不久，她就对红说：你不是一个 gute Hausfrau（好的家庭主妇）。以她的能干，她很容易看出红对家务的不擅长。她说我是一个 gut Hausmann（好的家庭男人），我觉得还算公平，在带孩子和做家务上，我至少比一般男人更投入也更细心。

闲聊中知道，Cora 家的这栋小楼是贷款购买的，每年还贷的负担相当重，靠出租房屋还贷实属必需。底层的房间都用于出租，在一般情况下，有三四户房客。她原先以为，我拿的是每月 4500 马克的教授工资。按照德国的规定，这是教授的最低工资。可是，事实上，海德堡大学只给了我两个月这个水准的工资，却供三个月用，汉学系的解释是，不如此就申请不下来。另外三个月，是德国文化交流基金会给我的赞助，每月 3700 马克。Cora 听说了这个情况之后，从第三个月起，把我的房租减到了 1000 马克。

Cora 政治热情高涨，是一位斗士。某一个周末，她到大学广场参加示威。在此之前，她兴奋了好几天。她一定是一个骨干，因为通知这次活动的信件是她一手炮制和寄发的。那是一个雨天，我为了表示声援，也为了看个究竟，拖家带口地光顾了集会地点。我们看到的景象是，一共十来个人，或站着，或坐在一排长桌后面，长桌上陈列着宣传材料。有人在一辆卡车上声嘶力竭地演说，事实上只在喊口号而已。观者寥寥，最忠实的一名观者是一个酒鬼，他蓬头垢面，席地而坐，一边举着酒瓶，不时地喝一口，一边呼应着演说者不停地狂叫。Cora 神色抑郁而有些紧张，她告诉我，她的组织名叫反法西斯同盟，在海德堡只有一二十个成员，在斯图加特人多些。她对现在的德国人只顾自己、没有责任感大表不满。

此后，有一天，她又去波恩参加示威游行，回来后十分气愤。她说，他们事先申请了游行，而警察则给他们规定了游行路线。结果发现，沿路极冷清，几乎没有人。于是，她藏起游行时用的行头和标语，来到繁华的街区，然后戴上行头，亮出标语，在人群中发表起了演说。所谓行头，是面纱和墨镜，为了不让人认出。据她说，德国仍有秘密逮捕和关押政治犯的事情，她的一个朋友十五年前遭此厄运，至今未见释放。

荷尔德林写过一首题为《海德堡》的诗，我把它译成了中文。Cora 知道后，非常兴奋，立刻把她家书柜里的一本德文版《荷尔德林传》送给了我。离开海德堡前夕，她又郑重地请我把诗的中译文抄在她家的纪念册上，作为留念。

下面是我译的荷尔德林的诗《海德堡》——

我久已爱上你，由衷地，我想把你
唤作母亲，并献给你一支朴素的歌，
在我见过的祖国的城市里
你最富有田园之美。

就像森林之鸟在树梢上方飞翔，
桥在波涛上方摇晃，波涛闪烁流过你身旁，
摇晃得轻快而有力，
车喧人欢桥在歌唱。

就像众神所施的魔法，乘我过桥之机，
早已在桥上把我攫住
我被它带进山中
仿佛看见了迷人的远景。

而波涛这少年，滚滚向前流入平原，
怀着悲伤的欢喜，像一颗自知太美的心，
因爱情而沉落，
自投于时间的洪水。

是你给了他以源泉，给了流逝者
以清凉的阴影，而岸看见了
他身后的一切，它自己的可爱形象
在波浪里颤动着。

然而饱经沧桑的宏伟城堡
沉重地垂向山谷，被暴风雨摧毁
至于倾倒在地；
但是永恒的太阳却

把它的返老还童的光芒投于这衰老着的
杰作上面，于是周身爬满了生机勃勃的
常春藤；友善的森林
在城堡上方朝它沙沙低语。

灌木在晴朗的山谷里茂盛生长，
依傍着小丘或者装饰着河岸，
你的快乐的小巷们

在芬芳的花园深处休憩。

荷尔德林赞美海德堡是德国最富有田园之美的城市，可以说在美学上准确地给这座城市定了性。海德堡的迷人之处，正在于城市与田园的完美结合。不过，荷尔德林的诗写于两百年前，当时交通不发达，只能乘马车或坐船来这里，整座城市一定极其幽静。在旅游业发达的今天，要充分领略海德堡的田园之美，就必须等到黄昏游人退潮之后了。

在奥登森林山（odenwald）的西部边缘，内卡河从茂密的森林山脉中流出，流入莱茵平原。就在这山林与平原的交界之处，古朴的建筑群、街道和小巷从山脚向平地延伸，呈长条形分布在内卡河的南岸，那便是海德堡的老城区。

我工作的地方在老城区的中心地带，一条南北向的短巷，叫学院街（Akademiestrasse），两侧都是大学的院舍，十分僻静。可是，几步之遥，走出这条街的北头，立刻就置身在热闹的主街（Hauptstrasse）了。主街东西向，与内卡河平行，是一条步行街。街的西端起于俾斯麦广场，广场上耸立着俾斯麦的铜像，那里是城市的交通枢纽，四周有多家大商场。沿着主街从西向东，商店由密集到稀疏，而被大学房舍、书店、小教堂取代，文化的氛围逐渐浓了起来。最后走出东端，来到铺着鹅卵石的市场广场（Markt），广场的喷泉池里竖立着罗马神话英雄赫丘利的雕像，这里才是老城从前的中心。

事实上，真正的老城是在市场广场这一带，它的周围聚集了海德堡最古老的建筑，例如建于中世纪的圣灵教堂和骑士之家。

后者现在是一家饭店，因为其房屋历史悠久而生意兴隆，其实室内面积很小，但屋外的露天餐位经常满座。从市场广场往东，有大学广场，是当年马丁·路德与奥古斯汀修士的论战之处，地上嵌着铸铁的标记。在大学广场的东北方，散布着老大学的主要建筑，现在仍是大学机关的办公地，我的工资便是在那里的一栋楼里领取的。其中，最稀奇的是一座叫作学生监狱的建筑，厚墙森严，据说当年专门用来关押犯罪的学生，因为并不禁止探监、送食品和聚餐，淘气的学生反而争取被关押，视为乐园。

向北走出老城，来到内卡河边，看见的正是荷尔德林诗中讴歌的那座桥。这座古老的石桥有一个辉煌的入口，由一座叫作伊丽莎白门的深褐色石门和两座圆柱形灰顶白塔组成。从桥的那一端走过来就可明白，它实际上是老城从前的入口。入口附近有多座雕塑，包括选帝侯卡尔－特奥多尔雕像和智慧女神雅典娜雕像。有一座现代铜雕，是一只肥胖的猫面怪兽，憨态可掬。如今这座桥可能是海德堡最热闹的地方了，汽车和游客川流不息。当年荷尔德林站在桥上，只看见桥下的波涛和在波涛里颤动的岸的可爱倒影，现在一个诗人要有此静闲之心，就必须修炼得十二分到家才行。

要欣赏海德堡老城的全貌，最好的位置是在内卡河北岸。从老桥上走过去，再穿过马路，是绿色的山坡，其上散落着不多的房屋。歌德当年曾经登上山坡某处，他写道："在内卡河右岸稍稍登高俯望，可以在一种最美的关系中看海德堡。它筑在山与河之间一个小巧的空间里，上方的城门紧挨峭壁，峭壁脚下，通往内卡河口的公路只有必要的宽度。在城门之上，古老的颓败的宫殿屹立在宏伟庄严的半废墟之中。透过树林，一条街道指示着上山的路，街上的小屋模样十分可爱，人们仿佛安居在古老宫殿与城市之间的纽带上。”

内卡河北岸最著名的景点是哲学家小道（Philosophenweg），那是与内卡河平行的一长条山丘，靠河这一边形成一条树木葱郁的平坦山路。也许歌德当年登临的就是这里，不过，按照流行的说法，这条山路之所以获此命名，是因为黑格尔任教海德堡大学时，经常来这里散步和沉思。后人在路旁安了一个雕塑，是一只向上平伸的手掌模型，掌心里写着一句话：“你今天进行过哲学思考了吗？”我相信，如果独自一人走这条长长的山路，要不沉思也难。

然而，我必须承认，走这条路时，我丝毫不觉得自己是一个哲学家。我是拉家带口走这条路的。如果在俾斯麦广场那边过新桥，有一条路通向哲学家小道，可以轻松登临。我们第一次去时，是从老桥这边上的，几乎没有路，我好不容易把啾啾的童车搬上了陡峭的山丘，累得汗流浃背。一旦踏上了小道，推着童车慢慢走，倒也心旷神怡。但是，那时节，我也只是一个满足的父亲罢了。

沿着小道散步，时时可以眺望内卡河南岸的景物，老城的格局一目了然。背景是连绵的青山，颓败却雄伟依旧的城堡坐落在半山坡上。山脚下沿河伸展着红瓦斜顶的房屋，圣灵教堂的红砖塔楼和青色尖顶高耸在众屋顶之上。我觉得，我的眼前仿佛展示着海德堡的历史画卷：半山坡的城堡建于十三世纪初，是法尔茨选帝侯的宫殿，海德堡由此开始成为一个历史名城；一个多世纪后，海德堡大学成立，山脚下陆续建筑大学校舍，海德堡由此开始成为德国的文化重镇；随后，城市向西南平原地带扩展，到了十九世纪三十年代，又在老校区之外建新校区，海德堡逐渐成为今天这个拥有十四万人口的大学城，其中海德堡大学学生约占五分之一。

秀美的景色，德国最古老的大学，二者相得益彰，使海德堡充满迷人的情调，吸引来了许多优秀的心灵。他们宛若星辰闪耀在海德堡的历史天空，又为这个城市增添了无穷的文化魅力。

最明亮的星辰当然是歌德。海德堡紧邻歌德的故乡法兰克福，因此，他多次光顾这里也就不奇怪了。最使他难忘的一次是在1815年，当时他已六十六岁，与三十岁的美女玛丽安娜发生了热恋。玛丽安娜是奥地利一家流浪艺人的孩子，她十五岁时，歌德的朋友维勒美尔买下了她，收为养女，然后把她变成了自己的情妇。1814年，歌德在法兰克福郊外维勒美尔的庄园里认识玛丽安娜，两人一见钟情，维勒美尔觉察到了危险，立即与玛丽安娜正式结婚。翌年夏天，歌德再次做客维勒美尔的庄园，住了一个半月，与玛丽安娜的爱情不可遏止地突破了界限，两人互赠情诗，皆自譬决心偷情的窃贼。但是，歌德犹豫了，逃到海德堡，接着维勒美尔夫妇也前往，在秋天的海德堡同处了三天。我们无法知道这一对情人在丈夫的目光下是如何幽会的，只知道他们继续互赠情诗。三天后，丈夫带妻子回家，一对情人就此永别。

如同歌德的每一场恋爱一样，这一段黄昏恋结出的也只是文学的果实。在他老年乃至一生最辉煌的诗集《西东合集》中，他把玛丽安娜赠他的几首情诗也收了进去。当然，更多的是他为玛丽安娜写的诗。在诗中，歌德把他们的爱情喻为太阳与新月之恋。他还用城堡里的二裂银杏叶比喻两人的生命已经合为一体，而今天，我们在城堡的银杏林中可以看到一尊歌德的雕像。在歌德当年所写的诗中，流传最广的是这一句："我的心遗失在了海德堡。"今天的广告商灵敏地抓住了这句诗，在旅游广告中把海德堡称作"歌德将心丢失的地方"，一座"偷心"的城市。对于期待浪漫之旅的游客来说，这是多么有力的召唤。

歌德有一个女友叫玛克西米阿妮，她的才华横溢的儿子布伦坦诺漫游到了海德堡，与海德堡大学学生阿尔尼姆结识，两人搜集并于 1808 年合作出版民间诗集《男童的神奇号角》。这本书吹响了文学向历史和民间进军的号角，使海德堡成了德国浪漫主义的新根据地。顺便提一下，在歌德晚年的罗曼史中，布伦坦诺的风情万种的妹妹贝蒂娜也占据特殊的一页。

如果说诗人给海德堡编织的是浪漫的情网，那么，哲学家和学者则使海德堡获得了理性的凝重。古典哲学家中，黑格尔和费尔巴哈都曾执教于海德堡大学。黑格尔是在 1816 年受聘为海德堡大学哲学系教授的，当时他的名声正如日中天，两年后即移教柏林大学，直至去世。

在整个二十世纪，海德堡更是大师云集之地。社会学泰斗马克斯·韦伯早年就学于海德堡大学，功成名就后又回到海德堡定居，并担任海德堡大学教授，被时人誉为"海德堡的神话"。内卡河北岸有一所他的祖父留下的大宅，与城堡隔岸相望。二十世纪初期，他的宅中经常高朋满座，其中有诗人格奥尔格（Stefan George），哲学家李凯尔特（Rickert）、齐美尔（Georg Simmel）、雅斯贝尔斯（Jaspers），经济史学家桑巴特（Sombart），以及刚崭露头角的新星布洛赫（Bloch）和卢卡奇（Lukacs）。当时布洛赫和卢卡奇亲如兄弟，正分别在研究乌托邦精神和小说理论，但同时都始终不能通过海德堡大学哲学专业的教授论文。在此之前，本雅明（Walter Benjamin）在海德堡大学有过相同的遭遇。

这是一个有趣的规律：大凡一流学者，亦即身兼创造性思想家的学者，在其成长过程中往往会遭到教育体制的排斥，这几乎是走向伟大必须经历的磨难。即使在像海德堡大学这样的一流大学里，情形并无二致。但是，尽管如此，事实仍然证明，一流大学不愧是培养一流学者的摇篮。我对此的解释是，一流大学之为一流大学，就在于拥有若干已经成功的一流学者，正是他们的存在和影响给了那些尚未成功的一流学者以力量，使之能够克服体制的阻挠，终于脱颖而出。一切庙都有庙规，区别在于，有的庙里有高僧，有的没有，而庙规到处都起着维系信仰体系的作用，真经却只在代代高僧之间传承。

我借到一本书，是海德堡百年来的名人录。闲时翻阅，发现大名鼎鼎的美国社会学家帕森斯（Talcott Parsons）曾经是我的邻居，准确地说，是我暂住的这栋楼当年住户的邻居。我住在Klingenteichstrasse13 号，而他住在 14 号，那时他在海德堡大学读博士学位，想必和我一样也是租屋居住的。他于 1927 年通过博士论文《桑巴特和马克斯·韦伯著作中的资本主义精神》，然后回美国任教于哈佛大学，创立了有重大影响的社会行动学说。1979 年

5 月，为庆祝他从教五十周年，海德堡大学把他请回来，为他举行研讨会，而第二天他就去世了。

海德堡的在世学者中，最有名的当数哲学家伽达默尔（Hans-Georg Gadamer），已是九十九岁高龄。朱青生说，他依然体健神清，虽然退休了，仍每周定时去哲学系一次，只要在那个时间到哲学系，必能见到他。我对伽达默尔的解释学下过一番研读功夫，但觉得特意跑去瞧他一眼未免太傻，放弃了这个眼福。

从我的住处出来，朝北边老城区方向走去，下一段长长的陡坡，从圣彼得教堂门前拐入一条僻静的街道，叫 Ploeck。汉学系所在的学院街，那头通主街，这头就通 Ploeck，因此是我上班的必经之路。雅斯贝尔斯的故居在这条街的 66 号，门外墙上一块牌子标明，雅斯贝尔斯夫妇 1923 至 1948 年在此居住。这是一座带前院的房子，现在是“新教学生教区之家”，平时院门关着，有时门开了，应是新教学生的活动日。

雅斯贝尔斯在这座屋子里居住了二十五年，而他在海德堡生活的时间更长。他学医出身，早在 1909 年就在海德堡当了一名精神病见习助理医生，后来向心理学和哲学领域拓展，1922 年受聘为海德堡大学哲学教授。作为非专业出身的哲学家，他长期受到李凯尔特等学院派的排挤，但他的关注人生和精神生活的哲学使他在学生和公众中获得了巨大声誉。纳粹时期，因为妻子是犹太人，他被强迫退休，并禁止出版著作。他的最后一次讲座的结束语是“一个讲座停止了，但哲学仍将继续”。听众向他报以热烈的掌声。他始终坚持与妻子共命运，被列入了最后处决的名单，只因美军早半个月占领才幸免于难。战后他带妻子离开了这座伤心城市，应聘到巴塞尔大学担任教授。

我读过雅斯贝尔斯的德文版《尼采》，也读过一些他的中译小册子，深感我们有着相同的精神取向。我喜欢他的充满内在体验的思想，也喜欢他的清晰的文字表达。每次走过他的故居，我都在心中默默向这位把哲学与人生合为一体的前辈致敬。

在海德堡老城区的所有街道中，我走得最多的就是Ploeck。这条街安静，行人少，商店也少，这些商店似乎永远没有顾客。其中，有两家是旧书店，它们是我忘不了这条街的又一个重要理由。

这两家旧书店相隔不远，我走过时会驻足朝橱窗里张看一会儿。有一回，我发现其中一家的橱窗里换上了一批老版本的名人文集，标出的价格之便宜出乎我的意料，便走了进去。店堂不大，三面墙顶天立地全是人文旧书，按类别和作者排列得井井有条。我抽出几本看，价格都不算贵。我的购书欲被刺激起来了，从此成为常客。几天内，我在这家书店买到了1896年版的克莱斯特全集一卷（20马克），1909年版的歌德文集四卷（60马克），诺瓦利斯的诗一卷（25马克），1938年版的尼采文集二卷（20马克），席勒全集五卷（40马克）。接着，我又看见那另一家门前摆出了一些5马克上下的便宜货，而且不时有新的补充，如果留心翻拣，能找出不错的东西。我从中挑出了《歌德论文学》《浮士德》《歌德与女人》和黑塞编辑的《荷尔德林生平资料》等，皆5马克一本。此后，我在这两家书店还买了不少书。只是考虑到书太重，携带不便，邮寄又太贵，我才不得不有所节制。

离开海德堡前，我去邮局，正准备把装好的一纸箱书交寄，那前一家书店的老板刚巧路过，见状大惊。他告诉我，应该把这些书分开包装，如果一个印刷品邮包的重量不超过5公斤，邮资就便宜许多。于是，我把书搬回家，重新包装。再去邮局，没想到Cora家的秤有误差，六包中有五包稍微超重，而哪怕超重1克就不能享受优惠。我向邮局借了剪刀和胶带，在附近广场的椅子上拆包、打包，累得满头大汗，终于把这些书送上了去北京的邮程。

住在山上，最满意的是离城堡（Schloss）非常近。从院门出来，拐过那个锐角，沿屋前的公路朝东走十来分钟就到城堡了。

早晨，我常常跑步到城堡，在城堡花园里跑一圈，再跑步或散步回来。如果起床稍晚，跑到那里时，已有辛勤的第一批旅游者，多半是成群结队的日本人。看见我这个中国人穿着运动衣在德国最美丽的城堡锻炼，他们会面露惊奇的神情，使我意识到我在做多么奢侈的事情。白天或黄昏，我也常去那里流连，或者一家人去那里的草地上消磨一个下午。

说城堡是我的后花园，肯定太夸张，但我相信，在那几个月里，不太会有人去得比我更多。城堡附近的山上，住户本来就少，而老住户未必有我这么高的兴致。从我的住处到城堡，路势相当平缓，两旁是树林，青苔斑驳的岩石，幽深的院落，藤蔓缠绕的老屋，一路上空气湿润清新，只可惜过往的汽车打破了途中的幽静。如同欧洲所有的公园一样，城堡花园是免费开放的。进城堡里面要买票，但也只是在白天，到了黄昏售票员下班，城堡也可以自由出入了。至于陈列世界上最大酒桶的那个酒窖和那个药物博物馆已经锁上门，对于我完全不成问题，我看过一遍已经足够了，开着门也不会再进去。

一般游客去城堡，是先逛老城区，穿过大学老校区，然后从城堡脚下的长长的石阶拾级而上。有时候，我下了班，也走这条路线，到城堡转一圈，算是绕道回家。总而言之，对于我来说，城堡就在家门口，想去就可以去的。

海德堡城堡坐落在半山坡一座叫国王宝座（Konigsstuhl）的山峰上，始建于十三世纪，历时四百年才完工。它是一个包括宫殿、居室、岗亭、地堡的完整的建筑群，混合了哥特式、巴洛克式和文艺复兴式三种不同风格，布局紧凑，基本上用红褐色的内卡河砂岩筑成。完工后不久，遭法国人摧毁，选帝侯家族搬离，留下了破败的半废墟。十九世纪时，进行了部分修复，仍保留一些残垣断壁，使城堡呈现既雄伟又苍凉的面貌。马克·吐温有一个确切的形容，说它残破而不失王者之气，如同暴风雨中的李尔王。

城堡之可观，一是看城堡本身，二是站在城堡俯瞰老城的全景。城堡最美的时刻当然是黄昏，游人逐渐散尽，偏是大自然显露其秘密之时，光泽变幻，色彩丰富，万物在静谧和朦胧中变得神奇。千万不要在星期天白天去城堡，真正是摩肩接踵。无论什么美景，一旦游人聚集，其美必定大打折扣。何况作为旅游者，不得不赶路，往往舍弃黄昏的美景。所以，要做美景的主人，就必须哪怕暂时地定居。仅仅做千万旅游者中之一人，那不过是服跑景点的劳役罢了。

我忘不了到海德堡不久，某日黄昏，我们一家在城堡前的阳台上。暮色渐渐四合，我们倚着石栏，看城堡脚下的灯火陆续闪亮，勾画出城市和内卡河上老桥的轮廓。回头看，月亮在城堡背后升起，恰好嵌在残墙的一个没有窗棂的窗口中间。

“啾啾，看月亮。”我指给出生不到十个月的女儿看。

她抬起头来，看见了，眼中略含惊奇。从此她记住了月亮，再说月亮，她就会抬头找并且找到。

一则札记——

现在是黄昏，夏时制 7 时 45 分，但天色仍明亮。我在 Schloss 的一个人迹罕至的地方，靠着一截断柱，席地而坐。这是城堡花园里一个最高的平台，以前一定是一个大殿，但现在只剩下了一侧的残墙和中间的几根断柱。夕阳在我的背后，照耀着我前面的青山和一棵大树，树上鸟鸣不歇。

很好，我要暂时告别电脑，带着这个本子，做一个自然之子。已经太久了，电脑使我远离自然、静思和诗。

我的背后是夕阳……两个人影从我身旁走过，朝我背后的方向走去。我结束了我的工作，亦朝那个方向走去。我记得，那是一个死角，铁丝网挡住了通路。但是，现在我发现，那铁丝网的一端是一扇虚掩的门。我走进这扇门，里面很荒凉，长着乱草，不过由此可以走到外面公路上。我嫌公路吵，又折了回来。这时，我看见一边的荒草丛里有人，一个女人正起身整理着衣衫。那么，这就是刚才从我身旁走过的那一对男女了，他们在那荒草丛里找到了他们的伊甸园。

我们最常去的是城堡花园里的大草地，以及草地终端的大观景台。草地宽阔，这里那里有一棵或几棵伸展着茂密枝叶的大树。草地经常修剪，刚刚割过的草地上弥漫着浓郁的草香味。啾啾正在学步，她多么幸运，在这样美丽而广阔的地方学会走路，走向美丽而广阔的人生。我在日记里记录了她在城堡花园里的许多情景，下面是其中的两则——

黄昏，我们带啾啾在 Schloss 的大观景台。这是花园的一角，栏杆在这里转折，形成一个直角。直角的外面，一边是城堡，另一边是内卡河。直角的里面，啾啾站在空地上，为了维持平衡，小身体稍稍前倾，在妈妈的保护下，一步一步朝前挪。她走了几步，停住了，目不转睛地盯着前方。我顺着她的视线看去，只见七八个年轻人靠栏杆站成一排，七八张年轻的脸都笑着，七八双眼睛一齐看着啾啾，都含着鼓励的意思，鼓励她继续朝前走。他们中有男有女，看样子是海德堡大学的学生。

啾啾是一个健康的中国娃娃，胖嘟嘟的脸蛋和四肢，一双聪明的喜欢注视的眼睛，到哪里都招人注意和喜欢。但是，眼下这样的场面却不多见。

一个小伙子用中文说了句“你好”，接着又用德文问是男孩还是女孩、多大了，等等。啾啾看见自己面对着这么多人，脚步有些犹豫。一个姑娘走过来，伸开双臂，但啾啾没有响应，不知是因为矜持还是因为胆怯。我们让她扶着童车，她自己推着童车走，走得非常好。现在她沉醉在学步的快乐中了，忘掉了周围的眼睛。

Schloss 的大草地上。已是下午 7 时以后，但依然是白昼，太阳正在西下，阳光越来越柔和，草地上树木的投影渐渐拉长。啾啾穿着一件鲜红的连裤睡衣，在草地上欢快地行走。睡衣是短袖的，她露着胖乎乎的小胳臂小腿，张开双臂，撅着小屁股，用这个姿势维持着平衡。看上去她的两腿仍有些颤颤悠悠，好像随时会摔倒，但实际上走得相当稳。她显然非常快乐，草地这么大，她可以随心所欲地朝各个方向走，她感觉到了一种自由，也感觉到了一种前所未有的自信。她走得很快，有时候完全是在跑，而有时候又会停下来，站在那里，抬头看天或低头看地，仿佛在沉思。她张着双臂朝爸爸或妈妈走去，我们正要迎接她，她走到跟前却突然掉转了方向，继续她的美妙的旅行。地上铺着我们带来的布，杂乱地放着奶瓶、鞋子之类，她能够轻松地绕过这些障碍。

绿色的草地上，一个红色的小精灵在舞蹈。我心中充满赞叹，赞叹上帝的万能，赞叹我的女儿的可爱。

那边一棵大树下，坐着一对年轻的阿拉伯人和他们的孩子。孩子也很小，我们彼此搭话，知道男孩的年龄是十三个月。啾啾举起双手，朝这个孩子走去，但是，随着距离的接近，她的速度渐渐放慢，终于停住了。她犹豫了一会儿，转过身，朝相反的方向走了。那对父母一直友好地注视着。

“他们一定很羡慕，他们的孩子比啾啾大，还不会走。”红对我说。

她怕啾啾累，疲倦，太阳尚未下山，我们就回家了。可是，到了家里，啾啾不睡觉，仍然想走路，在屋子里兴冲冲地走呵走……

啾啾是在海德堡过一周岁生日的。为了庆祝她的生日，一家人逛商店，红想给她买一件新衣，终于因为太贵而作罢，结果只买了三本玩具式图书做生日礼物。然后，在生日后的第一个周末，在我们的院子里办了一个帕提。来了十多位客人，红平生头一回蒸包子，大家都说好吃，倒也确实吃了个精光。

啾啾对于海德堡的环境真是太适应了。听说在我们到达前，这里阴雨连绵。可是，迎接我们的却是一个个阳光明媚的晴日。置身于洁净的空气和明丽的景物之中，啾啾显然非常愉快。她坐在童车里，倚在爸爸妈妈的怀中，或者高高地骑在爸爸的脖子上，兴高采烈，咿呀歌唱。一个东方小胖娃娃，在这里非常招人注意。走在路上，行人常常止步看她。尤其是老太太，最是依恋不舍。有一次，我们去办事，走得很快，一个老太太仍抓紧时间问：“女孩？”我肯定，她立即赞叹：“真妙！”西方人尤其妇女都不掩饰对孩子的喜爱，而啾啾也礼尚往来。你不时可以看见她笑着拍手或者挥手，顺着她的视线望过去，必定能够发现她绝非无的放矢，她是在同某一个向她微笑和招呼的老外交流呢。

胃口好极了，接受西式食品毫无障碍。举凡牛奶、面包、肉肠、奶酪，没有一样不是她爱吃的。唯有那种专为婴儿制造的瓶装糊状食品，她从一开始就坚决拒绝。

最主要的还是心情好，这要归功于环境——户外的环境、室内的环境。在大房间里，她坐在地毯上，摆弄着玩具，一边自言自语，自个儿能玩很久。也许因为空气洁净，甚至她在国内患的气管炎症也不治而愈了。

在德国期间，她学会了说话和走路。除了“爸爸”“妈妈”外，还会说一些简单的动词和常见物品的名词。她常常说一个词：

digung。什么意思？我们终于找到了答案：Entchudigung（请原谅）。这几乎是德国人的口头语，她听多了，就脱口而出了。着急时，她会叫喊：Nein（不）！她爱说话，不过我们听不懂的居多。相反，我们说的许多话，她虽然不会说，却大抵能听懂。我简直怀疑，除了真假学术语言外，她还有什么听不懂的话。

在国外的半年中，尤其在后期，我们推着童车，带她游历德国其他城市和欧洲其他国家。虽然旅途劳顿，她却始终愉快或者安静，从不给我们出难题。她真的常常让我感动。我感谢上天，赐给了我一个多么好的女儿。

啾啾的故事应该是另一本书的题材，我就不在这里多写了。

六月的第一个周末，我们去魏玛游玩，同行者有于敏友及他的熟人张小姐。于是我们在Cora家的邻居，武汉大学教授，一个诚恳质朴的人，我们一家与他相处得很愉快。选在周末，是因为往返都可以购买周末票。德国铁路有种种优惠节目，周末票是最受欢迎的一种，每票35马克，可供五人使用一天，只能乘慢车，因此长途必须换车，但购票时已得到最佳衔接的书面说明。

星期六，上午9时许出发，途中换车三次，下午3时许到达。天下小雨，我们想找一家便宜些的客店（Pension），双人间一般在80马克上下，单人间只要40马克，但那位张小姐出于经济原因仍坚决反对，主张住火车站。我们带着啾啾，当然不予考虑。可惜的是，电话联系，客店皆满。正式旅馆（Hotel）太贵，双人间一夜260马克，只好放弃。

我们姑且朝市中心走去。大约半小时后，到达剧院广场。一路走来，街上颇冷清，这里却相当热闹。原来，魏玛和曼海姆轮流举办国际席勒节，今年轮到魏玛，我们正巧遇上开幕，演出《唐·卡洛斯》。不过，演什么实在与我们无关，我们只是在剧院外的屋檐下躲雨而已。雨稍停，在广场上的歌德、席勒雕像前留了影，我们便开始寻访名人故居。

魏玛是德国东部一个只有六万人口的小城，它的光荣是在魏玛公国时期奠定的。这个小公国的君主热爱文化艺术，吸引来了许多天才人物，包括歌德、席勒、赫尔德等德国启蒙运动领袖，音乐家李斯特、巴赫、瓦格纳、施特劳斯、勃拉姆斯也都曾在这里生活，使魏玛在半个多世纪里成了群星灿烂的精神之都。我倾慕魏玛，还因为它是尼采晚年的居住地。游览图上没有标出尼采故居，但标出了尼采档案馆，才知道已从歌德席勒档案馆独立出来。因为行程匆忙，又是集体行动，我不能去看尼采档案馆了。魏玛之出名，当然首先是因为歌德，我们决定着重探寻歌德的足迹。

我们找到了歌德故居（Goethes Wohnhaus），门票 5 马克，可参观所有参观点的通票 25 马克，但是——托席勒节开幕之福——各个参观点今晚 8 时至 12 时免费进入。好极了，我们决定等，先来到歌德故居附近的贝多芬广场。这是一片不大的草地，地下已辟为停车场。意外的发现是，所谓的贝多芬广场只是一座极大的公园的小小一角，一条名叫伊尔姆（Ilm）的小河贯穿公园，所以公园就叫伊尔姆河畔公园（Park an der Ilm）。公园之大之美使我们惊叹不已，我们只走了一小部分，它的美完全是自然的，不事雕琢，恰与它的大相称。

横穿过公园，便是歌德花园别墅（Goethes Gartenhaus）了。

那是一栋二层的白色小楼，很朴素却也很别致，面对着辽阔的草地。草长得很茂盛，显然从不修剪。想当年，偌大的公园等于是歌德的私人花园，不禁令人感叹魏玛大公卡尔·奥古斯特对他的厚爱。歌德被大公请来时，年仅二十六岁，大公把这栋小楼送他做礼物，他在此居住了六年，然后迁居到城里，这里则成了他隐居和从事写作的别墅。在草地的另一侧，还有一栋同样的小楼，外观和内部的陈设皆一模一样。有人猜测，这是专为参观而仿制的，我觉得不太可能，但也不得其解。

接着去歌德故居，途中经一座老桥。偶然地发现，与老桥一端毗连的那座建筑物就是魏玛宫殿。更偶然地发现，宫殿的楼上正展览着魏玛的藏画，也是免费参观，其中不乏名作精品，如蒙克（Munch）和法国印象派。红觉得累，原不准备进馆，带着啾啾在广场上等我，但我发现了她非常喜欢的蒙克，便毫不犹豫地去把她叫了来。她生平第一回看到名画真品，自然是兴奋。啾啾也很兴奋，不过不是因为名画，而是因为在这金碧辉煌的大厅的一面豪华镜子里发现了自己的可爱形象。

到达歌德故居时，已将近夜晚11时，雨下大了。啾啾已睡着，红因此决定不进馆，而去故居对面的咖啡座喝咖啡。我们对于咖啡种类尚无概念，想当然地要了两份Expresso doppelt，端来才明白，是浓上加浓的意大利浓咖啡，奇苦无比。我和红轮流抱孩子，另一人便进故居看一看，连走马观花也说不上，马不停蹄地走一圈罢了。故居由两个部分组成。一是陈列室，想必原来是歌德的工作室，分两层，皆宽敞而明亮，陈列着歌德收藏的艺术品，据称有两万多件。二是住宅，小巧而幽静，各房间呈环形分布，歌德的卧室和书房都在二楼。歌德在这座房子里居住了五十年之久，直到去世。当年他实在被照顾得太好，难怪一直安心地住在魏玛这个小地方了。

快到闭馆时间了，天仍下着雨，我去附近的旅馆找住宿，决心不惜代价要让啾啾有一个过夜的地方。但是，回答都是客满。叫了一辆出租车，到火车站，上了一列开往最近的城市 Elfurt 的列车，十五分钟后到达。于敏友戏说："有困难，找警察。"没想到警察果真给我们找了一个过夜的地方，火车站台上的一间小屋，本是供车站职工休息用的。内有一张诊室用的小窄床，自然是非红和啾啾莫属，我靠在一架残疾人用的轮椅上，于和张只好将就趴在桌上了。

星期日上午，依然下雨，于、张二位急着要旅游，我们只得跟随。雨相当大，我们一家三口只有一把伞，实在招架不住。离车站不远，经过一座教堂，我们走了进去，让于、张自己去玩。

正遇上教堂里做弥撒，我们坐在最后一排，一坐两个小时，差不多旁听了全过程。啾啾醒了，怕她出声，红抱着提前离开。不多久，要赶火车，我也推着童车和行李出教堂。我到红刚才走的那扇门附近找她们，那扇门通往楼上一间小小的儿童室，里面空无一人，地板上扔着一些玩具和儿童读物。一截木楼梯通向一间更小的阁楼，门锁着，我敲门，无人应。我推着行李在教堂附近寻找，不见踪影。一次又一次冲上那间儿童室，一次又一次急促地敲那间不祥的阁楼的门。我的脑中活跃着恐怖的想象，我想到传言中的东德人的不友好，甚至想到宗教迫害、种族歧视、邪教、新纳粹，我甚至看见了锁在那间阁楼里的尸体。最后，我不顾一切地冲进教堂，在唱着圣歌的肃立的人们中间狂奔，仿佛在他们的脸上读出了共同的阴谋，而他们则向我投来惊诧的目光。

红抱着啾啾终于出现了。她说，她去了附近另一个教堂，比这一个大。她说得很轻松，而我好久不能从刚才的惊吓和焦虑中恢复过来，说不出一句话。我也许是心理有病，与至亲之人分离时，一旦联络不上，每每容易产生恐怖的想象。

返程，中午在 Wuerzburg 下车，逗留了整个下午，直到晚上 8 时 30 分才离开。这是一个非常美丽的城市，建筑物明丽、坚固，形状和风格各异。看到几座教堂，主要的雕刻图案都是骷髅，不知系于什么传统。先登山去要塞，实际上就是筑在峭壁上的城堡，保存完好。进到院里，石墙重重，主色调是金黄色，令人感到固若金汤。院内有一座极高的塔，塔身上青苔斑斑，还有一个很小的教堂，会场呈精确的圆形。下山后，想去宫殿，经过一条街，街上坐满了正在吃喝的人们，异常热闹，洋溢着节日的气氛。原来今天是这里的葡萄酒节，真是凑巧——也许谈不上凑巧，德国除统一的节日外，各地还有名目繁多的本地节日，实在是很容易碰上的。我们也在一张长木桌边坐下，喝本地产的白葡萄酒，吃其长无比的汉堡包。这汉堡包非常实惠，5 马克一个，内有一根同样长的滚烫的肉肠，味道很好，据说远近闻名。眼见为实的是购者踊跃，我和红也买了两个。红兴高采烈，像孩子一样快乐。最后还来得及去宫殿一看，那里的花园很好。

三个多小时的火车，回到家已是深夜 12 时。

假日出游

有一天，我看见一个告示，系里要组织一次郊游，请参加者向Rudolf报名。我找这位Rudolf的办公室，秘书把我带到一扇门前。推开门，一间极小的屋子，只容得下一张桌子和一张椅子，一个灰发的中年男子正俯首在电脑前。我用德语表示了报名的愿望，他立即用中文说："可是，我还不知道你是谁呢。"我做了自我介绍。他说，他早知道了，就是还没见面。我们用中文聊了起来。他说，他喜欢台湾，曾在台湾土著中生活了一年，大陆去得不多，不太了解。不知怎么，他说起了他的业余爱好——修自行车。

"车没坏，你也修吗？"我调侃。

"是呀，给车换个新零件什么的。我有许多车。"

说到这里，他突然问："你要一辆吗？真的，我有许多，我的房东都有意见了，嫌占地方。"

我欣然接受，并谢谢他。他说，应该是他谢我，因为我帮他解决了问题。他又说，他讨厌汽车，所以一直不考驾照。

几天后的一个下午，我和红带着啾啾在主街上，从商店出来，准备回家了。我们说起了Rudolf。正说着，只见一个人骑着一辆车，同时轻轻搭着另一辆车，双车并列，在街心姿势极优美地拐了一个弯，迎面向我们骑来。在我们面前停下，把那另一辆车交给了我，他马上离去了。红对我说，他一定是个单身汉，只有单身汉才会有这样可爱的爱好。后来我知道，的确如此。不过，他有了一个女朋友，是伊朗人，最近搬到他那里同居了。

这辆车陪伴了我三个月。令我懊丧的是，在快离开海德堡时，它被我丢失了。那一天，一位朋友开车来海德堡，约好我到火车站接她。我是骑车去的，把车放在车站前面的那个广场上，那里停放着一大片自行车，我想应该不会有问题。我乘朋友的汽车一同回住所，第二天到火车站取车，已经不翼而飞。后来听说，海德堡和北京一样，自行车被窃是司空见惯之事。我觉得对不起Rudolf，正因为他热情而慷慨，我更内疚。见到他，我诚恳表示要赔偿，他回答："赔什么，谁用都一样，反正我那里也放不下。"

7月16日。启程去维也纳。

我们买的是优惠票（Sparenreise），这种票只有去奥地利和瑞士的。按照规定，出发地和目的地必须是确定的，但票价都一样，一个月内往返。第一人全价，其余同行者半价。我们是俩人，约400马克，可乘除ICE以外的任何列车。从海德堡到维也纳，途中在慕尼黑和萨尔茨堡转车，全程共八个半小时。

在欧洲，乘火车旅行是一件方便而又轻松的乐事。首先，在买票的时候，你会得到一份电脑打印的时刻表，如果需要转车的话，这份表会把有关的地点、时间和站台号都清楚地告诉你，让你心中有数。一般来说，为每次转车留出的时间都恰到好处，既不会短得使你太赶，也不会长到让你无聊。其次，在多数情况下，车上都相当空，你不必担心找不到座位。至于车厢的宽敞明亮干净，车外景色的美丽，就更不在话下了。

我们带着刚一岁的啾啾长途旅行，可是在交通方面没有感到任何不便。无论火车还是公共汽车，车的地板与站台的高度都非常接近，因而推着童车上车毫无困难，车上则往往留出了专门放置童车的空间。如果是在中国，且不说如何艰辛，推着童车上火车或公共汽车本身就是一件不可想象的事。

李军来车站接我们。她是我的老朋友，在联合国机构工作。因为家里已有父母和外甥女暂住，她介绍我们住到她的同事和好友彭力那里。彭力是一个豪爽又细心、富有活力的独身女子，一个星期接触下来，我和红都很喜欢她。她住--套公寓房，两层加地下室，宽敞得几近于奢侈。在联合国工作，薪水高，还有各种额外的福利，堪称令人羡慕。但是，舒适的代价是单调。有一夜，我们聊到凌晨3时，她倾诉了这方面的感觉。从工作来说，年复一年，日复一日，永远做着同样的事，不可能有任何变化和发展，人生的路似乎一眼看到了头。从交往来说，仅限于少数华人同事，与维也纳的社会差不多是隔绝的。

在维也纳，不算到达和离开，实足住了七天。其中，因为疲劳或下雨在家休息了两天，五天内游览了一些主要景点。除了第一天由李军、彭力陪同，其余都是我们自己行动。我们是休闲式游览，慢悠悠地走走看看，绝不赶路。

17日。在李军、彭力陪同下游览市中心。

维也纳的市中心，没有大商场，没有现代高楼，没有喧嚣的车流。在宽阔的林荫环形大道以内，卵石街道纵横交错，巴洛克式、哥特式和罗马式建筑林立。有几条较宽的街道向环路辐射，从内城任何一个地方都能够迅捷地走到环路上。那些著名的景点，例如市政厅、议会、皇宫、斯特凡大教堂、国家歌剧院、自然史博物馆、艺术史博物馆、维也纳大学、步行街，皆分布在环形大道两侧。因此，游览十分方便，散步就可以看个大概。

皇宫（Hofburg）是内城的主要景点，直译叫宫廷城堡，先后是德意志神圣罗马帝国和奥匈帝国的皇宫，现在是总统府。这座宫殿占地广阔，是一个庞大的建筑群，有城中城之称。在皇宫历届的主人中，最受人们尊敬的是开明的玛丽亚·特蕾西亚女皇，正是在她手上，奥地利走向繁荣昌盛，原先比较土气的维也纳脱胎成了欧洲的艺术中心之一。

中午，李军请客在一家名店吃遐迩驰名的维也纳点心，喝咖啡。晚上，她又在家里招待我们，大虾、红烧肉等等。她做得一手好中国菜。

18 日。到全城至高点卡棱山（Kahlenberg）俯瞰市景。维也纳在一个盆地中，三面环山，北面是宽阔的草地，多瑙河蜿蜒穿流在城市中间和草地上面，远处是望不到边的茂密森林。

然后，去丽泉宫（Schloss Schoenbrunn），俗称夏宫。维也纳有诸多宫殿，最辉煌的就是皇宫和丽泉宫。在这座宫殿里，六岁的神童莫扎特曾为玛丽亚·特蕾西亚女皇演奏钢琴。宫墙的颜色黄得气派而悦目，啾啾穿着红色连裤衫，在黄墙前走得欢快，我给她照了许多照片。法国巴洛克风格的花园大而精致，高树修剪成长长的绿墙，碎石地面上一块块精心培植的花圃和草坪，在花园尽头海神雕塑喷泉的附近，隐藏着丽泉的泉眼。

黄昏时分，来到城市公园（Stadtpark）。公园很大，分布在维也纳河的两侧，有桥连接。这里有好几位音乐家的雕像，最著名的是约翰·施特劳斯的镀金塑像。听说除了冬天，每天傍晚都有免费露天音乐会。今天的确也有，然而，事实上虽是露天，却不但收费，而且临时围以芦席，以阻挡不买票的游人的视线，未免有些小家子相。

不过，维也纳毕竟是音乐之乡，全城沉浸在艺术的氛围中。徜徉在街头，到处是雕塑喷泉，到处是流浪艺人。在一处雕塑喷泉近旁，看见两名男子，一名吹黑管，一名拉大提。他们西服领带，文质彬彬，气质不俗，绝无一般街头艺人的穷苦样。那大提琴拉得太好，人们肃立静听，表情皆是尊敬而欣赏的。啾啾也听得入神了，目不转睛地盯着那位音乐家。我很想摄下这个镜头，可惜刚举起相机，音乐家拉毕一曲，尊严地宣布演出结束。那么，他们的确不是卖艺之辈。

20 日。游美景宫（Schloss Belvedere），俗称冬宫。这座宫殿不属于皇家，而是十七世纪初奥地利元帅欧根亲王的领地。对建筑和园林的印象平平。现在这里是奥地利国家美术馆，购票（每人 40 先令）进宫看画展，有克里姆特和席勒的几幅名作，其余皆无名。

在街上，有一个可爱的遭遇。我们下了一辆公共汽车，准备转乘地铁，一个十一二岁的女孩走到我们跟前，用银铃般的声音对我们说话。她说的是德语，听红讲英语，又立即改说英语。女孩戴着小帽，有天使一样纯洁美丽的脸蛋。当然，是啾啾把她吸引来的，她问的全是啾啾。她要求给啾啾照一张相。我给她加上了一张她和啾啾的合影。女孩说，她从加拿大来。照完相，她满意地离去，我发现她的母亲在街角等着她。

21 日。参观弗洛伊德故居，门票每人 60 先令。要价高，却无内容，几乎没有实物，只有一些照片和一盘录像，后者为弗洛伊德之女安娜老年时制作，有弗氏金婚实录。弗氏在此居住四十年之久，临死前一年因纳粹迫害而逃离。这也许是没有实物的原因。红感到得意的是，她在弗洛伊德故居给啾啾哺了一回乳。

我们是拿着地图去寻访弗洛伊德故居的。下了地铁，红向两位男性老人问路。其中一位会英语，看上去也是有知识的。他指点了路径，然后指着啾啾风趣地问道："她也知道弗洛伊德？"很显然，他对两个中国人郑重寻访弗洛伊德故居这件事感到满意。

可是，当我们已经走到了故居近旁的时候，红向一家咖啡馆里的年轻人问路，回答却是不知道。又是一家咖啡馆，玻璃墙上明明写着 Kaffe Freud，红再一次进去问路。她所问的也是年轻人，而得到的回答仍是不知道。事实上，我已经看到，故居就在这家咖啡馆的隔壁。那么，应该说，咖啡馆里的这些年轻人是与弗洛伊德——以及一切民族文化和世界文化——无缘的。

从故居出来，重游市中心，在斯特凡大教堂前照相。斯特凡大教堂属于世界最大的三座教堂之列。教堂里，游客之外，还有众多静坐默祷的信徒，想必这里居住着灵验之神。遗憾的是，正殿的一大半被圈了起来，必须付费方能进入。看过许多教堂，第一回遇见这样渎神的生意经。像所有教堂一样，一侧的架子上摆着许多点燃的小蜡烛。啾啾被这片火苗之床吸引住了，我抱着她，一旦想离开，她就叫嚷，转身去看。我付了规定的 7 先令，替她点燃了一支小蜡烛。

23日。彭力带我们进她工作的国际中心，我们自己转了转。然后，想就近看看多瑙河。但是，走了很长一段路，发现沿河均被圈住，成为禁止入内的私人住宅或需要购票入内的游泳场。我们推着童车徒劳地寻找一个能够到达河边的通道，终于失望而归。回到家才听说，老多瑙与多瑙之间的多瑙岛是开放的，已辟为公园，离国际中心很近，可惜被我们错过了。

24日上午。告别维也纳，乘火车，三个半小时到达萨尔茨堡，逗留了两天。

萨尔茨堡（Salzburg）直译为盐堡，在古罗马时代是盐的重要产地和贸易场所，在中世纪是天主教的重镇。当然，现在之所以闻名，则因为它是莫扎特的出生地。由经济到宗教，再到艺术，历史的演变使这座小城越来越具有高雅的气质。

我们在城西北的一家 Privat Zimmer 住了两夜。那是私人出租给游客的住房，还算干净，只是蚊子太多，第一夜没有点驱蚊药，我们睡不好且不说，啾啾手腕和胳臂上留下了好几个肿块，经久不愈。在车站问询处提供的一览表上，这家客店双人间每天的宿费是460先令，可是，结账时，经营这家客店的老太太向我要1100先令。她完全是个农民，最后也像农民那样从我手里夺走了1000先令之外的60先令。

安顿好住处后，已是黄昏，我们乘 Bus 到市中心一带。下了车，走不多远，是 Saizach 河，这条河把城市分隔为老城和新城。河不宽，水流湍急，溯河上望，岸边的峭崖伸向一座不高的山，山上屹立着一座白色的城堡，像一块横放的白玉。山名Moenchsberg（僧侣山），城堡名Hohensalzburg，看不见山脚，只看见另一座宏伟的圆顶浅色建筑坐落在城堡下方，那是大教堂和大主教宫殿。在山和河之间，分布着老城的街道和房屋。河的对岸是新城，绿荫里也耸起一座教堂的尖顶。这些错落有致的景物构成了一幅美丽的图画。

走近城堡，我们才发现城堡脚下即是萨市最繁华的地段。其中，最热闹的街道叫粮食胡同，商店鳞次栉比，紧密排列，每家商店门口的上方都挂着鲜艳夺目的铁艺招牌。莫扎特就出生在这条胡同的一座房子里，当年这里自然不会如此热闹，我相信，是他的名气提供了商机，所有这些商店都是后来开设的。因为是周六的傍晚，商店大多已关门，但依然人群熙攘。

大教堂的广场上正在上演歌剧，不能随意进入，许多人站在外围向舞台张望。红抱着啾啾在一个卖纪念品的小摊前停留，啾啾朝各色新奇的小物品伸手欢喊，我用马克给她买了一个木制活动小人。因为是边境，德币在这里大抵通用。

登上城堡，眺望四周风景，真是美极了。红说得对，萨市是得天独厚之地。四面环山，中间一块辽阔的盆地。这盆地其实就是一个大花园，一块没有一点儿补丁的大绿毯。仔细看，它是略有起伏的，所以当我们身在其中时就常常会看见牧场风光。小小的萨市，就像在巨大绿毯上的一颗闪亮的钻石。这样的地方，合该出音乐，合该出莫扎特。

25 日。我们决定选游一两个靠市内交通能够到达的景点。知道萨市附近有一些美丽的湖泊，但无方便的交通，团体旅游又太贵而且受约束，放弃了。结果十分满意。

先到亮泉宫（Hellbrunn），在萨市南六公里，是十七世纪时一位大主教的行宫。那里不算什么，无非是一座小宫殿连带一所不大的花园。有两种门票，一种是进宫殿的，30 先令，一种是进水上花园的，70 先令。红出主意：买 30 先令的，能进花园门就行，水上花园可以不看。我们以为，两种票都能进花园的门，然后才各有其不同的权利。买了才发现，凭宫殿票不能进那个我们所认为的花园门。于是要求换水上花园票，遭拒绝，我们不禁对萨市旅游业之中国气味大表反感。可是，接着很偶然地发现，其实花园另有一个门，也是免费开放的。宫殿票算是白买了，实在也是不值得一看。倒是在那里从楼上窗户看见了水上花园的真相，不过是几个有雕塑的小水池罢了，原是整个花园的一角，人为地圈了起来。事后知道，水上花园里真有一点儿好玩儿的东西，比如水流启动许多活动小人表演古代小镇生活场面，该让啾啾看一看。

在亮泉宫的花园里，啾啾还是很有收获的。那里有四方对称分布的水池，池里养了许多鱼。啾啾生平头一回看见了在水里游动的鱼，她可高兴了，用小手指着，跟着我们不住地说：“鱼，鱼……”

然后去 Maria Plain。乘车乘错了方向，半途下来，发现是一条美丽的河，两岸皆被浓密的绿叶遮掩着。那么，干脆再上车，到终点站看看，没准是更美的景色。结果只是一个依山的住宅区，无甚可观。在等候下一趟车的间隙，一个漂亮的姑娘前来向我讨 2

先令打电话。她走进街角的那间电话亭，出来后又走进了紧挨电话亭的那座酒吧。

从终点站往相反的方向乘车，在倒数第二站下车，再步行十几分钟，就可以看见我们所寻访的Maria Plain了。途经一家农户，院子里养着一群鸡，啾啾也是头一回看见活着的自由走动的鸡，又获得了一次惊喜。

推着小童车爬坡，到达玛利亚教堂。教堂前是开阔的坡形草地，一棵大树下坐着几个德国游人。这里游人稀少，很安静。我们也来到大树下休憩。像在别的地方一样，啾啾的出现立刻引起了兴趣。大树下的妇人和姑娘目不转睛地看着她，她走路，啃面包，一举一动都使她们相视而笑，彼此议论。她们离去时，终于忍不住走过来，每人都抱一抱啾啾。

从大树下望出去，景色实在美。满目都是碧绿的草地，向不同方向伸展着不同的坡度。远处，白色的萨尔茨城堡像一小块奶酪搁在天边的山顶上，显得玲珑剔透。已近黄昏，柔和而依然明亮的阳光普照万物。这里远离尘嚣，安谧幽静，却仿佛有音乐在缓缓流动。可惜的是只剩下两张胶片了，我把它们献给了啾啾和她的妈妈。

玛利亚教堂内外，多圣母的雕像和画像。教堂不大，但精致，显出女性气质。啾啾看见点着许多小蜡烛的火苗之床，又被吸引。每支蜡烛1马克，我数出总值1马克的许多硬币，让她自己一个个往收钱盒的小孔里放，她乖乖地完成了。然后，我替她点燃一支小蜡烛，加入了火苗之床。

下山，山腰上，在陡坡与缓坡的接合处，有一家餐馆，生意颇兴隆，我们决定在这里开一次荤。招待也很热情，可是，我们读不懂菜单，我拿着词典点了一份烤鳟鱼，一份煎牛肉。红提醒我，今天是我的生日。真的，我自己完全忘了。我们举杯庆贺。啾啾不肯安坐，红带她下地走动，回来时，啾啾手里举着三朵小野菊。红说："啾啾，把花献给爸爸，祝爸爸生日快乐。"啾啾把花一朵一朵递给我，我幸福地领受，然后一齐奉还给她。想起我已经五十四岁，心中不免有些伤感。红安慰我说："不是就比昨天多了一天吗？"啾啾始终不肯安坐，在餐桌之间奔跑，我和红只好轮流享用食物。我带她到餐馆外，看美丽的草场和落日。结帐时，合计 371 先令。我付出 400 先令，女招待忙说谢谢，我请她还我 10 先令。我想她不该收取那么多小费。

26 日中午。到达慕尼黑。从车站到玛利亚广场，再到英国公园，然后又由玛利亚广场返回车站，皆步行。反正沿路都是景。我是故地重游，给红当向导。

在车站，一个撑着双拐的男子主动搭话，带我们去寄存行李。行李箱是投币使用的，他要用他的硬币，我谢绝了。行李箱有大小，大的 4 马克，小的 2 马克。他先替我打开一个大的，我把背包放了进去，他略考虑，又让我取出，带我去打开一个小的，告诉我也能放进。我的背包不小，但真的勉强塞了进去。临别，他又一再提醒我记住我的行李箱的位置。这个善良的人，他对中国人这么友好，因为他的女儿现正在中国的天津学习针灸。在他知道我们来自北京后，他还一再问，我们是不是从天津来，他是多么希望我们来自他女儿所在的城市啊。

到了慕尼黑，当然要去英国公园。红早就听我说，人们在那里的草地上裸晒，她想去看稀奇。与我四年前来这里时不同的是，一进入公园，便发现有警车在巡逻。草地上有许多人在晒太阳，人数比从前多，但裸体者只占小部分了。我们在那条横贯草地的小河边坐下。一个裸体男人不时地在小河里蹚水，从我们眼前走过，红说他是故意的，但他的身体一点儿也不好看。裸体者大多是老年男人，有少许年轻的男人和上了年纪的女人，看不见年轻女人，连红也为此遗憾。小河对岸，一小伙年轻男女在打架，好像始终是在欺负其中一个男人。不多一会儿，开来了两辆警车，停在打架地点，两名女警察骑马来回巡视。那么，现在的英国公园的确成了治安的麻烦之地。

红觉得不过瘾。离开小河，走出公园前，我们把啾啾脱光，放在草地上。啾啾可高兴了，在草地上自由奔走。

深夜12时回到海德堡的住处。打开屋门，啾啾走到地毯上那只装满玩具的篮子前，站定在那里，久久望着它，一声不吭。当然，她想起了那是她的玩具，想起了她现在是回到了家，生平第一次，她心中也许升起了一种类似久别归家的复杂的情绪。我不去打扰她，让她在那里出神。

海德堡见闻

八月是欧洲人的度假月，汉学系几乎走空了。Axel一家去巴伐利亚，在度假前后，他有了空闲，两次带我们到海德堡附近的小镇玩。

海德堡自身以城堡闻名，其实，在海德堡的周围，还有许多风景美丽的小城堡，一般游客不知道也不会去，那正是本地师生郊游的好去处。我们曾参加汉学系教师的一次郊游，乘船去Dilsberg，从船上看内卡河两岸风光，尤其在靠近目的地的那一带，真是格外秀丽。Axel和我们两家人，第一次是开车到一个叫Angelbachtal（钓鱼溪谷）的小镇。那里也有一座城堡，但并无城堡的外观，看上去只是一栋可爱的小楼，现在是镇政府机关兼咖啡座。城堡周围是一大片宽阔的草地，草地上有大树，有池塘和野鸭，还有一些钢铁铸成的现代雕塑，唯独没有人，静得出奇。第二次，我们乘火车到一个叫Hirschhorn（鹿角）的小镇，火车二十多分钟的路程，也在内卡河边，也有一座城堡，也是在堡顶的平台上喝咖啡和闲聊。

Axel是一个内心比较紧张的人，但颇有幽默感，他的台湾太太貌华则安详、从容、平静，是一位贤内助。他们有一双漂亮的女儿，大女儿比啾啾大半岁。Axel的专业是史学，对中国民国时期的保守主义很感兴趣，多年来以此为研究主题。他当副教授（正确名称是Wissenschaftangestellter，即学术职员）已五年，而按规定六年期满，期满后不能再在任何一所德国大学担任此职。因此，必须在此之前争取到教授之职，否则意味着失业，或者只能签订临时合同，担任Privatdozent，即非正式讲师。可是，按照德国大学晋升教授的制度，唯有等到某个教授调离、退休或死亡了，候选人才可竞争其留下的空缺。我们闲聊时，每谈及这个话题，Axel便满腔怒火。

在汉学系，Axel还担任Weigelin的助手，须做许多事务性的杂活，为此心情也常是不快。他说，以前不是这样的，每个教授都有专职秘书，近来因为财政困难才裁减掉。“资本家真坏”——这是他的结论，因为以前有一个东德，西德的资本家为了证明资本主义好，就肯出钱，现在能少出就少出，纷纷把公司注册到低税率的外国，导致了财政局促。

那天从 Angelbachtal 回来，到他家用毕晚餐，在阳台上，他对着面前那些整洁的小楼和花园对我说：这里的住户都很有钱，以律师、医生为多，他们的孩子都很舒服。一般人家的孩子，长到十八岁，可以考驾照了，父母便承担三分之一的费用作为礼物。而这些人家，父母给孩子的礼物是一辆新车。接着，他又谈起了德国的经济。按照他的说法，德国一向有社会主义传统，苏联和东欧解体后，这个传统越来越弱。资本家追逐利润，把资本移往国外低税地区，政府只好让步，可用于公益事业的经费减少。以大学为例，在二十世纪六十年代，教授的工资是平均工资的四倍，而现在则已经低于平均工资。他的一个学生，毕业后到一家大公司工作，几个月后月工资已达 8000 马克，大大高于他的工资。大学工资的增长速度远远慢于一般公司，结果是差距越拉越大，使得人们不愿在学术上求发展。这么看来，商业化潮流以及随之而来的学术贬值已是一个世界性现象，社会主义体制崩溃的消极后果不可低估。

在汉学系的教师中，除了 Axel，我们来往较多的是图书馆长 Hanno。哈诺是奥地利人，看上去像一个高大斯文的大男孩，他也有一个贤惠的台湾太太。哈诺和慧平夫妇的待人，使人感到非常舒服。他们对人常怀善意，乐于助人，而且总是显得亲切而随意，不像一般的德国人，倘若邀请你做客或要对你有所帮助，往往十分强调、刻意和正式，使你不能不觉得拘束。

我始终记得一件事。那次为庆祝 Weigelin 荣升而聚餐，系里电话通知了我们，让我们自己乘公共汽车去。我们从未去过那个地方，有点发怵。我骑车经过街道，有一个人奔跑着呼喊着把我拦住。那是哈诺，他是为了告诉我，明天他开车接我们去参加聚餐。聚餐结束，他又开车送我们回家。

暑假的一天，哈诺夫妇开车来接我们，到他们家做客，用丰盛的午餐款待我们。下午，一起去他们家附近的一个游泳池游泳。说是游泳池，其实是一个风景宜人的休闲地。它坐落在内卡河畔，群山环抱之中，除了标准的深水池、浅水池和儿童嬉水池之外，还有宽阔的草地和儿童游戏场。人们多合家来这里，在草地上野餐、晒太阳、看山、看云、读书、休息，而游泳只是消闲中的一个节目。票价很便宜，一人 4 马克，不限时间，只花很少的钱，就可以在这里度过轻松愉快的一天。红幸福得难以置信，说她只在电影里见过好莱坞有这样美丽的游泳池，想不到在欧洲原来是平民的享受。傍晚，哈诺又开车送我们回家。红请他们吃晚饭，可惜没有什么储备，只好用方便面招待。红对那个游泳池迷恋不已，溢于言表，说要经常骑车带啾啾来玩儿。哈诺和慧平听了，马上表示要把自行车和幼儿座借给我们用。第二天上午，哈诺就把这些东西送来了，顺便还送来了一些台湾面条。我笑说，一定是看我们吃方便面太苦了吧。

德国的医疗费很贵，稳妥的办法是上医疗保险，虽然每月有一笔固定支出，但心中比较踏实。我们上保险的那家公司叫 Deutsche Ring，一家三口合在一起上，每月 450 马克。

到了八月份，我们一次病也没有看，觉得有些亏。在国内时，我的心电图检查经常有问题，多次被疑为冠心病，但始终无结论。我想，何不趁此机会在德国检查一下，或许会有结论，而且既然出了保险费，不用白不用。

在德国看病，若不是大病急病，一般都是到社区私人诊所。听了 Cora 的介绍，红陪我找到 Dreten 医生的诊所。这是一个兴致勃勃的中年人，没有想到的是，这个迷于中国医学的医生二话不说，马上给我来了一通针灸。我要求做心脏检查，他替我预约了 Radeck 医生的诊所。

我去了 Radeck 医生的诊所三回。第一回，做运动试验，然后 Radeck 医生又非常仔细地给我做了 B 超检查。他告诉我，没有出现 T 波倒置，心脏有些肥大，使心脏的功能略受影响，但不构成问题。第二回，诊所里的另一个医生用电脑测试我在运动中的心脏数据，测试完后对我说：一切正常，只是心跳有些 undicht。我不太明白那意思，是不是心跳有间隙？第三回，是去听取 Radeck 医生的总结性谈话。他说，我的心脏基本没有问题，只是左心肌略厚，使血液流动有些不畅，而胸痛则是由颈椎引起。

在这家诊所一共做了两次检查，查得倒很认真，不过收费着实可观。账单寄来后一看，竟达 1800 马克。当然，我只要把账单交给保险公司就可以了，由他们去结账。

我们准备去法国、意大利旅游，所上的保险是否还有效？为了弄清这个问题，我们去了一趟 Deutsche Ring 公司，答复是只要补交少量费用，每人每月 20 多马克，在德国之外任何国家旅行皆继续有效。为了心安，我们照办了。

在海德堡时，遭遇了一次日全食。这天是 8 月 11 日，我看见一家眼镜店门外排长队，一打听，原来是卖看日食专用的眼镜。为了更好地观看，有些人已奔向德国南部。街上车辆和行人都比往常少，是否也都去看日食了？

而我，独自来到了办公室。走廊里黑着灯，整个办公楼里，也许只有我一人。电话铃响了，红让我去阳台上看太阳。她说，她和啾啾都看到了，透过薄云，可以很清楚地看到，像月牙一样。

今天的天空，始终是阴晴不定。多数时候乌云密布，时而撒下一些小雨滴，但也不时地有太阳钻出云层的时候。

我守在阳台上，云在天空缓缓移动。太阳时而露出或只罩了一层薄云，那时太晃眼，时而钻进了厚云后面，那时看不见。但总会有云层厚薄适当的时候，那时便可以清晰地看见太阳的形状，的确如一枚细细的月牙。十来分钟里，看见了三次，越来越细，最后只剩一小截闪亮的线头了。与此同时，天色越来越昏暗。大约在中午 12 时 30 分的时候，薄云后仍旧有小小的光团，天色已昏暗得异常。我以为马上会达到全食，黑夜即将来临，却不料薄云后的小光团并不消失，反而渐渐变大，天色也随着明亮起来。那最昏暗的时刻十分短暂，不过两三分钟。这是一种怪诞的昏暗，与拂晓和傍晚全然不同。在拂晓或傍晚，太阳东升或西落，万物因不同的位置而呈现不同的明暗和色彩，世界是立体的，充满生机的。而此刻，我们知道太阳仍在天空，但仿佛突然失去了力量，它仍把光撒向大地，但撒下的只是死的光。这光的确没有生命，是静止的，微弱而均匀的。沉浸在这光之中的万物没有了远近明暗的对比，皆呈平面状。整个世界都静止了，仿佛已经死去。于是，为了抵御和庆祝死亡，一群年轻人在街角某处发出了一阵兴奋的狂喊。

天色越来越亮，已经恢复正常。红后来又来电话，她告诉我，仍能看见太阳，由上弦月变成下弦月了。她还说，她录了像，拍了照，完成了科学记录的工作。

第二天知道，昨天的日食的确是全日食，不过在海德堡看不到。于敏友去法国境内一座河中岛上，在那里看到了。据他说，看到了从偏食到环食到全食的整个过程。全食的时间很短，只有一两分钟，此时真是黑夜一般。此外，在这个时刻，刮起了阴风，红在院子里也感觉到了，我没有感觉到大约是因为在四楼的阳台上。

某日，北大一位访问教授请我们去他的住处晚餐。他住在海德堡大学新区，我们骑车去，啾啾坐在我车后的幼儿座椅上，这是她头一回坐自行车。一路沿内卡河北岸朝西，那一段地势平坦，河床宽阔，河滩上栖息着大群鹅和野鸭，岸边皆林荫小路，景色很美。

席间有一个不请自来的客人，教授一再当他的面声明，仅见过他一面，不知其名，不啻是在下逐客令。但此人置若罔闻，安坐若素，想必是寂寞已极。据他自述，是南京的一个农学教授，每年来海德堡三个月，又去墨尔本两个月。这么算起来，在国内的时间就很少了。据我所见，学界颇有一些人，无甚成绩，出国却十分频繁，可知出国是一件与学术无关的事，需要学术之外的一种能力和努力。

前些天，红的一位同学带来一个人，原是北京某院校的德语教师，来德国已十年。据说因为对我在汉学系的讲课题目感兴趣，特地来与我讨论。可是，此人一开口，我立即发现他一窍不通。他不过是在做发财的梦，异想天开地要写一本渲染德国文化在世界的影响的畅销书。他在这里没有正经的学业，更没有正经的职业，是一个典型的混混。欧洲的中国人中，这类人想必不少。

暑期里，一家人常到内卡河边游玩。从日记中摘录两个片断——

连日阴雨，今天转晴了。下午，推着童车，带啾啾到内卡河北岸的草地上玩。过俾斯麦广场附近的那座大桥，东侧的草地面积小而草稀，但游人多，也许是因为在那里可以远眺城堡。可是，西侧的草地才叫草地呢，翠绿的一大片，沿河伸展，看不见尽头。河上鹅和野鸭成群，还有许多天鹅。我们带啾啾站在岸上，用面包逗引天鹅游近岸边。在众多的白天鹅中间，突然出现了一只黑天鹅，红顶红喙，一身黑羽毛，唯有划水时露出腹部的一撮白。她很凶悍，不时地去追啄和驱赶周围的白天鹅。天鹅本具高贵之态，而她在高傲中别具一种妖艳，像一个奇装异服、不可一世的名妓，把白天鹅们都比成了良家妇女。

我们在岸上，天鹅在水里。让啾啾靠近天鹅照相，她使劲躲，我们以为她怕天鹅，其实是怕水。红发现，那边有大群的鹅都上草地了，我们赶紧带着啾啾过去。啾啾站在鹅群中间，一会儿去追这一只，一会儿去追那一只，没有一丝怕的模样。后来，白天鹅们也上了草地，我们又带啾啾回到了天鹅这边，她的确不怕，和天鹅一起照相。有人在用面包引那只黑天鹅上岸，却终于不成功。突然，远近响起了一片拍打翅膀的声音，只见鹅和天鹅们纷纷跳进河里。一只狗灵巧地在草地上来回飞跑，追逐那些落伍的鹅。它显然是在执行自己的职责，那么，让鹅们定时上草地吃草便是一种制度了。

草地上还有一个儿童游戏场，红带啾啾在那里玩了一会儿。她看见一个镜头，兴奋地告诉我：一个两岁上下的小男孩去吻一个小女孩，把女孩碰倒了，他又弯腰去吻，女孩大哭，周围的大人包括家长们都笑了。

星期日，仍是晴天。我和红各骑一辆车，啾啾坐在我的车后座上，沿内卡河向东。途经一所修道院，有大片的牧场，在那里逗留一个小时左右。接着往前骑，发现啾啾在后座上睡着了，赶紧停住，就地休息。我们来到一个宿营地码头，这时啾啾已醒，一家人坐在码头的台阶上看河，看河上偶尔驶过的轮船，看河对岸的绿荫。往回骑，又在途中停留，坐在岸上看河，看河对岸绿山坡上的小巧的房屋，看一列通体鲜红的列车钻出然后又钻进绿荫。我们没有目的地，内卡河在我们身边，无处不是碧波、风景和幽静。

令人感慨的是，在海德堡，在德国，在欧洲，并非什么风景名胜之地，却处处都是风景，处处都能找到幽静。相反，在中国，哪里的风景被发现，那里的幽静就很快会被剥夺。

旅欧终程

来德国后，因为我开课讲的是王国维，便注意到了一位名叫Kogelschatz的德国人写的题为《王国维与叔本华——一次哲学的相遇》的书。书很厚，有五百余页，我翻阅了一部分，颇佩服作者研究的细致，并觉得他在哲学上也相当内行。我听说他现在在图宾根大学，从网上查到了他的电子信箱，便与他联系，并约定8月28日去图宾根访问他。

这一天是周六，我们买了周末票，起了个早，8时10分乘车离开海德堡，途中在斯图加特转车，车因故障晚点半个多小时，到达图宾根已过11时30分。天气也不作美，出发时是阴天，到达时则下着雨。

K教授在站台上等候我们。第一印象是不修边幅，年纪比我预想的大，须发已花白，俨然一个老人了。但是，一开口，却不显老，还有些活泼。我说："真对不起，让你等这么久，车坏了。"他说："是呀，车坏了，天气也坏了，运气真坏。"因为下雨，他似乎有些犯难，不知该带我们去哪里，但很快决定先在车站的咖啡馆喝咖啡。

坐定后，聊了起来，感到他是一个心地善良、脾气随和的好人。啾啾因为早起困倦，有些闹，他丝毫没有烦的表示，还常常帮我们逗啾啾。我在电话里说，我不想占用他太多时间，聊一两个小时后，我们自己去旅游。这是真心话，因为我知道一般德国人是很舍不得在别人身上花费时间的。可是，他没有任何勉强，十分自然地当起了我们的导游。他是开车到车站的，雨还没有停，所以，虽然离我们要去的游览地很近，他仍让我们坐车。车上有儿童用的坐垫，红因此问他："你的孩子多大了？"他答："我没有孩子。"原来，因为我事先告诉过他，我们的女儿只有十三个月，他便特地借了坐垫。事实上，他是个老单身汉，又是个纯粹的书呆子，这种细心就格外难得了。

由他的自述，我知道他二十世纪六十年代在台湾大学读书。他觉得，使他受益最著的是台静农、屈万里、叶嘉莹。这三位分别讲中国文学和中国古籍，而都讲到了王国维，遂使他对王国维发生了兴趣。此外，他有研究的还有中国古代数学，以及马王堆出土的古籍尤其是《老子》。由谈话中可知，他读中国古书甚多。

喝咖啡时，红问他："只要你愿意，你可以在图宾根大学一辈子吧？"她的意思是问，教授职务是否终身的。他说是，立即补充说："我想我的一辈子不会长。"语气不含忧伤，反倒是开朗的。但是，说起他的老师鲍尔和同学马海茂之死，他又颇表惋惜。

他从包里拿出两本书，一本是他的那部专著，另一本竟是我主编的《诗人哲学家》。这后一本书，他说是刚从学校图书馆找出的，正在读。他在申请一个项目，是对德国哲学传入中国的历史的研究，问是否可以把我的名字列入，我欣然同意。他要我给他一个我的生平和著作的材料，其实我已通过电子邮件给他，但他没有读到。我原就表示，想争取在中国出版他的专著的中译本。此事有一定难度，但我要尽力。

我们都没有吃午饭，游览到下午4时左右，又饿又累，越发觉得背上的包袱沉重。我们便找饭店，我坚决要付账，却仍然拗不过他。结果，喝咖啡、参观、吃饭，全是他付款。对于我们这样陌生的来客，他如此诚恳接待，在一般德国人中也是少见的。

我们的运气实在还不坏，离开车站咖啡厅不多会儿，天就渐渐转晴了。事实上，从车站出发，步行只需十分钟左右，便到了景点密集的老城。多亏有K当向导，我们看了这里最值得看的东西。

首先来到一座桥上，内卡河在桥下缓缓流过。离桥不远，河中有一个树木茂密的小岛，与小岛隔岸相望的便是著名的荷尔德林塔。那是一座圆柱形的二层小楼，有一个带尖端的圆锥形屋顶。它的两边皆是颜色明丽的房子，依山参差而筑，离河岸有一段距离，留出了一条小路。唯有这座圆柱形小楼紧靠河岸，把那条小路截断了。走到跟前，发现它的墙基是石头，与河岸边的石头矮墙连成一体。二层楼里有许多房间，陈列着荷尔德林和他的朋友们的手迹，报道他的死讯的报纸，他的著作的各种版本，故居建筑的资料，等等。从图画看，荷尔德林居住时，房屋的样子与现在不同，呈六角形，没有塔顶。荷尔德林在这里住了二三十年，从患精神病直到去世。有一封信，是他在图宾根神学院读书时写给母亲的，其中说："这里的空气对健康不利，使我吃不下饭。父亲说，学生时代是最快乐的。我将来回忆时一定会说，学生时代是最不快乐的。"K把这段话译给我听，后来又兴高采烈地向红追述，荷尔德林对大学生活的诅咒显然令他十分快乐。他知识丰富，有问必能答。在著作版本的陈列柜前面，他告诉我，德国人一般对于版本不像中国人这样看重，但对于荷尔德林是一个例外，因为荷的字迹极难辨认，至今仍聚讼不休。

从荷尔德林塔出来，拐进一条小巷，登一段卵石路，便到了图宾根神学院。K 开心地说：这是北宋的建筑。的确，石牌门上的标记说明学院建于 1260 年。这里原是一座修道院，新教改革后辟为神学院。四边是厚墙高屋，围成一口井，中间一个小小的院子，加上校规很严，学生真像是坐牢一样。二楼正廊的墙上有本校毕业的几个著名人物的半身浮雕，除了开普勒之外，几乎都是神学的叛逆：黑格尔、谢林、荷尔德林、大卫·施特劳斯。K 说，院里还有陈列室，其中陈列着当年校方对黑格尔的评语，说这个学生喜欢夜晚外出酗酒，在学业上兴趣广而不专，将来不会有大的出息，云云。我们快乐地想象，这几个日后成为学院之骄傲的学生，当年不定怎样常常聚在一起发学院的牢骚呢。

然后，K 带我们到城堡，他说是明代的建筑。穿过一条隧道，实际上是穿过了一座极厚的墙，进到一个方正宽敞的院里，四围的房屋皆堂皇。这里现在是图宾根大学的地盘，有考古系、人类学系、古埃及系等。图宾根大学的考古系实力雄厚，正在系统地发掘特洛伊。

图宾根老城的房屋也好看，一是地势不平，参差起伏，二是多以粗木为梁和框格，镶嵌入别的建筑材料，由露在表面的木头可看出年代的长短。

回来后，听 Axel 夫妇说起 K 的逸闻，更觉此人之可爱。他在慕尼黑读书和工作时，住在一个屋顶里，不必交房租。那里没有水电，他点着蜡烛看书。他的博士论文即关于王国维的专著就是在这样的条件下写成的。他凡事都喜弄个水落石出。有人说，人与猴子不能同住，他不相信，便真的买了一只母猴，同住了三四年。后来，他的女友让他选择："要我，或者要猴子。"他才不得不把猴子送给了动物园。他的屋子里多鼠，他与它们和平共处，并且把它们的生活习性研究得一清二楚。最后，老鼠咬坏了他心爱的中国古籍书，他只好请它们走了。他做了一个特别的捕鼠笼，务求不伤害被捕住的老鼠。每捕到一些，他就把它们送往别处，让它们继续生存。

Axel说，他太仔细，为此而吃亏。他的教授论文写中国古代数学，因为有些问题未弄清，就坚持不发表，因此而始终不是正式教授，只是聘用教授，在经济待遇上远不如正式教授。

九月中旬的一个深夜，我们乘火车离开海德堡，次日早晨到达巴黎。在巴黎，仍住在越胜家里。他已搬入新居，一座独门独院的小楼，因为疏于修整，满院皆荒草，野趣十足。润生也已迁居，新宅紧靠一片树林，他不愧是巧匠之子，自己设计房屋，把院子拾掇得整洁有序。

我们在巴黎待了一个月余，其间去意大利一个星期。当然，在巴黎时，我充当向导，带着红和啾啾游了我熟悉的一些主要名胜。有时候，润生开车，两家人去远一点儿的地方，不外看教堂和城堡。我是第二次游法国，为避免重复，不再赘述。与上次不同的是，拉雪兹神父墓里多了一座杜拉斯墓，她死于1996年，作为她的崇拜者，红坐在棺椁上默哀良久。

下面只记述10月4日至10日的意大利之行。除掉路程，在罗马三天半，在佛罗伦萨一天半。

5日。昨日下午7时多离巴黎，乘夜车赴罗马，今日上午10

时多到达。

下车后，一路找旅馆，到共和国广场一带，仍无着落，不是客满，就是太贵。又返回车站附近，找到一家小旅馆，住了三天，每天15万里拉，相当于150马克。旅馆在一栋老式楼房的三楼，木头楼梯回旋向上，围绕着中间的木栅栏，木栅栏里是电梯的牵引通道，电梯也是木制的。老板娘说，房间带厕所和浴室，还有客厅和阳台。登记后进去一看，所谓客厅极简陋，厕所和浴室则是用简易屏风在卧室里隔出的。更狼狈的是，当红洗澡时，因为浴室地板高于居室，下水孔又堵塞，我突然发现居室里发了大水。

找旅馆时，走在闹市区，看到罗马的交通极混乱，摩托车成灾，马达声震耳欲聋，马路上一片喧嚣。许多路口没有红绿灯，行人只好向风驰电掣般的车流冒死冲锋。每回推着啾啾的童车过马路，真是胆战心惊。

落实旅馆后，已是下午3时许，便乘车就近到古罗马斗兽场。巨大的环形建筑，一角塌陷，观众台已剥蚀，暴露的地下兽槛。斗兽场近旁，屹立着君士坦丁凯旋门三座装饰繁复的拱门。归途经过一个小教堂，内厅古朴，壁、柱皆深红色，名为Maggiore圣母教堂，建于公元五世纪，是历史上第一座献给圣母的教堂。

6日。乘车到梵蒂冈。虽是国中之国，过境并无特殊的手续。圣彼得大教堂前的广场上人山人海，正逢教皇保罗二世接见群众，在发表演讲。我们居然找到了座位，坐了十多分钟，看教皇，看人群。未等散会，我们先去参观梵蒂冈博物馆。雕塑馆中的拉奥孔群雕，拉斐尔小室里的《雅典学园》，许多只在书上见过的旷世名作就在眼前，令人难以相信。西斯汀小堂里的气氛近乎神圣，限制参观人数和时间，所有的头颅都仰着，看拱顶上米开朗基罗的壁画《创世记》。回到广场，参观圣彼得大教堂。文艺复兴时期，这座建于四世纪的最早的天主教堂进行了重修，拉斐尔、米开朗基罗、贝尔尼尼、乔托等大师皆有参与。集会已散，气派的双柱廊呈半月形环绕着石块铺砌的大广场，啾啾在上面自由地行走。

步行回旅馆。途经 Navona 广场，是罗马最著名的巴洛克式广场之一。有三座喷泉池，两端为摩尔人泉、海神泉，中间的四河泉是贝尔尼尼的代表作，方尖碑下喷泉四周有四座河神雕像，分别代表非洲的尼罗河、亚洲的恒河、欧洲的多瑙河和南美洲的拉普拉塔河，象征世界的四个角落。

一个有惊无险的遭遇。在城里，我们正准备过马路，一辆摩托车飞驶而来，停在面前，两个意大利男子让我们交出护照。是警察吗？不像。我对红说：不理他们。我们装作听不懂他们的话，他们犹豫片刻，又飞驶而去。可以断定，这两人不怀好意，看我们是亚洲人，又带着孩子，企图作案。

坐在万神庙的台阶上休息。这是保存最完整的罗马帝国时代建筑，我背靠两千年的历史，欣赏眼前小广场上游人的短暂的欢乐。万神庙里安放着拉斐尔的陵墓，可见意大利是一个多么崇敬艺术的民族。

傍晚，在一家中餐馆吃晚饭。下起了小雨。很偶然地走过一个广场，竖着布鲁诺的雕像，原来是当年烧死这位哲人的鲜花广场。接着，又路过威尼斯广场，进入了热闹的市区。

7日。乘车去 Karacalla 大浴场，在一条荒僻的公路上下车，路旁一片巨大的废墟，游人稀少，我们逗留良久。啾啾活泼的小身体穿行在空旷的废墟中，怡然自得。

回到城里。参观古罗马广场，连绵的废墟，诸多神庙的残垣，两座小凯旋门的石柱，砖造的元老院倒是完好无损，十分简陋，像一个大仓库。需要购票参观的遗址只是一部分，附近随处可见用铁栏围起来的废墟，里面立着或躺着一些古老的石柱，最著名的是帝国大道上的图拉真石柱和爱神庙遗址。有一片开阔地，也是残垣林立，我在近旁的草地上躺下，啾啾趴在我的身上玩儿皮带扣。

经过 Trevi 喷泉。用一座侯爵宫殿的一面后墙作背景，壁龛上和前面的大型水池中有一组精美的古罗马神话题材的雕塑。

罗马城里有数不胜数的小广场和喷泉，走累了，在某个喷泉边坐下，你身边的那座雕塑也许就是贝尔尼尼或米开朗基罗的作品。

黄昏，在西班牙广场的圣三山大台阶上坐了很久。宽大的一百多级台阶依山而筑，顶端是圣三山教堂的双塔。台阶下的广场上有贝尔尼尼父子创作的破船喷泉，四周商店和游人甚多，是罗马的一个热闹区域。

8日。中午，乘火车三个多小时，到佛罗伦萨。从车站出来，沿着一条热闹的小街去市中心，一路寻问旅馆，竟然都客满。觉得不妙，返回车站寻找，也如此。死了心，重新走那条小街，尽头有一个小小的旅店，店主是一个老头，老天保佑，他说还有一间空屋。屋子在二楼，临街，吵闹至极。我们没有力气继续寻找了，决定住下。从窗户看出去，原来右下方就是圣乔万尼广场，佛罗伦萨的市中心，怎么会不吵闹呢。当然，也有好处，出游非常方便，随时可以回来休息。

下楼，到广场上，迎面是那座八角型的洗礼堂（Battistero），用白、绿、粉红三色大理石筑成，是五世纪的建筑。这座建筑最值得看的是两座门上的青铜镶画，是文艺复兴前期吉贝尔蒂的作品。其中，北门对开二十八个画面表达新约故事，东门对开十个画面表达旧约故事。据说当年采用的是公开招标的办法，请佛罗伦萨所有艺术家提出方案，由一个大型评委会进行评选，年仅二十五岁的吉贝尔蒂脱颖而出。他为这两件作品分别花费了二十一年和二十七年光阴，也就是整个一生。若干年后，米开朗基罗来到世上，惊呼后一组镶画好得足以装饰天堂的大门，使这件作品获得了“天堂之门”的名称。不过，我们在洗礼堂门上看到的是复制品，原件已移入大教堂的博物馆。

大教堂（Duomo）也在圣乔万尼广场上，外墙同样用白、绿、粉红三色大理石筑成，最引人注目的是它的红色大穹顶，十分壮观，是与吉贝尔蒂同时的布卢尼里斯科的作品。大教堂正面右侧，与之并肩屹立的是乔托钟楼，形状规整如一条直立的细长积木，共五层，第一层及四周的浮雕是乔托的遗作，因此而命名。

9 日。尽管紧闭窗户，仍是彻夜被窗外的喧哗声吵得睡不着觉。我们干脆一清早起床，从圣乔万尼广场出发，向城市的纵深游荡。佛罗伦萨是一个只有三十八万人口的小城，不必乘车，步行就可以轻松地到达各个主要景点。

先到旧宫广场（Piazza della Signoria），这里曾是佛罗伦萨的政治中心。旧宫入口旁，赫然是米开朗基罗的大卫像，不过是复制品，原件藏在艺术学院美术馆内。广场上有海神尼普顿喷泉和佛罗伦萨公爵科西莫一世雕像。这位公爵出身于梅第奇家族，也是一个酷爱文化之人，在任期间，把米开朗基罗的遗体运回佛罗伦萨隆重安葬，建立佛罗伦萨学院，自己还是考古发掘的先驱者。旧宫右侧有一座三面敞开的长廊，上面陈列着十来件古典时期和文艺复兴时期的雕像作品。

离旧宫广场不远，有一座著名的哥特式教堂，叫圣十字教堂(Santa Croce)。教堂门外耸立着但丁的纪念雕像，教堂内有三百多位名人的墓或纪念碑，我在其中找到了米开朗基罗、伽利略、罗西尼的墓和马基雅维利的纪念碑。这座教堂是佛罗伦萨的名人祠，也是一座雕塑博物馆。米开朗基罗的墓十分精致，石棺上方是这位艺术巨匠的半身像，下方是姿势各异的三座女神雕像，分别代表展现他的天才的三种艺术——绘画、雕刻和建筑。

佛罗伦萨全城有四十多家博物馆和美术馆，其中最大也最重要的是 Uffizi 美术馆。这是两栋平行的长方形大厦，原为梅第奇家族建造的办公大楼，家族的末代继承人把它捐赠给了政府。我们到达时，两栋大厦之间的天井里排了长长的队伍，等待买票和分批入内参观。耐心等待是值得的，因为这里荟萃了文艺复兴时期最著名的绘画作品，达·芬奇、米开朗基罗、拉斐尔都有专门的展室，你可以一睹许多响当当的传世名画的原作，例如波提切利的《维纳斯的诞生》和《春》、达·芬奇的《天使报喜》、米开朗基罗的《圣家族》、拉菲尔的《圣母像》、提香的《佛罗拉》。参观时，我心中充满对梅第奇家族的敬意，这个银行家家族集雄厚财力、政治实权、艺术鉴赏力于一身，正是凭借这三种因素的极为罕见的结合，在这个家族长达三个世纪的有力庇护和慷慨赞助下，佛罗伦萨成了艺术天才们的天堂。

怀着这样的敬意，我还参观了梅第奇祠堂。事实上，梅第奇家族只有两人葬在这里，但两座墓的雕塑都是米开朗基罗的名作，一为女性的《晨》与男性的《暮》，另一为男性的《昼》与女性的《夜》。两位死者的雕像则分别象征沉思和行动，因为完全不像死者的原貌，当时就遭人质疑，米开朗基罗答道："千年之后，谁还想知道这两人长什么样。"向世界贡献永恒的艺术，这才是一个艺术家的感恩方式。除了这两组墓雕，祠堂里还有米开朗基罗的一件更有名的作品，即《圣母子》。

黄昏，我们还来得及去近郊的米开朗基罗广场，那是一片高地，其上屹立着大卫雕像的放大的复制品。站在高地上，可以俯瞰城市的全景。佛罗伦萨人用这种方式表明，米开朗基罗是这座城市的制高点，是他们世世代代的最大光荣。

我们玩得既匆忙又悠闲。匆忙，因为时间毕竟太短，有许多遗漏。悠闲，因为整座城市就是一件大艺术品，完整地保存了中世纪和文艺复兴的建筑面貌，走在其中，所见无不是名胜古迹，你无须赶路，也不想赶路。真的，走遍全城，我没有看见一座现代的高楼大厦，也没有看见一家豪华的大商场。在旅店取了行李，从圣乔万尼广场返回火车站，我才意识到，这一段路也许是佛罗伦萨最繁华的商业区，皆小商店，沿街摆满了出售皮货的地摊，小食品店里有各式各样的比萨，都很好吃。

10 月下旬，离开巴黎到法兰克福，在法兰克福乘飞机回北京，我们一家为期半年的国外生活结束了。

我们乘的是国航，下了飞机，得知随机托运的一只大箱子遗失了。财产的损失倒在其次，使我无比心痛的是在国外的照片几乎全军覆没，它们记录了啾啾初出国门的行迹，对于她是多么宝贵。

假如我没有摄像机，没有照相机，只有一支笔，那该多好。那样，我就会摆脱对现成技术的依赖，仅仅依靠自己的头脑和手，把一切美好的经历保存在文字里。摄像机和照相机不知毁掉了多少意志不坚定的作家。

好在若干天后，机场通知，箱子找到了，已破损，如果要赔偿，就自己去取，否则可以给我们送来。送来吧，那些照片失而复得就谢天谢地了，要什么赔偿。

回国后的最直接感觉是居室狭窄和环境肮脏。啾啾在欧洲的广阔空间和美丽环境里生活了六个月，现在突然把她放到这样的窝里，我感到对不起她。

更悲哀的是中国人的丑陋。法兰克福的候机室里，候机的多是国人，大声交谈，一片喧哗。飞机上，有人用枕头垫脚。毯子乱丢一气，只有老外叠得整整齐齐。一个婴儿大哭不止，母亲百般无奈，要求与坐在第一排的一个画家换位置，那里空间较大，可以安放临时摇篮。画家拒绝，指着他的画夹说："我的画贵着呢，碰坏了怎么办？"哼，这样一个家伙能画出什么好画。

从法兰克福的候机室开始，到乘飞机，再到初回北京的日子里，啾啾脸上常有困惑的表情。以前围绕她的微笑的洋面孔消失了，她突然置身于众多麻木的华夏面孔之中了。我的确发现，她常常试图像以前一样用眼神和笑容与每一个遇见的人交流，不同的是，人们不再用热情的招呼回答她，她的眼神和笑容仿佛投到了一面石墙上，立刻被冻结了。

对于中西自然环境和人文环境的巨大差异，恐怕没有人能比一个孩子更加敏锐地感受到。那么，怎样的力量才能使一个在中国环境里生长的孩子拥有西方孩子的健康和快乐呢？

跨文化对话——在德国参加一个研讨会

2001年3月3日至10日，到德国参加中德跨文化研讨会。

3日。我们一行八人，由朱青生带队，乘意大利AZ793航班到米兰，转乘AZ414到法兰克福。加上中间停留，航程约十五个小时，比直飞多出四个小时。大家都骂“那个老头”图省钱而给我们添麻烦，“那个老头”是指德方操办人Gaissmayer。

直到上了飞机，我仍不知此行的确切内容，只知与一位德国当代画家有关。画家叫帕腾海默（Juergen Partenheimer），一年前在中国美术馆举办过他的作品展，我去参观了。他的画色彩单纯，线条简洁，我觉得与蒙德里安接近，内行说属于极简主义。

在法兰克福机场，朱青生等邹桦等了很久，那个来接我们的司机没有露出一丝不耐烦。他的外表也是风度翩翩，很有教养，比我们这些中国教授更像教授。

从法兰克福到波恩，车行两个小时。住Maritim宾馆，很高档。

4日。上午，到波恩艺术博物馆，举行招待会。我才明白，这家博物馆是这次活动的真正主办方，以商业方式交给经纪人Gaissmayer具体操办。德国人喜欢站着演讲，听者也一律站着。

下午，到帕腾海默家里做客。他住在波恩远郊一个名叫Nuembrecht的幽静的小镇，居室明净朴素。做客时，他送给每人一本他的著作，书名叫《色彩试验》。我翻阅了一下，在书中，他把色彩分为红、黄、蓝和黑、白、灰两组，对每一种色彩各用一篇短文和一首诗进行解说。他在前言中强调：色彩所表达的不是与自然客体的一致，而是与精神表象的一致，并非由物理属性得到论证，而是由心灵状态得到论证。我觉得这个论点很有意思。我也很喜欢他关于色彩写的那几首诗，例如黄色："在岸的弧棱中/天空弯下身子。/洞口大开。/收容我吧。/把我留在/天国快乐的彼岸！"白色："苍白的卵石滩上/驻着时间。"蓝色："时辰的衣裳。"灰色："在不定型的/尘土之桥上/你领我们穿越岁月。"红色："风暴焦躁地冲向/做着梦的额头。/无人应当在，/除了我。"黑色："关于夜的来源/你知道什么？/谦卑的宝地，/深度记忆。"这些意象离感性对象甚远，很有精神内涵。

晚上，波恩副市长在Zur Lese餐馆举行招待会。

5日。一天讨论。波恩博物馆馆长Ronte主持，基本上是点名发言，主题是帕氏的绘画（或现代抽象绘画）与书法。发言者大多把帕氏作品与中国书法或中国传统绘画进行类比，认为其间有内在的一致。我发言表示反对，认为这种类比是牵强的。我着重谈了二者哲学背景的不同，中国哲学以伦理为核心，西方哲学以对世界的认识方式为核心，这种根本性的差别同样也表现在绘画中。我的结论是，同为简约和留白，同为抽象，中国文人是要借此超脱具体人事的羁绊，在空白中寻求淡泊的心境，西方绘画由写实向抽象的转折则源自对于传统形而上学的反思，认识到实在并无一个本来面目，因此转而以意识建构精神图像。

晚上，中国参赞举行招待会。

6日。上午讨论，主题是全球化中的艺术。我发言强调艺术家的个性和人类性，反对把艺术商业化。帕氏也即席发言，他用激烈的口吻表示，他对全球化不感兴趣，艺术家无须像大经理们那样每天跑一个国家，而应该毫不妥协地坚持自己的个性，用个人的力量来对抗全球化。他还举例说，美国的威廉斯、比利时的玛格洛特都是一辈子未尝离开所居住的小镇。他的发言给我留下了深刻的印象，使我相信他是一个纯正的艺术家。

下午，到科隆，访问那里的博物馆新馆的设计者。他是一个著名建筑师。他的书房令人惊羡，四周有空中回廊，上下四壁都是书。此外，还有好几间图书室和收藏室。给我的感觉是，那些古老的书籍和他自己设计的房屋生长在了一起，而他和他的也是建筑师的太太，两位博学的白发老人，也和这个环境生长在了一起。

晚上，到 Duesseldorf 市，一个富翁的遗孀 Henkel 教授在家里举行招待会。不折不扣的豪华之家。她是替州长招待我们，州长随后也到场了。

住 Orangerie 宾馆，一家雅致的小宾馆。

7日。上午，参观Duesseldorf艺术收藏馆，多为精品。午餐，小狐狸啤酒馆。看三个画廊。开车去曼海姆，原定途中去科隆看大教堂，因为堵车，“那个老头”决定放弃，我们中的一位仁兄发难，拉住车门要下车，司机只好绕道开进科隆。晚上10时多到达曼海姆，住Dorint宾馆，也是气派的大宾馆。

8日。上午参观BASF公司并午餐。下午参观Hack博物馆。到海德堡。买到尼采全集（198马克）和两本带照片的尼采传记（180马克）。晚住法兰克福的Kempinski宾馆，美国式的气派。又有一位仁兄发难，抗议“那个老头”，我不明白抗议什么。因为语言不通，仁兄们常常心情不佳。只是难为了好脾气的朱青生，他必须努力斡旋。

9日。乘AZ415到米兰，转AZ792飞往北京。10日早晨7时30分到达。一出海关，就看见红抱着啾啾站在门口，两人的眼睛都看着我。我感到幸福极了。

图书在版编目（CIP）数据

偶尔远行 / 周国平著. — 北京：北京十月文艺出版社，2020.6

ISBN 978-7-5302-2034-4

Ⅰ. ①偶… Ⅱ. ①周… Ⅲ. ①游记－作品集－中国－当代 Ⅳ. ①I267.4

中国版本图书馆 CIP 数据核字（2020）第 020159 号

偶尔远行
OUER YUANXING
周国平 著

出　　版　北京出版集团公司
　　　　　北京十月文艺出版社
地　　址　北京北三环中路 6 号
邮　　编　100120
网　　址　www.bph.com.cn
发　　行　新经典发行有限公司
　　　　　电话（010）68423599
经　　销　新华书店
印　　刷　北京中科印刷有限公司
版　　次　2020 年 6 月第 1 版
　　　　　2020 年 6 月第 1 次印刷
开　　本　880 毫米 ×1230 毫米　1/32
印　　张　10
字　　数　168 千字
书　　号　ISBN 978-7-5302-2034-4
定　　价　58.00 元
质量监督电话　010-58572393
如有印装质量问题，由本社负责调换。

瑞士西尔斯 - 玛丽亚，尼采故居

拉雪兹神父墓里的杜拉斯墓

古罗马斗兽场

法国尚博尔城堡